En danger de mort

DU MÊME AUTEUR CHEZ MIRA

Sang Froid
Le collectionneur
Les âmes piégées
Obsession meurtrière
Le Pacte

Ce roman est dédié à mes amis, dont la patience inépuisable leur permet de supporter mes longues périodes de silence quand je travaille sur un nouveau roman. A Sharon Car, Marlene Haney, Patti El-Kachouti, Sandy Rockwood.

1.

Lac Victoria
Ouganda

Le saignement avait déjà commencé lorsque Waheem était monté à bord du bateau bondé. Il avait entortillé un chiffon taché de sang et le maintenait pressé contre son nez, avec l'espoir que personne ne prêterait attention à son petit problème. Un peu plus tôt, le propriétaire du bateau — l'homme que les gens de l'île appelaient « pasteur Roy » — l'avait aidé à charger sa cage rouillée bourrée de singes pour la caser dans le seul espace encore libre. Mais ils avaient à peine parcouru un kilomètre depuis la côte, et déjà le regard du pasteur oscillait entre le sourire crispé de son épouse et le sang qui gouttait à présent sur la chemise de son passager. Roy avait l'air de regretter de lui avoir proposé sa dernière place libre à bord.

— J'ai l'impression que les saignements de nez sont fréquents dans les îles, observa-t-il.

Waheem hocha la tête. A l'évidence, la remarque était une perche tendue pour le pousser à s'expliquer. Mais il garda une expression neutre, comme s'il n'avait pas saisi un traître mot de ce que le type racontait. Il comprenait l'anglais à la perfection mais n'en laissait rien paraître. Au départ de l'île, aucun bateau transportant le charbon ou les bananes n'était prévu avant deux jours. Et Waheem se félicitait de son aubaine. Il était reconnaissant au pasteur et à sa femme de l'avoir embarqué, malgré sa vieille cage pleine de singes. Mais il savait qu'il fallait compter quarante minutes pour la traversée entre l'île de Buvuma et la ville de Jinja. Et il préférait voyager en silence plutôt que d'écouter le pasteur disserter sur Jésus et ses bienfaits. Les autres ayant tous embarqué avant lui, Waheem s'était retrouvé coincé à l'avant, juste à portée de sermon. Et il ne voulait surtout pas encourager le pasteur à s'occuper du salut de son âme pendant le trajet.

Les autres — un triste assortiment de femmes et d'enfants pieds nus, ainsi qu'un vieil homme aveugle — paraissaient avoir besoin du secours de la religion plus que lui. Même si son nez dégoulinait de sang et que sa tête lui faisait un mal de chien, Waheem était jeune et fort. Et si tout se passait comme prévu, sa famille et lui seraient bientôt riches, avec un shamba, un champ bien à eux, au lieu de se casser le dos à travailler pour les autres.

— Dieu est ici, lança le pasteur Roy d'une voix forte.

Ainsi, même sans encouragements, ils auraient droit à leur prêche. Le pasteur pilotait le bateau d'une main et désignait de l'autre les îles qui les entouraient à distance. Le sermon venait de commencer. Les autres passagers inclinèrent la tête, en réaction presque involontaire au ton solennel de la voix. Peut-être considéraient-ils que leur déférence était un tribut bien modeste à payer pour une traversée gratuite ? Waheem courba la tête comme les autres, mais continua à observer la scène derrière son chiffon trempé de sang. Il faisait mine d'écouter, tout en essayant d'oublier la puanteur de l'urine de singe et le bruit mat de son sang, glissant de son menton pour tomber goutte après goutte sur le fond du bateau. Il vit les yeux du vieil aveugle, deux globes blancs éteints qui roulaient dans leurs orbites. Les lèvres ridées frémissaient mais seul un marmonnement indistinct en sortait ; peut-être une prière. Une femme assise à côté de Waheem tenait fermement le haut d'un sac de jute qui bougeait tout seul et exhalait une odeur de poulet mouillé. Tous les passagers se taisaient, à l'exception de trois fillettes à l'arrière du bateau. Elles jouaient en fredonnant, mais à aucun moment leurs rengaines enfantines ne s'élevèrent au-dessus du murmure. Même prises dans leur jeu, elles restaient attentives à ne pas couvrir la voix du pasteur.

— Dieu n'a pas oublié votre peuple, poursuivait l'homme de Dieu. Et je ne vous oublierai pas non plus.

Waheem jeta un coup d'œil à l'épouse de Roy. La femme ne feignait même pas d'écouter son mari. Assise à côté de lui à l'avant du bateau, elle frottait ses bras blancs avec un liquide clair, ne s'interrompant que pour extirper les mouches tsé-tsé qui venaient se prendre dans ses longs cheveux soyeux.

— Toutes les îles du lac Victoria débordent de parias, de délinquants, de malades incurables…

Le pasteur s'interrompit et gratifia Waheem d'un signe de la tête, comme pour indiquer qu'il ne le rangeait pas dans la même catégorie que les individus qu'il venait de citer.

— … mais je ne vois ici que des enfants de Jésus, des âmes en attente de leur salut.

Waheem garda la tête baissée sans rien dire. Il considérait qu'il n'avait rien à voir avec les malades relégués à Buvuma, même si ceux-ci étaient légion dans les îles. Il n'était pas rare de voir des infirmes ou des gens couverts de lésions, de plaies ouvertes. Pour nombre d'entre eux, les îles resteraient le lieu de leur ultime séjour. Mais pas pour lui. Il n'avait jamais été malade de sa vie. Du moins jusqu'à la veille au soir où les vomissements avaient commencé.

La crise avait duré des heures. Et son estomac lui cuisait encore rien que d'y penser. Le souvenir des vomissures noires où se mêlaient de gros caillots de sang rouge procurait à Waheem une sourde sensation de malaise. Il se demandait s'il n'avait pas rendu des morceaux d'entrailles. C'était en tout cas l'impression que cela donnait. A présent, il y avait ce martèlement continu dans sa tête. Et son nez qui ne voulait plus s'arrêter de saigner. Il réajusta le chiffon, s'efforçant de trouver un bout de tissu encore vierge. Alors qu'il observait le sang qui éclaboussait ses pieds couverts de poussière, son regard tomba sur les chaussures en cuir immaculé du pasteur. Et il se demanda comment ce Roy pouvait espérer sauver qui que ce soit sans salir ses beaux souliers.

Mais ça, c'était le problème du pasteur. Pas le sien. Lui, tout ce qui l'intéressait, c'était d'arriver à Jinja à temps pour livrer ses singes à l'Américain — un homme d'affaires qui portait des souliers en cuir tout aussi étincelants que ceux du pasteur. L'Américain lui avait promis une fortune. Ou en tout cas une somme qui représentait une fortune à ses yeux. Il s'était engagé à donner plus d'argent pour chacun de ses singes que Waheem ou son père en gagnaient normalement en un an. Son seul regret était de ne pas avoir plus de singes à livrer. Mais il avait déjà eu un mal fou, en deux jours, à capturer les trois qu'il avait réussi à fourrer ensemble dans la cage de métal. A les voir maintenant, personne n'accepterait de croire qu'il avait dû se démener à ce point pour les attraper. Mais Waheem avait pu vérifier à plusieurs reprises que les singes avaient des dents acérées. Et il savait que s'ils réussissaient à enrouler leur queue autour du cou d'un être humain, ils pouvaient le frapper au visage et le réduire en bouillie en l'espace de quelques minutes. Il avait été à bonne école pendant les quelques mois où il avait été employé par Okbar, le riche négociant en singes de Kampala.

Travailler pour Okbar avait presque été un jeu d'enfant, grâce aux filets et aux fusils à fléchettes hypodermiques qui permettaient d'endormir les animaux à distance. Le gros du travail pour Waheem avait consisté à récupérer les singes malades que le vétérinaire britannique rejetait lorsqu'il venait contrôler les lots. Des centaines de singes d'Afrique s'envolaient ainsi régulièrement en avion cargo à destination des laboratoires de recherche aux Etats-Unis et au Royaume-Uni.

Le vétérinaire anglais pensait que Waheem venait chercher les singes malades pour les faire piquer, mais Okbar avait dit qu'éliminer ces animaux serait « un gâchis inacceptable ». Alors, au lieu de tuer les animaux faibles ou malades, Waheem, sur les ordres d'Okbar, les transportait sur une des îles du lac Victoria où il les rendait à leur liberté. Parfois, lorsque Okbar manquait de singes pour une de ses livraisons, il l'envoyait sur l'île pour capturer quelques sujets malades. Et bien souvent, le vétérinaire n'y voyait que du feu.

Mais aujourd'hui, il n'y avait plus d'Okbar pour lui verser un salaire. Depuis des mois, personne n'avait plus revu le négociant en singes de Jinja. Waheem se demandait où Okbar avait bien pu disparaître. Un matin, on avait trouvé son petit bureau surencombré entièrement vidé. Tout avait disparu. Non seulement Okbar lui-même, mais les dossiers dans les placards, les filets, les fusils, les cages et tout le matériel de capture. Personne ne savait ce qui lui était arrivé. Et Waheem s'était retrouvé sans emploi du jour au lendemain. Il n'oublierait jamais la déception qu'il avait lue ce jour-là dans le regard de son père. Un regard qui disait qu'il ne leur restait plus qu'à retourner travailler aux champs et à s'épuiser pour nourrir leur famille.

Puis, un beau jour, l'Américain avait surgi à Jinja. Et il avait demandé Waheem. Pas Okbar, mais Waheem.

Par un biais ou par un autre, il avait entendu parler des singes malades sur l'île. Et c'était justement ceux-là qui l'intéressaient. Il était même prêt à les payer aussi cher que s'il achetait des spécimens en parfaite santé.

— Mais il me faut les bêtes atteintes que vous avez relâchées, avait-il précisé.

Waheem se demandait bien quel profit on pouvait espérer tirer de ces vilains singes malades. Tournant les yeux vers la cage, il les vit tout recroquevillés sur eux-mêmes, avec leurs nez qui coulaient et leurs museaux pleins de morve verte collée. Leurs faces étaient pâles et ils refusaient l'eau comme la nourriture. Mais Waheem n'en évita pas moins soigneusement d'entrer en contact avec eux. Il savait d'expérience qu'un singe, même malade, visait toujours juste lorsqu'il décidait de vous cracher dans l'œil.

Les singes avaient dû sentir son attention dirigée sur eux, car l'un d'eux agrippa soudain les barreaux de la cage et se mit à pousser des cris stridents. Le son n'incommodait pas Waheem. Il y était accoutumé. Et les cris étaient normaux, chez eux, contrairement à l'étrange silence dans lequel ils s'étaient repliés jusque-là. Mais un second singe se joignit au premier et Waheem vit l'épouse du pasteur se redresser et ouvrir de grands yeux. Le sourire crispé s'était évanoui sur son beau visage. Waheem jugea que le regard de la femme n'exprimait pas tant de la peur ou de la sollicitude qu'un profond dégoût. Il se demanda avec inquiétude si le pasteur exigerait qu'il jette la cage par-dessus bord. Ou pire encore, s'il déciderait de l'envoyer dans l'eau avec les singes. Comme la plupart des habitants de l'île, il n'avait jamais appris à nager.

La douleur qui cognait dans sa tête se conjugua avec les cris des singes pour former une cacophonie étourdissante. Et le balancement léger du bateau lui soulevait l'estomac, menaçant de le faire vomir de nouveau. Alors seulement, il s'aperçut que tout le devant de sa chemise n'était plus qu'une immense tache rouge et noire. Et le sang continuait de couler. Il le sentait passer dans sa bouche et lui remplir la gorge. Il déglutit et se mit à tousser en essayant d'arrêter les caillots de sang. Mais il n'y parvint que partiellement. Et une partie alla éclabousser les chaussures en cuir du pasteur.

Les yeux de Waheem partaient dans toutes les directions mais évitaient ceux de l'homme de Dieu. Il sentait tous les regards rivés sur lui. Assurément, ils voteraient pour le faire expulser du bateau. Il les avait vus incliner docilement la tête au son de la voix du pasteur. Nul doute qu'ils exécuteraient ses ordres sans broncher. Et ils se trouvaient à trop grande distance des îles. Jamais il ne réussirait à se maintenir à flot.

Il vit soudain la main du pasteur se rapprocher de lui. Waheem tressaillit et eut un mouvement de recul. Il dut se redresser et fixer son regard pour comprendre que le pasteur Roy ne se préparait pas à le pousser par-dessus bord. Il lui tendait, au contraire, un mouchoir blanc immaculé, soigneusement repassé, avec un coin brodé.

— Il est à vous, prenez-le, dit-il d'une voix qui n'avait plus le ton du sermon.

Comme Waheem ne répondait pas, il insista en désignant son chiffon dégoulinant.

— Le vôtre ne vous sert plus à rien. Vous en avez besoin plus que moi.

Le regard affolé de Waheem fit le tour du bateau. Toutes les têtes étaient tournées vers lui, à l'exception de celle de l'épouse du pasteur. Le visage de la femme était désormais tordu en une grimace horrifiée. Mais elle évitait de le regarder et semblait avoir reporté toute sa colère sur son mari.

Le reste du trajet se déroula dans un silence total, à peine troublé par le chant léger des petites filles. La calme mélopée de leurs voix frêles berçait Waheem, et il sombra dans un état entre veille et sommeil, peuplé de brèves séquences de rêve. A un moment, il crut entendre la voix de sa mère l'appelant de la rive toute proche. Sa vision se brouillait et le martèlement sonore de son cœur lui emplissait les oreilles.

Lorsque le bateau parvint à quai, la tête lui tournait et il ne se leva qu'avec peine. Cette fois, le pasteur dut porter la cage pour lui. Waheem lui emboîta le pas, progressant d'une démarche chancelante dans la foule dense du port, entre les femmes portant des paniers et des sacs de jute, des hommes qui traînaient leur ennui et des bicyclettes qui les contournaient en zigzaguant follement.

Le pasteur déposa la cage et Waheem marmonna un remerciement. Au moment où Roy se détournait pour s'en aller, il tomba à genoux, suffoquant, pris de spasmes et couvrant les belles chaussures en cuir brillant d'une masse épaisse de vomissures noires. En portant le mouchoir à sa figure, il vit que le sang lui sortait aussi des oreilles. Et déjà sa bouche se remplissait de nouveaux caillots. Il sentit la main du pasteur sur son épaule et reconnut à peine sa voix alors qu'il criait pour demander de l'aide. La calme autorité du prêcheur s'était muée en un cri strident de panique.

Brusquement, sans qu'il l'ait vu venir, Waheem sentit son corps soulevé dans un soubresaut violent de tout son être, comme s'il était pris d'une attaque d'épilepsie. Mus par une force involontaire, ses bras et jambes battirent l'air. Respirer devenait laborieux, un effort presque surhumain. Il haletait, s'étouffait sans plus parvenir à déglutir. Il perçut alors un mouvement dans les profondeurs de ses entrailles. Il pouvait presque entendre la lame de fond qui fracassait ses organes et les brisait un à un. Le sang semblait jaillir de lui par tous les orifices. Son cerveau n'enregistrait plus aucune souffrance. La stupéfaction de voir autant de sang s'échapper de lui effaçait toute autre sensation, y compris la douleur.

Un attroupement s'était formé autour de lui, mais il ne percevait qu'une masse confuse. Même la voix du pasteur ne lui parvenait plus que sous la forme d'un bourdonnement lointain. Waheem ne distinguait plus son visage. Et il ne vit pas l'homme d'affaires américain glisser sa main gantée dans la poignée de la vieille cage aux singes et s'éloigner d'un pas tranquille pour se perdre dans la foule.

2.

Deux mois plus tard
8 h 25, vendredi 28 septembre 2007
Quantico, Virginie

Maggie O'Dell regarda son patron, le directeur assistant Cunningham, ajuster ses lunettes pour s'intéresser à l'assortiment de beignets que l'on avait déposés près de son bureau. L'expression de Cunningham n'aurait pas été plus grave ni plus concentrée si des vies humaines avaient été en jeu. Pour être juste, c'était son attitude habituelle chaque fois qu'il avait une décision à prendre. Il dirigeait l'Unité des sciences du comportement de Quantico avec cette même expression à la fois neutre et tendue, qui rappelait celle d'un joueur de poker. Pas un muscle de son visage ne bougeait — pas même un frémissement au niveau des petites rides qui soulignaient son regard intense. De la pointe de l'index, il tapotait une lèvre inférieure si mince qu'elle semblait inexistante.

Le dos droit, les jambes écartées à la largeur des hanches : son attitude, même au repos, rappelait celle du tireur d'élite, pistolet Glock en main. Malgré l'heure matinale, il avait déjà relevé ses manches de chemise. Mais elles étaient roulées avec un soin méticuleux, laissant les manchettes invisibles. Mince et élancé, Cunningham était en remarquable condition physique, et il aurait pu engloutir l'ensemble des beignets sans que cela se répercute sur son tour de taille. Seuls ses cheveux poivre et sel livraient une indication sur son âge. Maggie avait entendu dire que Cunningham était capable de soulever vingt-cinq kilos de plus aux haltères que leurs jeunes recrues qui avaient trente ans de moins que lui. Ce n'était donc pas la peur des calories qui compliquait son choix.

Maggie baissa les yeux sur sa propre tenue. De bien des façons, elle avait calqué son allure sur celle de son supérieur hiérarchique. Y compris dans des détails, comme le pli soigneusement repassé de son pantalon. La couleur cuivre de son ensemble s'accordait à l'auburn de ses cheveux et au brun de ses yeux sans distraire ni attirer l'attention. Même sa posture, qui visait à donner une impression d'assurance, avait quelque chose de masculin.

Qu'elle ait tendance à surcompenser était désormais une évidence pour Maggie. Mais on ne se débarrassait pas si facilement de ses vieilles habitudes. Dix années plus tôt, lorsqu'elle était passée de son poste d'assistante médico-légale à ses nouvelles fonctions d'agent spécial, sa capacité à se fondre dans la masse de ses collègues masculins avait été le garant de sa survie professionnelle.

Coupe de cheveux stricte, un minimum de maquillage et des tenues fonctionnelles d'où elle avait banni tout ce qui pouvait être révélateur ou ajusté. Naturellement, le FBI n'était pas un service qui sanctionnait les femmes attirantes. Mais il était clair pour Maggie qu'on ne les valorisait pas non plus.

Depuis quelque temps, elle avait noté qu'elle flottait un peu dans ses tailleurs d'allure masculine. Pas forcément à cause de ses fameux réflexes de surcompensation, mais peut-être suite à un simple excès de stress. Depuis juillet, elle avait intensifié son entraînement physique quotidien, passant de quatre kilomètres de jogging à cinq, puis six, et à présent huit. Parfois, ses muscles tétanisés protestaient. Mais elle s'entêtait quand même. Quelques courbatures n'étaient pas un prix trop élevé à payer pour avoir les idées claires. C'était du moins ce qu'elle se répétait.

De fait, ce n'était pas seulement un problème de stress. Plutôt une accumulation d'événements qui lui encombrait le cerveau depuis plusieurs mois. Un monceau de dossiers recouvrait toute la surface de son bureau. Et l'un d'eux, en particulier, ne cessait de se retrouver au sommet de la pile. Il s'agissait d'une affaire de meurtre non résolue, dans les toilettes de l'aéroport international O'Hare, à Chicago. Un prêtre frappé en plein cœur. Et ce prêtre particulier, le père Keller, tenait une place majeure dans ses préoccupations depuis de trop nombreuses années.

Le père Keller avait figuré sur une liste de six ministres

du culte soupçonnés d'attentats à la pudeur sur des petits garçons. En l'espace de quatre mois, les six prêtres en question avaient été assassinés un à un. Et tous selon le même *modus operandi*. Le meurtre de Keller en juillet avait clos la série. Maggie savait avec certitude qu'il n'y en aurait plus d'autre. Qu'une promesse avait été donnée et qu'il n'y aurait plus de nouvelles victimes. Mais elle se disait qu'un agent ne pouvait guère espérer garder la tête claire lorsqu'il passait des accords tacites avec des tueurs en série[1].

Ça, c'était le côté sombre de la brume qui lui obscurcissait le cerveau. Le côté clair ou, en tout cas, l'autre face du problème, c'était quelque chose — ou plus exactement quelqu'un — qui s'immisçait un peu trop souvent dans son esprit. Un quelqu'un nommé Nick Morrelli.

Elle saisit un beignet au chocolat sous le nez de Cunningham et mordit dedans.

— D'habitude, c'est toujours Tully qui rafle ceux au chocolat en premier, précisa-t-elle en voyant Cunningham hausser les sourcils.

Il hocha la tête, comme si cette justification lui suffisait. Maggie regarda sa montre.

— Que fabrique-t-il, notre Tully, d'ailleurs ? Il doit être au tribunal dans une heure.

Elle n'avait pas l'habitude de surveiller les faits et gestes de son équipier. Mais si Tully ne venait pas témoigner,

1. Note de l'Editeur : voir les romans précédents de la série Maggie O'Dell — *Sang Froid*, *Le collectionneur*, *Les âmes piégées*, *Obsession meurtrière* et *Le pacte*.

la tâche lui reviendrait. Et, une fois n'était pas coutume, elle comptait quitter le travail à une heure raisonnable. Elle avait même des projets pour le week-end. Il était prévu avec l'inspecteur Julia Racine qu'elles partiraient en voiture dans le Connecticut. Julia afin de rendre visite à son père, et elle pour revoir un anthropologue médico-légal répondant au nom d'Adam Bonzado. Adam se faisait fort de la distraire des courriels, messages vocaux et autres bouquets de fleurs dont Nick Morrelli, tenace, la couvrait depuis cinq semaines.

— La séance au tribunal a été ajournée, lui apprit Cunningham.

L'esprit déjà ailleurs, Maggie le regarda un instant sans comprendre. Cunningham précisa :

— Tully a été retardé pour raisons familiales.

Il finit par fixer son choix sur un beignet à la cannelle. Tout en continuant à examiner le contenu de la boîte, il ajouta distraitement :

— Tu sais ce que c'est, avec ces grands adolescents…

Maggie hocha la tête, mais elle était dépourvue d'expérience en matière d'adolescents. Ses obligations familiales se limitaient à un retriever blanc nommé Harvey qui se contentait de deux repas quotidiens, de son lot de caresses derrière les oreilles et d'une place de choix au pied de son lit. Dans quelques heures, Harvey occuperait la banquette arrière de la Saab de Julia et baverait de joie d'être du voyage.

Elle se surprit à s'interroger sur la place qu'occupaient les

« grands adolescents » dans la vie familiale de son patron. Pour autant qu'elle pût se souvenir, Cunningham n'était jamais arrivé en retard à son travail « pour raisons familiales ». Malgré leurs dix années de collaboration, Maggie ignorait tout de la famille du directeur assistant. Aucune photo ne trônait sur la surface toujours immaculée de sa table de travail. Et rien — aucun objet — dans son bureau n'évoquait sa vie personnelle. Elle savait qu'il était marié, même si elle n'avait jamais rencontré sa femme. Mais elle ignorait jusqu'au prénom de Mme Cunningham. Ils n'étaient pas invités aux mêmes réceptions pour les fêtes de fin d'année. Et à dire vrai, elle-même n'était invitée à rien du tout…

La vie privée de Cunningham était tout simplement… privée. Et sur ce plan-là aussi, Maggie avait modelé ses habitudes sur les siennes. Elle non plus n'avait posé aucune photo sur son bureau. Et pendant son divorce, elle n'avait jamais parlé de ses problèmes personnels à ses collègues de travail. Rares étaient ceux qui savaient qu'elle avait été mariée. Elle gardait un silence hermétique sur cet aspect de sa vie. Un silence qui lui était aussi nécessaire que l'air qu'elle respirait. Et dont Greg, son ex-mari, s'était plaint, comme de l'un des facteurs qui avaient conduit à l'échec de leur couple.

— Comment peut-on prétendre aimer quelqu'un sans jamais rien lui dire d'une part aussi importante de sa vie ?

Elle n'avait rien trouvé à lui répondre.

Parfois, elle s'apercevait qu'elle n'était pas si douée

que cela pour compartimenter et cloisonner. Elle savait simplement que quelqu'un qui analysait et profilait les comportements criminels, quelqu'un qui traquait le mal quotidiennement, qui passait des heures immergé dans le psychisme de tueurs, avait besoin de maintenir une séparation étanche entre ces deux parties de sa vie pour rester entier. La formule ressemblait à un oxymore commode : séparer et diviser pour rester entier.

Maggie se demanda si Cunningham avait dû fournir ce genre d'explications à son épouse. Il avait, à l'évidence, su se montrer plus convaincant qu'elle, puisque son mariage tenait toujours. Raison de plus, estimait-elle, pour conserver sa politique du silence.

Par conséquent, elle ignorait le prénom de la femme de Cunningham. Elle ne savait pas s'il avait des enfants, quelle était son équipe de foot préférée ou s'il croyait en Dieu ou non. Et elle admirait cette réserve chez lui. Moins les gens en savaient sur votre compte, après tout, moins ils avaient le pouvoir de vous nuire. C'était une façon de limiter les dommages collatéraux, une évidence que Maggie avait apprise à ses dépens. Depuis son divorce, elle avait gardé tout le monde à distance. Plus besoin de séparer le professionnel du privé, lorsqu'il n'y avait pas de privé.

— Attends une seconde !

Cunningham lui attrapa soudain le poignet, l'empêchant de prendre une seconde bouchée. Il jeta son beignet sur le comptoir et pointa quelque chose à l'intérieur de la boîte. Maggie se pencha, pensant découvrir un cafard, une moisissure, un asticot ou quelque autre joyeuseté de ce genre. Mais elle ne vit que le coin d'une enveloppe blanche au fond du carton. A travers le creux central d'un beignet en anneau, elle distingua une écriture d'allure enfantine en grosses lettres majuscules. Apporter une boîte de beignets dans le service était une pratique courante parmi les agents. La présence d'une enveloppe ne justifiait pas, a priori, pareille réaction de méfiance.

— Quelqu'un sait qui a apporté ces beignets ?

Cunningham s'était exprimé d'une voix suffisamment forte pour se faire entendre, mais sans laisser transparaître l'inquiétude que Maggie détectait dans son regard. Sa question fut saluée par quelques haussements d'épaules et des « non » marmonnés ici et là. Puis chacun se replongea dans ses activités. Il n'y avait pas de grand timide parmi les agents de l'Unité des sciences du comportement. Si la personne ayant apporté les beignets avait été présente, elle n'aurait pas cherché à en faire mystère. Mais l'individu qui avait apporté le carton n'était pas resté. Ce constat suscita un clignement nerveux dans l'œil gauche du directeur assistant.

Cunningham sortit un stylo de sa poche de poitrine, le glissa par l'orifice au centre du beignet et le souleva avec précaution pour dégager l'enveloppe. Maggie trouva suspect le fait que la carte ait été placée au fond de la boîte, de manière à n'être lue qu'une fois le gros des beignets consommé. Un goût âcre lui emplit la bouche. Ce n'était qu'une seule petite bouchée, se dit-elle. Puis elle se demanda aussitôt combien de ses collègues en avaient déjà englouti plusieurs.

— Il arrive que des agents d'un autre service nous envoient une boîte de gâteaux avec un petit mot de félicitations, observa-t-elle.

Avec l'espoir que cette ultime tentative pour inventer une explication rassurante trouverait rapidement confirmation.

— Ce truc ne ressemble pas à une carte de félicitations classique.

Cunningham attrapa délicatement un coin de l'enveloppe entre pouce et index. « MONSIEUR F.B.I. » était tracé en grosses lettres maladroites sur l'enveloppe. Les caractères en majuscules évoquaient un premier essai d'écriture chez un élève de cours préparatoire. Cunningham plaça l'enveloppe sur le comptoir avec une extrême précaution, comme s'il craignait de la briser. Puis il recula d'un pas et embrassa de nouveau la pièce du regard. Quelques agents attendaient l'ascenseur. Anita, la secrétaire de Cunningham, répondait au téléphone. Personne ne faisait attention à leur patron, dont les yeux inquiets, et la sueur qui perlait sur sa lèvre supérieure, étaient les seuls signes extérieurs d'une panique croissante.

— Anthrax ? chuchota Maggie.

Cunningham secoua la tête.

— L'enveloppe n'est pas cachetée. Le rabat est juste glissé à l'intérieur.

Le signal sonore de l'ascenseur retentit, requérant leur attention le temps d'un rapide coup d'œil.

— Elle est trop fine pour contenir des explosifs, murmura Maggie.

— Il n'y a rien non plus d'attaché à la boîte.

Elle songea qu'ils en parlaient l'un et l'autre comme s'il s'agissait d'un innocent problème de mots croisés.

— Et les beignets ? demanda-t-elle enfin, son unique bouchée pesant comme du plomb sur son estomac. Se peut-il qu'ils aient été empoisonnés ?

— Ce n'est pas exclu.

Maggie avait la bouche sèche, comme si elle avait avalé de la cendre. Elle voulait croire que leurs suspicions étaient sans fondement. Il pouvait s'agir d'une farce entre agents. Ce qui serait plus vraisemblable, après tout, qu'un terroriste s'introduisant, non seulement dans le centre du FBI à Quantico, mais parvenant même à descendre jusque dans le sous-sol sans fenêtres abritant l'USC — l'Unité des sciences du comportement.

Une fois sa décision prise, Cunningham ne mit que deux minutes — peut-être trois — à soulever le rabat, en effleurant à peine l'enveloppe avec un couteau à beurre. Veillant à pincer le papier entre deux doigts, il réussit à retirer le papier qui se trouvait à l'intérieur. La feuille blanche était pliée en deux et chaque côté était replié sur quelques millimètres.

— Un pliage pharmaceutique, chuchota Maggie.

Et son estomac connut un nouveau soubresaut. Cunningham confirma d'un signe de tête. Avant les contenants en plastique, les pharmaciens distribuaient les substances médicinales dans du papier blanc dont on repliait les côtés pour éviter à la poudre ou aux pilules de s'échapper. Maggie reconnaissait la forme particulière du pliage uniquement parce qu'ils avaient eu l'occasion de se frotter aux méthodes du tueur à l'anthrax. Elle se demandait à présent s'ils n'avaient pas été un peu trop pressés d'ouvrir cette enveloppe.

Cunningham mania sa trouvaille avec précaution pour garder le pliage intact, se contentant de soulever le dessus du papier pour en découvrir le contenu. Mais on ne voyait rien. Ni poudre, ni résidus d'aucune sorte. Tout ce que Maggie put discerner fut l'écriture en majuscules, aussi maladroite et enfantine que celle sur l'enveloppe.

Le directeur assistant continua de se servir de son stylo pour ouvrir complètement le pliage. Les phrases du texte étaient courtes et simples. Une par ligne. Des lettres majuscules hardies proclamaient :

APPELLEZ-MOI DIEU
AUJOURD'HUI, 10 HEURES
AU 1349, ELK GROVE
ATTENDEZ-VOUS À UN CHOC ET À UNE EXPLOSION
JE NE VOUDRAIS PAS QUE VOUS MANQUIEZ LE SPECTACLE
JE SUIS DIEU
P.-S. : VOS ENFANTS NE SONT EN SÉCURITE NULLE PART
ET À AUCUN MOMENT

Cunningham regarda sa montre avant de tourner les yeux vers Maggie.

— Nous aurons besoin d'une brigade antiterroriste et d'une équipe spéciale d'intervention, déclara-t-il d'une voix posée. Je te retrouve devant le bâtiment dans un quart d'heure.

Il pénétra dans son bureau aussi calmement que si l'invitation d'un poseur de bombes faisait partie de ses distractions quotidiennes.

3.

Reston, Virginie

R.J. Tully pila, suscitant une réaction en chaîne derrière lui, faite de crissements de freins et de Klaxon hurlants. Le conducteur du Yukon qui venait de lui faire une queue-de-poisson le gratifia d'un doigt d'honneur, avant de réaliser qu'il devrait s'arrêter au feu qui passait à l'orange.

— Ce n'est pas ma faute, papa.

Emma, sa fille, tenait à deux mains son café au lait de chez Starbucks. Grâce à son couvercle antifuites, pas une goutte ne s'en était échappée. Tully jeta un œil sur sa propre tasse de café, placée dans le porte-cannette sur la console. Il avait horreur de boire à travers le bec de ces fichus couvercles. Mais le fait d'avoir à nettoyer le siège avant de sa voiture suffirait peut-être à le motiver. Le café avait giclé partout, y compris sur son pantalon.

— Pourquoi serait-ce ta faute ? rétorqua-t-il.

Mais il gardait les yeux rivés sur le conducteur du Yukon qui le fixait dans son rétroviseur. Que lui voulait-il, cet imbécile ? L'entraîner dans une course-poursuite, façon fous du volant ? Un de ces jours, il se ferait un plaisir de brandir son badge du F.B.I et de l'agiter sous le nez d'un de ces crétins. Surtout à présent que le gars était coincé au rouge en même temps que ceux à qui il venait de couper la route.

Conscient qu'Emma n'avait pas répondu à sa question, Tully tourna la tête vers sa fille. Emma buvait son café à petites gorgées en regardant par sa vitre.

— Pourquoi dis-tu que ce n'est pas ta faute ? demanda-t-il de nouveau.

— Tu sais bien… Tu vas être en retard à Quantico parce que tu me déposes au lycée.

Elle haussa les épaules sans le regarder.

— Du coup, tu es à la bourre. Mais je ne suis pas responsable.

— Je suis énervé parce que ce cinglé m'a fait une queue-de-poisson, Emma.

Tully faillit ajouter que l'incident n'avait aucun rapport avec son retard. Et que si elle n'était pas en faute, il n'était certainement pas à blâmer non plus. Heureusement, il tint sa langue. Quand étaient-ils tombés dans ce jeu d'accusations réciproques ? Son ex-femme et lui avaient passé leur temps à se rendre mutuellement responsables de tout et de n'importe quoi. Mais Tully réalisait à l'instant qu'il reproduisait le même rituel avec sa fille. Comme si le réflexe faisait partie de leur capital génétique — une réaction involontaire à des stimuli extérieurs.

— Tu n'y peux rien, ma puce. Tu sais que ça ne me

dérange pas de te déposer au lycée. Ça me fait plaisir, même. Il faut juste que je le sache un peu à l'avance.

— Andrea est malade. Je t'ai prévenu dès que j'ai été au courant.

Il vit la lueur de défi dans le regard de sa fille, mais ne mordit pas à l'hameçon. Satisfaite, Emma dégagea les longs cheveux blonds soyeux qui lui tombaient en permanence sur les yeux. Il ne fit cependant aucun commentaire.

— C'est la mode, papa ! lui répétait-elle chaque fois qu'il l'embêtait en critiquant sa coupe.

Elle avait de magnifiques yeux bleus. C'était un crime de les cacher. Mais il s'abstint de le lui faire remarquer, cette fois-ci, afin de s'épargner le regard au plafond et le profond soupir qui saluaient généralement ses réflexions.

Le feu passa au vert. Tully leva le pied de la pédale de frein et tenta de se calmer. Le nœud de tension dans sa nuque n'était peut-être pas dû uniquement à l'insolence du chauffard. Sa relation avec Emma était orageuse, depuis quelque temps. Sa fille était en terminale et lui rappelait constamment qu'elle vivait une année exigeante sur le plan scolaire. Mais il ne la voyait jamais faire autre chose que traîner dans les centres commerciaux ou aller au cinéma avec des amis.

La désinvolture d'Emma vis-à-vis du bac, de ses notes et même de ses futures études, lui tapait sur le système. Alors qu'il empilait les brochures et les formulaires d'inscription des principales universités du pays sur son bureau, elle les couvrait aussitôt avec des magazines comme *Mariage, Mariée*, ou une autre revue glamour du même genre. Emma semblait plus excitée à la perspective d'être demoiselle d'honneur au mariage de sa mère qu'à celle d'être admise dans une bonne université.

Elle lui rappelait tellement sa mère, par moments ! Et le fait que la ressemblance physique avec Caroline s'accentue avec l'âge ne facilitait pas les choses : mère et fille avaient la même peau claire, les mêmes cheveux blonds. Les mêmes incroyables yeux bleu saphir qui semblaient avoir appris d'instinct à le manipuler. La seule chose qu'Emma semblait avoir héritée de lui, c'était sa haute silhouette dégingandée.

Il avait hâte que le mariage de Caroline ait lieu et qu'on en finisse. Plus qu'une semaine, et ce serait chose faite. Peut-être même survivrait-il à l'épreuve. Tully n'avait pas besoin de Freud pour lui rappeler que l'enthousiasme d'Emma pour les projets matrimoniaux de sa mère ne le titillait pas seulement parce qu'elle négligeait ses études.

Il n'avait rien contre le remariage de Caroline. Son irritation n'avait aucun rapport avec leur divorce. Il y avait des années, à présent, qu'ils menaient des existences séparées. Au point qu'il lui fallait désormais un temps de réflexion pour calculer à quand remontait leur séparation. Non, ce qui lui pesait, c'était de voir sa fille subjuguée par le mode de vie de Caroline, au point qu'il la sentait s'éloigner de lui un peu plus chaque jour.

Tout de suite après leur divorce, Caroline avait envoyé Emma vivre chez lui. Histoire de prendre un nouveau départ, sans rien pour lui rappeler son ancienne existence.

C'était du moins ainsi que Tully analysait les choses. A présent, tout le monde était excité par le mariage. Et on attendait de lui qu'il reste bravement confiné dans son rôle d'éternel élément stable. Il détestait être ce type sûr et fiable par excellence dont on ne concevait même pas qu'il puisse un jour sortir de son personnage.

Il jeta un coup d'œil à sa montre. Sûr, fiable et en retard. Ce qui ne semblait d'ailleurs déranger que lui. Surtout en ce qui concernait le retard. Lorsqu'il avait appelé son patron pour l'avertir qu'il avait un petit empêchement, il avait entendu une note d'impatience dans la voix de Cunningham, comme s'il trouvait superflu qu'il l'appelle pour si peu.

— On aurait pu éviter d'en arriver là.

La voix d'Emma le recentra sur son objectif immédiat.

Elle repoussa les cheveux qui lui tombaient sur les yeux et se tourna vers lui avec l'expression rayonnante d'espoir d'une petite fille qui veut « réparer » une dispute. Ils en avaient vu de toutes les couleurs en quatre ans, tous les deux. Et Emma avait raison. Leur relation valait mieux que cet état de guerre larvée permanente. Une fois de plus, c'était elle qui faisait preuve de sagesse, elle qui remettait les choses à leur place et le ramenait à l'essentiel. Rien, en effet, ne les obligeait à se chamailler et à s'accabler mutuellement de reproches. Il était ravi de négocier une trêve.

Tully soupira et sourit à sa fille alors qu'il s'immobilisait le long du trottoir, juste devant le lycée. Il ouvrait la bouche pour lui dire qu'elle avait raison et qu'il l'aimait, mais elle le devança :

— Je ne serais pas dépendante d'Andrea si j'avais ma propre voiture. Ce serait tellement plus simple pour tout le monde…

C'était donc là qu'elle voulait en venir. Tully s'efforça de masquer sa déception tandis qu'Emma lui déposait un rapide baiser sur la joue. Avant qu'il puisse lui répondre, elle bondit hors de la voiture, son sac à dos d'une main et son café au lait de l'autre, balayant ses derniers espoirs de négocier un cessez-le-feu.

4.

Elk Grove, Virginie

Ce que voyait Maggie ne lui disait rien qui vaille. L'adresse indiquée par le poseur de bombes correspondait à un quartier paisible où de petits bungalows s'alignaient, entourés de chênes immenses et de jardins parfaitement entretenus. Il aurait pu s'agir de n'importe quelle banlieue n'importe où dans le pays. Pourquoi avoir choisi un endroit aussi banal ?

Un tricycle rouge avec des pompons sur le guidon avait été abandonné par terre dans l'allée. A deux maisons de là, un homme aux cheveux gris ratissait des feuilles mortes. Plus loin, devant un camion de déménagement ouvert, une femme allait et venait sur le trottoir, donnant des instructions à deux hommes transportant un canapé.

Non, Maggie n'aimait pas cela du tout.

Qui pourrait bien vouloir déclencher une bombe dans une banlieue aussi paisible ? En milieu de matinée, les seules victimes seraient des enfants en âge préscolaire avec leur maman ou leur nounou. Plus quelques retraités. Etait-ce ce que leur poseur de bombes avait voulu dire en écrivant : « Vos enfants ne sont en sécurité nulle part » ?

Il cherchait peut-être à prouver quelque chose en visant les innocents et les personnes vulnérables. Voulait-il montrer qu'il ne connaissait ni remords ni limites ? Qu'il était capable de frapper n'importe qui, n'importe où ? En un sens, sa démonstration se tiendrait. Car ils pouvaient renforcer la sécurité dans les aéroports, les gares et les frontières. Mais pas moyen d'organiser des patrouilles pour protéger chaque rue de chaque quartier des banlieues de la région.

— Ça ne me plaît pas, maugréa Cunningham.

Ils étaient garés le long du trottoir dans une fourgonnette blanche dont le logo orange et bleu d'une entreprise de plomberie paraissait authentique. Mais à l'intérieur, trois techniciens du FBI tapaient sur des claviers et surveillaient des moniteurs qui montraient le 1349, Elk Grove sous quatre angles différents. Les caméras qui transmettaient ces images étaient intégrées dans les casques des membres de l'unité spéciale d'intervention qui venaient de se mettre en place. Une autre fourgonnette similaire était stationnée juste derrière eux. Et une camionnette municipale attendait à un pâté de maisons de là avec une brigade antiterroriste à bord.

Maggie vérifia sa veste à motifs floraux violets qui couvrait à la perfection son gilet pare-balles. Elle l'avait trouvée dans une des armoires de l'USC qui abritaient un assortiment hétéroclite de déguisements potentiels. A la différence de sa veste de tailleur cuivre qui disait explicitement « Attention, un agent du FBI frappe à votre porte », la veste violette à fleurs susciterait peut-être un hochement de tête de bienvenue. Du moins, si personne ne remarquait la bosse que formait son revolver.

Elle réajusta le harnais à son épaule et le Smith & Wesson dans son holster. D'autres agents s'étaient modernisés des années auparavant en passant au pistolet Glock, plus léger et plus souple. Mais Maggie restait fidèle à son revolver de service. Dans des situations comme celle-ci, elle ne pouvait s'empêcher de penser que la nature de son arme ne ferait aucune différence. Pas plus, d'ailleurs, que son gilet pare-balles. Surtout s'ils tombaient sur un engin explosif. Les types qui envoyaient des invitations ouvertes aux forces de l'ordre, comme l'inconnu d'aujourd'hui, le faisaient généralement pour le plaisir d'en voir sauter deux ou trois en cours d'opération.

Cunningham avait pris autant de précautions qu'il l'avait pu. Mais une évacuation maison par maison était malheureusement impossible. Le temps leur faisait défaut.

Maggie jeta un coup d'œil à sa montre : 9 h 46. Elle scruta le quartier des yeux — ou en tout cas ce qu'elle en voyait à travers les vitres teintées à l'arrière de la fourgonnette.

Il était probablement sur place.

A les observer.

Peut-être avait-il le détonateur à la main.

Elle se tourna vers Cunningham.

— Et le camion de déménagement ?

Les yeux rivés sur l'écran d'un moniteur, il repoussa sa suggestion.

— Trop évident.

— Parfois, l'ordinaire devient l'invisible.

Il lui jeta un coup d'œil et elle se demanda si elle avait eu tort de lui citer ses propres paroles. Le regard de Cunningham vacilla un instant. Puis il prit le microphone accroché au revers de sa veste :

— Contrôlez le camion de déménagement.

Quelques secondes plus tard, ils virent un agent vêtu d'une combinaison fauve avec le logo de la compagnie de plomberie descendre de la fourgonnette garée derrière eux. Il s'approcha du camion de déménagement en vérifiant les numéros sur les boîtes aux lettres, comme s'il cherchait une adresse. L'agent était encore en conversation avec le chauffeur du camion lorsque Cunningham reporta son attention sur un autre moniteur, comme un joueur d'échecs impatient, anticipant déjà le coup suivant.

— On voit quelque chose à l'intérieur de la maison ? demanda-t-il au technicien dont les doigts couraient sans discontinuer sur les touches.

Maggie observait le camion de déménagement tout en jetant de rapides coups d'œil sur le moniteur qui intéressait Cunningham. Quelque part derrière le 1349, Elk Grove, un membre de la brigade spéciale d'intervention portait dans son casque une caméra infrarouge de mesure thermique. Le capteur à infrarouge détectait la chaleur humaine, faisant la différence entre un canapé et la personne assise dessus. Les objets chauds apparaissaient en blanc ; les froids en noir. Tout ce qui dépassait 200° virait au rouge. Les pompiers utilisaient ces caméras pour repérer les victimes dans des bâtiments remplis de fumée. Ici, le but était d'obtenir des informations sur le nombre de personnes — qu'elles soient victimes, otages ou poseurs de bombes — qui se trouvaient sur les lieux.

— Petite source de chaleur dans la première pièce, annonça le technicien en désignant une première masse blanche brillante.

Quelques secondes plus tard, il tapait les coordonnées de la seconde source de chaleur.

— Il pourrait s'agir d'une chambre à coucher. La personne semble être allongée.

Ils attendirent. Cunningham, penché sur l'épaule du technicien, relevait d'une main ses lunettes. Maggie se plaça de manière à garder un œil sur les moniteurs, tout en surveillant de l'autre le camion de déménagement. L'agent en combinaison de plombier fit un signe de remerciement au chauffeur du camion. Il contourna le véhicule en passant devant le hayon ouvert, tout en faisant mine de continuer à vérifier ses adresses.

— C'est tout ? finit par demander Cunningham au technicien. Juste deux personnes ?

— Apparemment, ça s'arrête là, oui.

Cunningham jeta un regard par la vitre arrière, puis se tourna vers Maggie tout en boutonnant la veste en tweed élimée qu'il avait trouvée dans la même penderie que celle où elle avait déniché son modèle violet à fleurs.

Il attrapa une poignée d'affichettes de campagne pour

un homme politique local et ajusta son Glock dans son holster.

— Prête, O'Dell ?

Elle examina une dernière fois les environs et hocha la tête.

— Prête.

Et elle sortit de la fourgonnette juste derrière lui.

5.

Washington D.C.

Artie gara le SUV dans un parking public où les plaques d'immatriculation gouvernementales n'attireraient pas l'attention. Il apprenait vite. Et il était trop malin pour se faire pincer à cause d'une contravention. Ou d'un simple contrôle de police, comme cela était arrivé au célèbre tueur en série Ted Bundy. Alors que Bundy avait réussi à tuer impunément pendant des années puis à s'échapper de prison, il s'était bêtement fait arrêter dans une coccinelle Volkswagen orange en roulant après 1 heure du matin sur Davis Highway, à Pensacola, en Floride. Un policier futé avait trouvé la VW orange suspecte. Il avait vérifié les plaques d'immatriculation et découvert que la voiture avait été volée à Tallahassee.

Artie connaissait ce genre d'histoires. Des bribes, des détails de la vie des tueurs. Qui servaient à son apprentissage. Il savait éviter d'attirer l'attention sur lui. Il gara donc le SUV et fit le chemin à pied. Marcher ne le dérangeait pas. Il était en bonne forme physique, même s'il ne faisait pas de sport et ne s'alimentait pratiquement que dans les fast-foods. L'hôtel était situé à quelques pâtés de maisons de là. Il arriva juste au moment où les gens commençaient à monter dans le car panoramique. Excellent timing.

Ce n'était pas la première fois qu'il faisait le tour des monuments de Washington. C'était un excellent moyen pour lui d'enrichir sa collection. Le parcours d'une quinzaine de kilomètres lui permettait de rassembler des échantillons d'ADN prélevés sur des gens originaires d'un peu partout dans le pays. La dernière fois, il avait eu la chance de confisquer un long cheveu roux d'une femme portant un sweat-shirt aux couleurs des Seahawks de Seattle.

Artie remit son ticket au chauffeur et choisit une place côté couloir, face à un couple d'âge mûr. Ils le saluèrent d'un simple bonjour et il repéra aussitôt qu'ils venaient du Nord-Est. Peut-être même du New Hampshire. C'était un jeu qu'il jouait volontiers avec lui-même. Repérer les lieux d'origine en fonction des accents.

— De quelle partie des Etats-Unis êtes-vous ? demanda-t-il, assez amicalement pour obtenir une réponse.

— De Hanovre, dans le New Hampshire, déclara le couple à l'unisson.

Il sourit et hocha la tête, satisfait de lui-même.

— Et vous ?

— Atlanta.

Il veillait chaque fois à choisir une grande ville où il ne serait pas supposé connaître la tante Unetelle ou le cousin Machin-Chose. Ouvrant la brochure du circuit, il mit un terme à la conversation. Il avait pu vérifier qu'il ne s'était pas trompé, et c'était tout ce qui l'intéressait pour le moment.

Le couple se tut, mais Artie sentait qu'ils auraient aimé lui poser plus de questions. Il savait se couler dans différents personnages. Et lorsqu'il le voulait, il pouvait être charmant. Si bien que la plupart des gens semblaient prendre plaisir à parler avec lui. Il lui arrivait de se laisser entraîner dans une conversation. C'était un bon exercice pratique. Parfois, les mensonges s'enchaînaient si vite en lui qu'ils précédaient les questions. Mais aujourd'hui, il n'était pas d'humeur à se composer un personnage. D'autres tâches requéraient son attention.

Il jeta un coup d'œil à sa montre. Dans quelques minutes, le FBI lancerait une opération d'envergure dans les banlieues, prêt à éviter un attentat à la bombe. Et lui-même serait à des kilomètres de là. Artie considérait que le plan était ingénieux, même s'il n'y participait pas. Il imaginait d'ici le déploiement qui devait s'effectuer à l'instant même : les brigades antiterroristes, l'unité spéciale d'intervention. Ils se croiraient préparés. Mais à tort. Car ils n'avaient aucune idée de ce qui les attendait. Ils étaient tellement schématiques dans leur façon de penser… Rien que pour ça, ils méritaient ce qui allait leur tomber sur le coin de la figure.

Artie posa son gros sac à dos sur le siège vide à côté de lui. Généralement, cela suffisait à décourager les touristes solitaires qui espéraient profiter de l'excursion pour lier connaissance avec d'autres paumés dans leur genre.

Parlant de paumés, il en voyait une qui progressait dans sa direction. Il les reconnaissait à la façon dont ils scrutaient le car des yeux pour essayer de repérer leurs semblables. Celle qui venait vers lui portait un pull violet avec des papillons brodés et un jean délavé. Et traînait une espèce de besace noire grande comme un sac de selle. Evitant son regard, Artie se pencha une fois de plus sur la brochure qu'il connaissait par cœur.

La femme se glissa dans le siège devant le sien. Dans le reflet de la vitre, il la vit ouvrir le sac sur ses genoux et fouiller dedans un instant. Puis il entendit le bruit caractéristique d'un coupe-ongles. Le cliquetis nerveux lui fit penser à une énergie captive, comme l'expression d'une rage cachée.

Quelle impolitesse… Les gens avaient-ils perdu tout savoir-vivre ? Ils se brossaient les cheveux en public, grattaient leurs parties intimes, se curaient le nez et se coupaient les ongles. Et naturellement, il adorait leur inconduite car il avait appris à l'utiliser à son avantage.

Artie sortit un mouchoir en papier de son sac à dos et fit tomber sa brochure par mégarde. En se penchant pour la ramasser, il balaya rapidement le sol avec le mouchoir qu'il tenait au creux de sa paume. Puis il le replia discrètement et le glissa dans son sac plein de livres, sans que personne ne remarque son geste ni les rognures d'ongles qu'il avait récupérées.

Satisfait, il se renversa contre son siège. Le tour panoramique n'avait pas encore commencé et déjà il avait fait une récolte intéressante. De quoi alimenter ses ressources pour l'avenir. Il regarda de nouveau sa montre. Oui, la journée promettait d'être fructueuse. Très, très fructueuse même.

6.

Elk Grove, Virginie

Lorsque la porte s'ouvrit, Maggie garda la main glissée à l'intérieur de sa veste, effleurant du bout des doigts la crosse de son Smith & Wesson. Il s'agissait soit d'une fausse alerte, soit d'une mise en scène brillante. La petite fille qui se tenait dans l'encadrement devait avoir quatre ans — cinq tout au plus.

— Bonjour. Ta maman est là ? demanda Cunningham.

Aucune trace de sa stupéfaction ne transparaissait dans sa voix. Il s'exprimait d'un ton calme et rassurant. Comme un homme qui avait un jour été père d'un enfant de cet âge.

Elle fouilla des yeux la pièce qui s'ouvrait dans le dos de la petite fille. Une télé bruyante semblait être l'attraction principale, avec des coussins, des assiettes sales et des jouets abandonnés un peu partout. Mais le chaos qui régnait était le résultat d'un laisser-aller domestique, pas d'une prise d'otages.

La petite fille semblait également avoir été livrée à elle-même. Du beurre de cacahuète, de la confiture et des miettes lui collaient aux coins des lèvres. Ses cheveux formaient une masse emmêlée qu'elle dut écarter de ses yeux pour regarder ses deux visiteurs. Elle portait un pyjama rose avec des taches là où auraient dû apparaître des personnages de dessin animé.

— Vous êtes là pour vendre quelque chose ?

Maggie constata que la question était bien rodée et qu'elle s'accompagnait même d'un froncement de sourcils dissuasif.

— Non, ma puce. Nous voulons juste parler à ta maman.

La petite fille jeta un coup d'œil derrière elle, un signe révélateur indiquant que sa maman était bel et bien présente.

— Comment t'appelles-tu ? demanda Cunningham pendant que Maggie manœuvrait pour jeter un regard à l'intérieur.

Elle vit deux portes. L'une était ouverte, révélant une salle de bains. L'autre, sur la droite, était fermée. D'après les souvenirs qu'elle gardait de l'écran du moniteur, la seconde source de chaleur devait se trouver juste derrière.

— Je m'appelle Mary Louise mais j'crois que j'ai pas le droit de vous parler.

La petite fille était inquiète et surveillait Maggie du coin de l'œil. Elle n'était pas aussi à l'aise avec les enfants que Cunningham. Et les gamins le percevaient sur-le-champ. Comme les chiens, d'ailleurs. Les chiens semblaient avoir une faculté à repérer la personne qui les craignait et à graviter autour comme s'ils cherchaient à entrer dans ses bonnes grâces. Avec les chiens, Maggie savait s'y prendre. Mais avec les enfants, elle était perdue.

Elle entendit chuchoter un agent du FBI dans le microphone placé dans son oreille droite.

— Neuf minutes… Vous avez encore neuf minutes.

Elle tourna la tête vers Cunningham qui effleura sa propre oreille pour lui signifier qu'il avait eu l'information. Le temps qu'il leur restait était dérisoire. L'instinct de Maggie lui commandait de prendre la gamine sous le bras et de quitter les lieux immédiatement.

Cunningham désigna la porte fermée.

— Ta maman dort, Mary Louise ?

La petite fille suivit des yeux la direction qu'il indiquait. Maggie en profita pour se glisser derrière elle dans la pièce.

— Ma maman est malade, confessa l'enfant. Et j'ai mal à mon ventre.

— Ça, ce n'est pas de chance, commenta Cunningham en lui effleurant les cheveux.

La manœuvre de distraction fonctionna et Maggie put pénétrer dans le séjour sur la pointe des pieds sans que l'enfant y prête attention. Elle inventoria la pièce des yeux. Son regard glissa des magazines people éparpillés sur une table basse jusqu'aux M&Ms répandus sur le tapis, en passant par le crucifix en plastique accroché au mur. Elle chercha des fils déclencheurs, tendit l'oreille pour s'assurer qu'aucun cliquetis ou bourdonnement ne dominait le son des dessins animés à la télévision. Elle renifla même, cherchant une trace de soufre dans l'air.

— Nous pouvons peut-être vous aider, toi et ta maman, dit Cunningham à la petite fille, qui leva les yeux vers lui et hocha la tête.

Maggie voyait que Mary Louise était au bord des larmes et qu'elle se mordillait la lèvre, luttant pour ne pas pleurer devant eux. Une habitude qui lui rappela sa propre enfance. Et cette phrase détestable, tant de fois entendue : « Les grandes filles, ça ne pleure pas. » Ainsi les adultes continuaient à manipuler les enfants avec cette vieille ruse détestable.

Il était clair, cela dit, que Cunningham avait obtenu la confiance de la fillette. Elle logea sa main dans la sienne.

— Je crois que ma maman est très, très malade.

Elle renifla, s'essuya le nez de sa main libre, puis entraîna Cunningham vers la porte close.

— Plus que quatre minutes, déclara la voix dans l'oreillette droite de Maggie.

7.

Quantico, Virginie

R.J. Tully n'en revenait pas d'avoir loupé l'action. Et tout ça parce qu'Emma n'avait trouvé personne pour la conduire au lycée. Il refusait de penser qu'elle ait planifié l'incident à dessein pour le convaincre qu'elle avait besoin de sa propre voiture. Il ne voulait même pas envisager que sa fille de dix-sept ans soit devenue manipulatrice à ce point. Et il n'était certainement pas prêt à céder non plus. Il détestait l'idée qu'elle puisse être propriétaire d'un véhicule à son âge. Une voiture représentait une lourde responsabilité. Il avait eu des jobs trois années de suite — en commençant à quinze ans — avant d'avoir l'autorisation ou plutôt les moyens d'acquérir une automobile. L'indépendance qui en résultait, il n'était pas encore tout à fait prêt à l'accorder à Emma. Il estimait qu'elle devait la mériter. Même s'il n'était pas sûr de connaître les critères auxquels elle devrait souscrire pour prouver qu'elle en était digne.

— Combien de beignets ?

La voix monocorde de Keith Ganza ramena Tully dans le labo du FBI. Du fait de son retard, il s'était vu chargé d'office de travailler sur les preuves matérielles. Ce qui l'avait conduit tout droit dans l'espace délimité par des cloisons de verre où officiait Ganza.

Tully jeta un regard sur la boîte.

— Je ne sais pas. Ça fait une différence ?

— S'ils ont été trafiqués, oui.

Sa silhouette osseuse courbée au-dessus du plan de travail, Ganza disséquait un *donut*.

Tully songea que quelque chose chez lui ne tournait pas rond. Car, trafiqué ou non, le beignet lui mettait l'eau à la bouche. Son petit déjeuner s'était résumé au café Starbucks dont les trois quarts imprégnaient encore le siège conducteur de sa voiture. Et le repas de midi était loin. Arrachant son regard de la viennoiserie en voie de dissection, il concentra son attention sur deux scientifiques en blouse blanche, qui s'activaient dans des labos de verre de l'autre côté du couloir. Tully n'appréciait pas l'atmosphère oppressante de son propre bureau sans fenêtres, à quatre étages en dessous du sol, dans l'USC. Mais il aurait été incapable de travailler ici, dans les laboratoires, où chacun de vos mouvements pouvait être observé. Chaque labo hautement sécurisé — séparé de l'aire administrative par une coursive appelée « biovestibule » — se résumait à un cube de verre, avec un plan de travail stérile entouré d'ustensiles en métal, des tubes à essai sur des plateaux et des microscopes reliés à des ordinateurs. Le beignet sur le plateau en Inox de Ganza paraissait bizarrement déplacé dans le contexte.

Tully réfléchit à voix haute.

— Les pâtisseries ne livrent pas les beignets, si ?

Ganza leva vers lui ses yeux bleu pâle au-dessus des demi-lunes qui glissaient sur la pointe de son nez en bec d'aigle. Pour Tully, il évoquait une version aimable du savant fou. Ou un épouvantail à moineaux coiffé d'une casquette de base-ball des Red Sox. La casquette maintenait ses rares cheveux gris dressés au-dessus de ses oreilles largement ourlées, soulignant encore l'étrangeté du personnage. Son visage décharné et creusé de rides était marqué par un pli permanent entre les sourcils.

En ce moment précis, le regard de Ganza semblait dire : « C'est quoi, cette question idiote ? » Mais Tully savait que Ganza y répondrait quand même. Des questions ridicules avaient parfois permis, au final, de tirer des affaires compliquées au clair.

— On trouve peut-être des pâtisseries qui livrent. Mais jusqu'ici, à Quantico ? Je ne pense pas, non.

Tully hocha la tête.

— Nous sommes en train de retracer les allées et venues dans l'USC, ce matin. Mais, a priori, nous n'avons rien relevé d'inhabituel.

Il nota que la boîte qui contenait les beignets était en carton blanc ordinaire, sans aucune adresse ni inscription.

— D'après le message, les *donuts* seraient simplement

le moyen de transmettre la menace et non pas la menace elle-même, observa-t-il.

— On ne sait jamais.

Ganza glissa des miettes de beignet dans sa pipette. Il était méthodique et attaché aux procédures, scientifique avant d'être officier judiciaire. Il ne décidait pas de ce qui devait être fait, mais se contentait de faire, en excluant le hasard, la chance et les raisonnements spéculatifs. Pour Ganza, c'étaient les preuves matérielles elles-mêmes qui construisaient le scénario criminel. En aucun cas, il ne les considérait comme de simples supports pour éclairer un raisonnement ou pour confirmer une théorie.

Le spécialiste médico-légal versa un liquide transparent dans le tube à essai qu'il ferma à l'aide d'un bouchon en caoutchouc avant d'agiter posément le mélange. Tully le regarda osciller d'avant en arrière pendant qu'il secouait sa pipette, un peu comme quelqu'un bercerait un bébé pour l'endormir. Il s'efforça de ne pas penser à Ichabod Crane[2] faisant le robot, sous peine d'éclater de rire. Tel était l'état particulier dans lequel il se trouvait ce matin.

L'estomac de Tully gronda et Ganza haussa un sourcil. Ils se surprirent l'un et l'autre à tourner les yeux vers le plan de travail où les *donuts* reposaient dans leur boîte.

— J'ai un sandwich au thon dans le frigo. Je t'en cède la moitié, si tu veux.

Du menton, Ganza désigna le réfrigérateur dans un coin

2. Note de l'Editeur : nom du personnage principal de la nouvelle *Sleepy Hollow — La légende du cavalier sans tête —*, adaptée au cinéma par Tim Burton.

où il conservait également ses échantillons de laboratoire. Peut-être des fragments de tissus humains. Ou du sang. Le tout soigneusement emballé, isolé ou bouché, bien sûr. Et peut-être même placé sur une autre étagère. Mais pour Tully, c'était un peu trop de proximité quand même.

— Non, merci, dit-il, s'efforçant de paraître reconnaissant plutôt qu'écœuré.

Il avait eu l'occasion de voir Ganza et son équipière, Maggie, manger entre deux tests. Et il avait même surpris Maggie à avaler un hot dog pendant une autopsie. Mais Tully considérait qu'il se raccrochait à un dernier bastion d'humanité en refusant de transgresser cette limite. Il y en avait si peu, dans ce boulot, qui restaient encore à franchir. C'était du moins la théorie qu'il professait devant les autres. En vérité, l'idée de combiner l'acte de se nourrir avec le sang et les tripes d'un meurtre lui donnait la chair de poule.

Tully pensait encore à son estomac lorsqu'il prit les deux sacs à indices transparents, l'un contenant la petite note et l'autre l'enveloppe. Leur messager anonyme s'était servi du papier blanc ordinaire que l'on trouvait dans n'importe quel supermarché ou papeterie. Quant à l'encre utilisée, les analyses confirmeraient vraisemblablement qu'elle était tout aussi standard. Et le type n'avait pas cacheté l'enveloppe. Il n'y aurait donc ni salive ni échantillon d'ADN nulle part.

Avant d'aller trouver Ganza, Tully avait appelé George Sloane. Spécialisé dans l'analyse de documents criminels, Sloane était le consultant préféré de Cunningham depuis l'affaire du tueur à l'anthrax, à l'automne 2001. Pour Tully, définir la personnalité d'un criminel à partir d'une expertise d'écritures relevait plus du coup de chance que de l'approche scientifique. Mais il n'avait rien contre le fait qu'on laisse Sloane jouer à ses petits jeux magiques. Il avait conscience, d'ailleurs, de ses propres paradoxes : en considérant le travail de son collègue comme une forme de vaudou amélioré, il ne différait guère de ceux qui ne voyaient dans le profilage criminel que des élucubrations proches de la voyance. Les deux approches reposaient sur la mise en évidence de certains schémas de comportement répétitifs du psychisme criminel. Lequel psychisme n'était jamais tout à fait aussi prévisible qu'on voulait le supposer.

Ganza avait reposé son tube à essai. A l'aide d'une longue pince en métal, il prélevait de minuscules échantillons dans le carton de beignets et les plaçait dans des sacs à mise sous scellés. Il remonta soudain ses lunettes sur son nez. Ses traits reflétaient une excitation marquée.

— Il pourrait appartenir à notre homme, commenta-t-il en sortant un poil noir long d'un peu plus d'un centimètre et en le brandissant au bout de sa pince.

Tully réprima une grimace. Et dire que les beignets l'avaient fait saliver… Ganza plaça sa trouvaille sur une lamelle de verre et la glissa sous l'œil du microscope.

— Parfait. J'ai assez de racine pour recueillir de l'ADN.

Il modifia le réglage de son instrument et se pencha de nouveau pour mieux voir.

— A vue de nez, je dirais qu'il ne s'agit pas d'un individu de type caucasien.

— L'échantillon pourrait provenir aussi d'une personne ayant fabriqué ou conditionné le beignet, observa Tully.

Il examina de nouveau le petit mot et l'enveloppe.

— Qui, a priori, connaît encore le pliage pharmaceutique à l'ancienne ? demanda-t-il, réfléchissant à voix haute.

— Il se peut que notre homme ait lu quelque chose à ce sujet. Et qu'il l'ait fait simplement pour la frime, pour exhiber son savoir.

Tully souleva l'enveloppe ainsi que la feuille de papier plus haut, afin que la lumière fluorescente du labo les éclaire en transparence. Et ce fut là qu'il le vit, presque invisible dans un coin, à l'arrière de l'enveloppe. On n'avait pas toujours besoin d'un expert en documents médico-légaux pour découvrir un indice.

— Il se peut que nous tenions quelque chose, là.

Il maintint l'enveloppe en hauteur et attendit que Ganza abandonne son microscope pour contourner la table. Avant que Tully ait eu le temps de désigner les traces en creux sur le papier, le directeur de labo lâcha un bref juron.

— Nom de Dieu. Je doute que ça, il l'ait laissé à dessein !

8.

Elk Grove, Virginie

Maggie s'efforça de dissimuler à la vue de Mary Louise le Smith & Wesson qu'elle tenait plaqué le long de sa cuisse. Cunningham manœuvra la petite fille de façon à la placer derrière lui, la protégeant du danger, quel qu'il soit, qui les attendait derrière la porte close.

— Les renforts se tiennent à l'entrée, entendit Maggie dans le micro placé au creux de son oreille.

Elle évita de regarder derrière elle.

— La brigade antiterroriste a quadrillé tout le périmètre. Ils sont parés pour intervenir. Etes-vous prêts à sortir ?

Maggie interrogea Cunningham des yeux.

— Négatif, murmura-t-il d'une voix à peine audible tout en souriant à Mary Louise.

La petite fille bavardait de façon ininterrompue au sujet d'un grand sac de M&Ms qu'elle avait avalé en entier parce qu'elle adorait ces bonbons. Ce qui expliquait sans doute son mal de ventre. Maggie savait qu'ils étaient arrivés au terme du compte à rebours. Pourquoi Cunningham hésitait-il ? Elle le regarda examiner et réexaminer l'encadrement de la porte. Rien ne paraissait anormal ou déplacé. Pas de ce côté, du moins. Cunningham pencha la tête pour écouter si un son s'élevait dans la chambre. Sa main droite était crispée sur la poignée. Il se tenait tout contre le mur et sa main gauche restée ouverte retenait Mary Louise, un peu à la manière d'un policier chargé de faire traverser la route à une classe d'enfants.

Dans une situation de type attentat, ils auraient enfoncé la porte, arme au poing. Mais la menace d'explosion les contraignait à des manœuvres lentes et prudentes. A tout instant, ils pouvaient tomber sur des fils cachés et déclencher le dispositif. Maggie savait qu'il était temps de laisser la brigade antiterroriste prendre la relève.

Mais Cunningham ne semblait pas disposé à céder la place.

— Prête, Maggie ?

Elle avait hâte d'en finir. Ils n'avaient déjà perdu que trop de temps. « Oui », fit-elle de la tête.

Il ouvrit la porte.

Il n'y eut pas de déclic. Pas de sifflement. Pas de détonation. Rien.

A l'exception d'un son déconcertant, comme un râle. Quelqu'un dans la pièce avait du mal à respirer.

Mary Louise leur échappa et s'élança vers le lit. Cunningham tenta de la retenir mais l'enfant, plus rapide, bondit sur le matelas, là où draps et couvertures semblaient avoir été entassés au centre. Les membres de l'unité spéciale d'intervention avaient pris position dans le séjour. Ils se déplaçaient vite et sans bruit, et Maggie ne s'aperçut de leur présence qu'au moment où ils se glissaient dans la chambre.

— Maman, maman ! chantonna Mary Louise à l'intention du paquet enveloppé dans les draps. Y a un monsieur et une dame qui sont venus nous aider !

Cunningham se rua en avant et souleva l'enfant dans ses bras, la pressant contre sa poitrine. Puis il s'immobilisa net. Maggie vit une lueur de panique dans le regard qu'il tourna vers elle, même si sa voix gardait toujours le même ton, calme et rassurant.

— Il y a du sang, observa-t-il.

Il marqua une pause. Regarda de nouveau.

— Beaucoup de sang.

Maggie se rapprocha. De la femme, elle ne voyait que la tête, les cheveux trempés de sueur collés au front. Sa respiration laborieuse faisait un bruit étrange, presque comme un gargouillement. Le sang jaillissait de sa bouche et de son nez, se répandant sur l'oreiller. Toute la literie était ensanglantée. Mais aucune blessure externe n'était visible. Maggie se souvint alors du message d'avertissement. Et la lumière se fit, mais trop tard. Il n'y avait ici ni bombes ni dispositif d'aucune sorte.

Mais elle ne ressentit pas de soulagement. Plutôt une sensation de peur nauséeuse.

— Je pense que : « Attendez-vous à un choc et une explosion » n'était pas à prendre au sens où nous l'entendions, commenta-t-elle à voix haute.

Cunningham tenta de se rapprocher pour mieux voir,

tout en retenant la petite fille qui se tortillait dans ses bras.

— Qu'est-ce que tu racontes ?

— Ce n'est pas une brigade antiterroriste que nous aurions dû prévoir, mais une équipe spécialisée dans le maniement des substances à risque.

Elle sentit que tout s'immobilisait autour d'elle. Les membres des deux brigades se pétrifièrent net au son de sa voix.

Ce fut le moment que choisit Mary Louise pour se mettre à vomir une substance rouge et verte qui aspergea Cunningham et éclaboussa Maggie.

— Mon Dieu…, marmonna-t-il en essuyant les matières expulsées qui lui couvraient le visage.

9.

Quantico, Virginie

R.J. Tully regarda Keith Ganza placer précautionneusement l'enveloppe dans un appareil de détection électronique. Il se souvenait, enfant, avoir utilisé un crayon à papier numéro deux sur des traces en creux dans un carnet pour révéler ce qui avait été écrit sur la page précédente. Une technique qu'il avait probablement acquise en lisant les énigmes de Bobby-la-Science. Il avait été fervent lecteur de ce genre d'ouvrage lorsqu'il avait neuf ou dix ans, bien avant de savoir en quoi consistait le travail d'un agent du FBI. Et ses lectures avaient influé sur ses choix de vie. Elles l'avaient aidé à comprendre à quel point il aimait analyser, comprendre, trouver des solutions. Si seulement Emma voulait lire autre chose que ses magazines pour future mariée glamour ! Depuis un an ou deux, il ne savait même plus quels étaient les vrais centres d'intérêt de sa fille. Cela dit, si rédiger des SMS devenait une compétence professionnelle reconnue, elle aurait au moins acquis cette maîtrise.

Tully était sidéré de constater à quel point la génération de sa fille était dépendante des ordinateurs. Les adolescents savaient accéder aux e-mails et créer des profils sur leurs pages personnelles internet. Mais la logique, l'ingéniosité et même la résolution de rébus leur étaient étrangères. En regardant procéder Ganza, Tully ne put s'empêcher de penser que la mine de plomb d'un crayon aurait fait aussi bien l'affaire. Et plus rapidement, de surcroît. Ils auraient su sans attendre s'il y avait ou non une information valable à retirer de l'enveloppe. Mais le coûteux équipement de Ganza n'altérait pas les éventuelles pièces à conviction. Et il ne pouvait donc que s'incliner devant la supériorité de la technique.

Ganza ajusta la lumière sur l'appareil. L'enveloppe était prise en sandwich entre une plaque en métal et un film réfléchissant de type Mylar. La machine créait une charge d'électricité statique, dispersant le toner sur les parties repoussées du papier, un peu comme on aurait imprimé une image en creux. C'était du moins ce qu'en comprenait Tully. Une fois l'image visible, ils avaient la possibilité de la photographier et de l'agrandir.

Parfois l'écriture mise en évidence ne donnait qu'un gribouillis illisible. Mais la chance semblait leur sourire. L'enveloppe s'était bel et bien trouvée sous un bout de papier sur lequel quelqu'un avait écrit, en appuyant suffisamment pour laisser des marques en creux. Cela paraissait presque trop facile. Mais même les criminels, et surtout les plus arrogants, péchaient parfois par négligence.

— Tu crois que c'est son écriture ? demanda-t-il à

Ganza. Ou est-ce accidentel ? Peut-être quelqu'un de la pâtisserie ?

— Je ne pense pas, non. Il a dû garder son petit mot sous la main et ne l'a placé dans la boîte qu'au moment où il a été sur le point de la déposer.

Ganza mania l'enveloppe avec des doigts gantés et la plaça sur une plaque lumineuse avec d'infinies précautions, comme s'il craignait qu'elle ne se désintègre. Il manipula quelques boutons et, soudain, l'impression grandit et s'assombrit. Aucun test supplémentaire ne serait nécessaire. Les lettres donnaient l'impression d'avoir été griffonnées à la hâte, mais elles étaient simples à déchiffrer.

« Appeler Nathan R. 19 h. »

Les points étaient particulièrement marqués à cause du surcroît de pression exercé. Tully prit le sac à indices contenant le message initial et se livra en amateur à une première comparaison d'écritures.

— Là aussi, les lettres sont en script. Mais pas uniquement en majuscules.

— Comme s'il n'avait pas cherché à déguiser son écriture.

— Parce qu'il n'avait pas prévu que cet échantillon nous tomberait entre les mains, tu ne crois pas ?

Au même moment, le téléphone de Ganza sonna. Celui-ci arracha ses gants en latex et ouvrit son portable. Tully eut tout juste le temps de l'entendre marmonner « Allô » lorsque son propre téléphone mobile se mit à carillonner à la manière d'une cloche chinoise. La veille, il avait actionné la mauvaise commande et modifié sa sonnerie par erreur. Cet engin de malheur le rendait fou. Il passait son temps à détraquer ses réglages chaque fois qu'il cherchait à vérifier ses messages ou à récupérer ses appels en absence. Il ne lui restait plus qu'à se réconcilier avec Emma, au moins le temps qu'elle rectifie ses fausses manipulations.

— Oui ? dit-il après trois tintements de carillon.

La voix de Maggie était crispée :

— Nous avons un problème.

Avant qu'elle ne puisse lui en dire davantage, Ganza, toujours au téléphone de son côté, se rua vers lui.

— Le temps de préparer le matériel et nous arrivons… Tully, on décolle d'ici avant que les militaires arrivent.

— J'entends que tu es avec Ganza, dit Maggie. Parfait.

— Quelqu'un pourrait me dire ce qui se passe ?

Mais Ganza rassemblait ses instruments, son téléphone toujours pressé contre l'oreille, allant et venant sur ses longues jambes d'une démarche saccadée, comme s'il courait sur des échasses.

Ce fut Maggie qui finit par lui répondre :

— Nous avons un gros, gros souci, par ici.

10.

Institut de recherche médicale militaire des maladies infectieuses (USAMRIID)
Fort Detrick, Maryland

Le médecin-colonel Benjamin Platt ne discuta pas les ordres du commandant Janklow. Platt avait l'habitude d'obéir, qu'on lui demande de sauter en tenue de plongée d'un avion survolant le golfe Persique ou de mettre sur pied une équipe spécialisée dans le confinement biologique pour intervenir dans une banlieue résidentielle en Virginie. Il est vrai que dans sa période de sauts en parachute, il était un peu plus jeune et nettement plus idéaliste qu'aujourd'hui. Mais il continuait à exécuter ses ordres sans broncher, longeant le couloir d'une démarche assurée. Seul le claquement rapide des talons de ses chaussures parfaitement cirées trahissait une pointe d'agitation nerveuse.

Platt s'inclinait devant les ordres du commandant, mais il ne pouvait s'empêcher de se demander si Janklow ne montait pas en épingle un incident de gravité mineure.

Nouveau à son poste avec moins de trois mois d'expérience, le commandant Jeremy Janklow était un élément extérieur au sérail. Sa nomination à la tête de l'USAMRIID, un des instituts de recherche les plus respectés au monde, était de nature politique et considérée comme une faveur plus que comme une marque de compétence. Platt trouvait préoccupant que Janklow ait passé beaucoup de temps, ces dix dernières années, vissé derrière un bureau. Se pouvait-il que le commandant soit simplement à la recherche d'une crise ? D'un foyer à éteindre pour asseoir sa réputation ?

Une porte de labo s'ouvrit avant que Platt n'atteigne le bout du couloir. Un homme barbu à la silhouette râblée en sortit et lui fit signe de l'accompagner dans le bureau voisin. Pas un mot — pas même une salutation — ne fut échangé entre les deux hommes avant que la porte ne se referme.

Michael McCathy se débarrassa de sa blouse de laboratoire et l'échangea contre un cardigan en cachemire marine sur lequel on aurait cherché en vain le moindre grain de poussière. McCathy était plus âgé et plus grand que Platt. Les traces de son lointain passé d'athlète avaient disparu depuis longtemps, remplacées par des joues flasques, une peau blanchâtre, un léger ventre, des yeux fatigués, enfoncés dans leurs orbites et agrandis par les verres d'une paire de lunettes sans monture. Platt, en revanche, avait gardé la ligne grâce à une pratique sportive quotidienne qui incluait un jogging de plus de huit kilomètres et une demi-heure d'haltères. Son hâle de l'été commençait tout juste à s'atténuer et ses cheveux châtains étaient encore éclaircis par les heures passées sous le soleil à assurer des entraînements de foot. De Platt, émanait une impression d'énergie presque frénétique. Quasiment à l'opposé absolu de McCathy, qui ne se mouvait qu'avec une lenteur délibérée et une circonspection tatillonne.

Malgré l'urgence de la situation, McCathy prit le temps de suspendre minutieusement sa blouse sur un cintre, comme s'il avait la vie devant lui. Chacun de ses gestes méthodiques portait sur les nerfs de Platt. Ce type était obsessionnel sur presque tous les plans. Et avec cela égoïste, autocomplaisant et ennuyeux comme la pluie. Platt ne le supportait qu'à petites doses. Mais Janklow, le nouveau commandant, considérait McCathy comme un génie et il avait absolument voulu l'inclure dans la mission.

Ancien des forces de l'ordre, McCathy avait atterri d'une façon ou d'une autre à l'USAMRIID sous sa nouvelle casquette de microbiologiste civil et d'expert en risques biologiques. Et il ne demandait pas mieux, apparemment, que de passer ses journées à manipuler des tubes à essai et des microscopes, tout en concoctant et anticipant des scénarios terroristes incluant d'éventuelles attaques biologiques.

Platt et McCathy avaient peu de choses en commun, hormis une fascination partagée pour les agents biologiques, et plus particulièrement pour les virus responsables des fièvres hémorragiques virales. Platt avait tenu Lassa, un virus de niveau 4, dans ses mains gantées alors qu'il se trouvait dans une tente médicale de fortune, juste à la frontière du Sierra Leone. McCathy avait fait partie des inspecteurs d'armes biologiques en Irak qui prétendaient avoir vu et manipulé des boîtes métalliques remplies de soupe biologique. Et il soutenait qu'il y en avait des centaines d'autres comme cela, en attente d'un système adapté à des armes de tir. Son équipe et lui avaient été les derniers à se faire expulser par Saddam Hussein avant la guerre. Et leur témoignage avait figuré au nombre des arguments justifiant l'intervention américaine. Platt respectait le travail accompli par McCathy. Ce qui ne voulait pas dire qu'il l'appréciait en tant qu'individu.

Le regard de McCathy se fixa sur son uniforme avec la sévérité d'un maître d'école face à un élève récalcitrant.

— Je croyais que l'équipe était censée intervenir en civil ?

— Les tenues et les véhicules seront civils, oui. A l'exception du camion.

Platt contenait non sans mal son impatience. Il n'était pas tenu de fournir des explications à McCathy. Et il savait qu'il ne lui faudrait pas cinq minutes pour troquer son uniforme contre un jean, un T-shirt et un blouson en cuir.

— Le chargement est presque terminé. Avez-vous rassemblé tout ce dont vous aurez besoin ?

McCathy hocha la tête mais entreprit alors de nettoyer ses verres de lunettes, toujours avec les mêmes gestes lents et méthodiques, comme si rien ne pressait.

— Se changer dans un camion sera incommode. Et nous perdrons forcément du temps. Nous ne pourrons faire entrer qu'une personne à la fois, avec une équipe de soutien de deux hommes. N'y aurait-il pas moyen, plutôt, d'installer un poste opérationnel sur place ?

Platt avait ce genre de situation en horreur : McCathy posant des questions, contestant ses décisions. Le microbiologiste expert passait son temps à rappeler à tout le monde qu'en tant que civil, il ne devait obéissance à personne, hormis à leur commandant.

— Le quartier est résidentiel, expliqua Platt, même s'il l'avait déjà précisé à McCathy au téléphone.

Ce dernier sortit une petite bouteille de désinfectant de sa poche et s'en passa sur les mains.

— Et une maison voisine ?

— L'ordre a été donné de ne pas évacuer. Pour éviter un mouvement de panique.

— Vous plaisantez, je suppose ? protesta McCathy avec un soupir écœuré. Et s'il y a eu contamination ?

— Alors nous ferons le nécessaire pour confiner et isoler.

McCathy lui sourit et secoua la tête.

— Vous savez aussi bien que moi que cela ne suffira pas, si nous découvrons que nous avons affaire au bacille du charbon ou à une saloperie de toxine comme le ricin.

— L'équipe d'évacuation sera prête à intervenir.

— Prête à intervenir, oui, répéta McCathy avec un second sourire.

Cette fois-ci, il s'agissait plutôt d'un rictus. Et Platt reconnaissait le ton. McCathy avait le même en réunion lorsqu'il manifestait son dédain pour l'autorité en particulier et les règles en général. Platt se demandait ce que ce type fichait dans un laboratoire militaire de recherche. Il se comportait comme un homme investi de droits spéciaux, affichant sa suffisance dans ses vestes en cachemire, comme si son intelligence supérieure le rendait seul à même de repérer les signes d'une incompétence qu'il affectait de voir fleurir partout autour de lui.

Platt rongeait son frein. McCathy était à l'USAMRIID depuis plus longtemps que lui, une raison supplémentaire pour le scientifique de le traiter par le mépris. En tant que civil, d'autre part, McCathy n'avait à se soucier ni du rang ni de la hiérarchie. Qu'il ait affaire à un simple sergent ou à un colonel ne faisait pour lui aucune différence. Il n'avait, de toute façon, d'ordre à recevoir de personne. Et, pour couronner le tout, McCathy avait réussi à s'attirer les faveurs du commandant Janklow.

Mais rien de tout cela ne posait problème à Platt. Il en fallait plus qu'un McCathy pour l'intimider. Platt avait vu et fait des choses qui auraient choqué ce scientifique à la peau diaphane. A l'exception de son coup d'éclat en Irak, McCathy n'était pas souvent sorti des limites stériles et contrôlées de son univers en forme de laboratoire. Non, les hommes de son espèce ne l'impressionnaient pas. Ils l'irritaient seulement. Platt soutint son regard sans broncher. Il était responsable de la mission. Et il ne se laisserait pas entraîner dans un bras de fer stérile. Surtout pas avec un type comme celui-là.

— Je vous retrouve à 10 heures sur le quai de chargement, McCathy.

Platt sortit sans attendre la réponse.

11.

Elk Grove, Virginie

Maggie avait suivi une prépa en médecine uniquement parce que son père l'avait encouragée, jadis, à se lancer dans une carrière médicale. Mais après une enfance délaissée qui l'avait parachutée dans le rôle de gardienne d'une mère alcoolique et suicidaire, elle s'était découvert un intérêt beaucoup plus marqué pour les arcanes du psychisme que pour l'anatomie du cœur et des vaisseaux.

Elle n'en avait pas moins préparé médecine, purement par sens du devoir envers son père décédé. Puis elle avait bifurqué vers les études de psychologie, pour finir par un doctorat en psychologie criminelle. Mais ses bases médicales l'autorisaient à assister aux autopsies et se montraient parfois très utiles sur les scènes de crime. En l'occurrence, elles lui permettaient d'affirmer que Mary Louise et sa mère n'avaient pas été empoisonnées mais exposées à un agent pathogène.

« Attendez-vous à un choc et à une explosion », avait déclaré le message, le matin même. Et ils s'étaient préparés à un attentat à la bombe sans penser un instant à une explosion épidémique. Mère et fille n'avaient pas seulement été exposées à l'agent biologique. Celui-ci tentait de vivre à l'intérieur de leurs organismes. Maggie songea aux termes souvent utilisés par le personnel militaire ou médical pour qualifier l'action fulgurante de certains virus. On parlait de virus « explosifs », de victimes mourant en état de « choc ».

La brigade anti-terroriste avait très vite perçu la vraie nature du danger. Cunningham et elle n'avaient pas eu à insister longtemps pour les convaincre de ressortir au nom du principe de précaution, même s'ils portaient tous des masques et qu'ils n'auraient vraisemblablement pas eu grand-chose à craindre. Le premier réflexe de Cunningham avait été de lui ordonner de quitter les lieux également. Mais Maggie avait secoué la tête. Un mélange de regret, de culpabilité, et même un soupçon de peur s'étaient reflétés dans le regard de son patron lorsqu'il avait réalisé qu'elle ne pouvait pas lui obéir. Vu les projections qu'ils avaient reçues l'un et l'autre, ils étaient condamnés à rester sur place. Au moins le temps qu'un diagnostic soit posé pour Mary Louise et sa mère.

Ils finirent par tomber d'accord sur le fait qu'ils ne devaient pas rester dans la chambre. Mais seulement après débat préalable. Maggie savait que Cunningham avait raison d'être prudent. Ils n'avaient pas la moindre idée de la nature ni de la gravité du danger pathologique. Mais l'instinct de Maggie et ses connaissances médicales ne s'en heurtaient pas moins à son bon sens.

Et s'il y avait un geste médical à faire pour soulager la mère de Mary Louise ? A la respiration stertoreuse de la malade se mêlait un sifflement rythmique accompagné d'émissions liquides. Au bruit, on pouvait penser qu'elle s'étranglait dans son sang et ses mucosités. Or, elle avait appris à effectuer une trachéotomie, qui dégagerait les voies respiratoires de la patiente.

La seule réponse de Cunningham lorsqu'elle en émit la proposition fut de lui ordonner de quitter la chambre. Et lorsqu'elle voulut protester, il se plaça entre elle et la femme alitée et lui désigna la porte. Elle n'avait eu d'autre choix que de lui obéir. Cunningham ne l'avait même pas autorisée à l'aider. Il s'était retiré dans la salle de bains avec Mary Louise pour se débarbouiller, ainsi que l'enfant. Maggie avait conscience qu'il agissait ainsi pour la protéger. Et elle appréciait l'intention, même s'il était probablement déjà trop tard. Elle avait reçu, elle aussi, des projections de matières émises par Mary Louise.

Sans qu'elle sût bien pourquoi, des souvenirs de sa première scène de crime lui revinrent en mémoire. Peut-être parce que Cunningham, ce jour-là aussi, s'était montré protecteur envers elle ? Après une année passée à Quantico en tant qu'assistante médico-légale, elle avait suivi un entraînement musclé pour devenir agent spécial et participait ce jour-là à sa première mission. Humide et brûlant, l'été battait son plein. Et dans la caravane, la température était insoutenable. De sa vie elle n'avait vu pareille quantité de sang, maculant les parois, les meubles, les assiettes abandonnées à côté de l'évier. Mais c'était l'odeur âcre et enveloppante des chairs en décomposition qui était restée gravée dans sa mémoire.

Elle avait vomi, contaminant la scène du crime, telle une novice perdant pied sur sa première enquête. Mais Cunningham, qui s'était montré tellement dur et inflexible pendant tout le temps de sa formation — la poussant à bout, la harcelant, remettant en question chacune de ses décisions —, avait gardé la main posée sur son épaule pendant qu'elle rendait son repas avec de violents haut-le-cœur. Il n'avait pas prononcé un seul mot de reproche, se contentant d'observer calmement à voix basse : « Cela nous est tous arrivé au moins une fois. »

Aujourd'hui, dans le petit pavillon de banlieue endormie, ce jour d'été paraissait déjà si loin… Faisant abstraction du fracas des rires enregistrés émanant de la télé, elle inspecta la pièce.

Comment l'auteur du message s'y était-il pris pour exposer Mary Louise et sa mère à l'agent pathogène ?

Maggie promena autour d'elle un regard méthodique. Avait-il eu recours à un système équivalant à celui de la boîte de beignets ? Il n'y avait ni cartons à pizzas, ni boîtes à gâteaux, ni récipients en plastique servant pour les plats à emporter. Il devait s'agir d'un contenant ordinaire, jetable et d'un usage suffisamment courant pour passer inaperçu. Mais elle ne vit rien qui lui parût correspondre.

On pouvait également apprendre quantité de choses au sujet d'un tueur en s'intéressant à sa victime. Alors pourquoi Mary Louise et sa mère ? Maggie examina une fois de plus la pièce. L'ameublement formait un ensemble éclectique : une bibliothèque en aggloméré, un canapé à fleurs élimé ainsi qu'un fauteuil de relaxation désassorti, un tapis tressé et un écran de télévision plat flambant neuf. La table basse de bois avec ses coins rayés apparaissait comme le point nodal autour duquel tournait la vie de famille. On y trouvait la commande à distance, une paire de lunettes pour lire, des assiettes sales et des verres collant sur des taches de lait circulaires, des chips en miettes, des sachets de M&Ms ouverts, un livre de coloriage avec une boîte de soixante-quatre crayons de couleur, dont quelques-uns gisaient brisés sur le tapis.

Dans un coin, deux piles branlantes de magazines avaient trouvé appui contre un bureau. Du courrier — des catalogues, enveloppes et paquets à divers stades d'ouverture — était entreposé en vrac sur le petit secrétaire. Quelques lettres avaient glissé et atterri sur la chaise.

Maggie s'approcha de la série de photos alignées sur la bibliothèque et vit Mary Louise à diverses étapes de sa courte existence, avec ou sans sa mère. Sur l'un des clichés figurait un couple plus âgé. Les grands-parents, peut-être. Mais nulle part n'apparaissait le père. Maggie ne vit pas non plus de photo découpée d'où l'on aurait fait disparaître l'image paternelle à coups de ciseaux vengeurs. L'impression d'ensemble était celle d'une famille ordinaire, heureuse et inoffensive.

Et il était possible que le tueur l'ait prise pour cible uniquement pour cette raison.

Un détail attira alors le regard de Maggie. D'une pile chancelante de courrier posée sur un coin du secrétaire, dépassait une enveloppe à bulles en papier kraft. Seule l'adresse de l'expéditeur était visible, mais celle-ci suffit à mobiliser son attention. Elle était rédigée à la main en lettres script majuscules. Et l'écriture rappelait furieusement celle du petit mot reçu dans la boîte à beignets deux heures plus tôt.

Le regard de Maggie fit le tour de la pièce. Cunningham lui avait déjà annoncé qu'ils devraient faire appel au centre de contrôle et de confinement des maladies le plus proche. Autrement dit, Fort Detrick. Ce qui signifiait que l'armée prendrait la relève. Ils scelleraient sans doute la pièce. Et peut-être même la maison tout entière. Leur première priorité serait de contenir le risque biologique et de soigner les occupants. Le traitement des preuves matérielles viendrait plus tard. Et encore… A supposer qu'ils sachent les trouver.

Dans un placard de la cuisine, elle trouva un rouleau de grands sachets plastiques zippés. Elle en prit deux, retourna dans le living et souleva le haut de la pile de courrier de façon à ne pas avoir à tirer sur l'enveloppe, ce qui aurait pu effacer d'éventuelles empreintes. Du bout des doigts, elle attrapa un coin en papier kraft et glissa l'enveloppe dans le sachet qu'elle doubla par mesure de sécurité.

En agissant ainsi, elle faisait gagner du temps à l'armée. Naturellement, ils lui seraient reconnaissants de son aide. Mais elle glissa quand même sa trouvaille dans la ceinture de son pantalon et lissa l'enveloppe dans son dos. Puis elle tira sur son chemiser et sur sa veste. Juste au cas où les militaires ne montreraient pas la gratitude voulue.

12.

North Platte, Nebraska

Patsy Kowak prit son paquet sous le bras et examina le formulaire de surtaxe qu'elle avait signé après avoir acquitté elle-même les frais d'affranchissement. Roy, leur facteur, était toujours attentif à faire parvenir le courrier à son destinataire. Il était très scrupuleux là-dessus. Mais Patsy n'en trouvait pas moins embarrassant que l'adresse de l'expéditeur soit celle du bureau de son propre fils. Un oubli de sa nouvelle assistante, sans doute. N'empêche… Presque deux dollars de surtaxe !

Elle glissa le reçu du facteur dans sa poche en surveillant du coin de l'œil la longue allée en terre qui menait à la maison. Inutile de contrarier Ward, son mari, en mentionnant l'incident. Déjà qu'ils s'adressaient à peine la parole, ces derniers temps…

Patsy inspira une grande bouffée d'air pur et s'efforça de chasser la tension qui lui nouait la poitrine. Un train siffla au loin ; quelques corbeaux passèrent bruyamment au-dessus de sa tête, en route pour les champs où ils trouveraient leur pitance. Patsy adorait cette période de l'année. Les érables et les peupliers de Virginie qui entouraient leur ranch ne montraient plus seulement une feuille colorée ici et là, mais brûlaient des rouges et des ors de leur pleine splendeur automnale. De leur cheminée, montaient des volutes légères de fumée aux plaisantes senteurs de pin et de noyer. Ward trouvait qu'il était encore trop tôt dans la saison pour mettre la chaudière en route. Mais il s'y entendait pour chasser les premières fraîcheurs matinales en allumant une flambée.

Oui, elle aimait cette période de l'année et elle aimait ses promenades jusqu'à la boîte aux lettres. Un rituel quotidien où elle incluait toujours quelques pastilles à la menthe qu'elle glissait dans ses poches pour Penny et pour Cedric. Ce matin, elle avait ajouté des morceaux de pommes à l'intention des chevaux. Ward râlait sur sa manie de gâter « ces deux vieux bourrins à la retraite ». Mais c'était lui qui ramenait chaque fois le gros sac de bonbons du supermarché. Son éleveur de mari, avec son caractère bougon, avait une sensibilité qu'il ne montrait que rarement. Son affection, il la manifestait souvent envers Regan, leur petite-fille. Parfois avec elle, Patsy. Et presque toujours avec les animaux. Mais jamais avec Conrad, leur fils.

Patsy secoua la tête en se remémorant leur dernière dispute au sujet de Conrad. Leur fils semblait être devenu leur unique sujet de querelle, ces derniers temps. Conrad était pourtant vice-président d'une grande entreprise pharmaceutique. Titulaire d'un prestigieux MBA, il était propriétaire d'un magnifique appartement et avait accès au jet privé de sa société. Mais Ward Kowak n'était pas content de son fils pour autant. La définition que son mari avait de la réussite ? Avoir deux valeurs sûres à transmettre : des terres et un nom.

Un nom…

Elle soupira au souvenir de l'incident qui avait déclenché les premières scènes entre père et fils : Conrad avait obtenu le changement officiel de son nom de famille en transformant Kowak en Kovak. Il disait qu'il voulait que ses partenaires en affaires prononcent correctement son patronyme. Et comme le « w » se disait « v » en polonais, quelle différence, après tout ? Telle était la justification que leur avait fournie Conrad. Comment avait-il pu ne pas deviner que sa décision blesserait son père ?

Le changement d'orthographe n'avait été que la pointe de l'iceberg. Le naufrage du *Titanic*, lui, était survenu le 4 juillet, le jour de la fête nationale, lorsque Conrad avait annoncé qu'il se mariait. Elle avait pleuré de joie en apprenant la nouvelle. La jeune sœur de Conrad était déjà mariée depuis cinq ans et mère de la petite Regan, leur ange à tous. Même Ward avait paru s'amadouer, pensant — espérant sans doute — que leur fils se stabilisait enfin. Jusqu'au moment où ils avaient découvert que la future épouse de Conrad avait quinze ans de plus que lui et qu'elle était déjà mère de famille.

Patsy considérait que la différence d'âge n'avait pas d'importance. Tout ce qu'elle demandait, c'était que son fils soit heureux. Mais Ward l'avait pris comme un affront personnel, une nouvelle insolence de leur fils pour salir une fois de plus le nom de Kowak. Son mari se montrait puéril et elle le lui avait fait savoir.

En atteignant la maison, Patsy fut soulagée de constater que le pick-up de Ward n'était toujours pas de retour. Pendant le petit déjeuner, il avait marmonné quelque chose au sujet de « démarches à faire en ville ».

En grimpant les marches, elle passa la main sur la tête de Festus, leur berger allemand qui prenait le soleil sous l'auvent de la terrasse. Il n'y avait pas si longtemps encore, le chien l'escortait dans son trajet jusqu'à la boîte aux lettres. Elle n'aimait pas s'attarder sur le vieillissement de Festus, dont les années mesuraient aussi les siennes.

Patsy pénétra dans la maison et abandonna son courrier sur le plan de travail de la cuisine. Elle ne garda que le paquet. Sortant une paire de ciseaux d'un tiroir, elle découpa l'enveloppe matelassée et laissa glisser le contenu sur la table.

Pas de lettre. Pas même un petit mot. Elle reconnaissait bien là Conrad. S'il était le roi de l'organisation dans son travail, cette qualité ne s'étendait pas jusqu'à sa vie privée. Il était toujours à courir, à boucler ses projets à la dernière seconde, même lorsqu'il avait une démonstration éclatante à faire. Ce qui devait être le cas de ce paquet. La dernière fois qu'ils avaient parlé à Conrad, Ward s'était plaint d'avoir à financer le voyage en avion, comme s'il s'agissait d'une excuse pour ne pas assister au mariage. Ward se fichait de l'argent, même si Conrad, lui, était persuadé du contraire. Il avait taxé son père de mesquinerie, sans vouloir comprendre que Ward était simplement économe.

Pourquoi Conrad aurait-il glissé ce qui paraissait être une liasse de billets de vingt dollars dans un sachet en plastique zippé, si ce n'était pour faire la leçon à son père ?

Patsy serra les lèvres. C'était un geste ridicule, et Conrad se montrait aussi infantile que Ward. Mais elle refusait de laisser le conflit entre eux s'envenimer. Elle cacherait tout simplement cet argent quelque part et ferait en sorte que Ward n'en entende jamais parler.

13.

Elk Grove, Virginie

Trop tard.

Au moment précis où il enfila la rue, Tully comprit qu'ils avaient été devancés. Même Ganza cessa de mâcher et pesta, la bouche encore pleine de son sandwich au thon.

— Ah, merde, les cons ! Ils nous ont grillés…

Un type avec des cheveux bouclés coupés court, une carrure d'athlète et des gestes autoritaires, faisait circuler la pseudo-fourgonnette de plombier du FBI, dégageant ainsi la place le long du trottoir au profit d'un petit camion blanc. Tully reconnut la posture, la gestuelle, la ligne carrée de la mâchoire, le mélange de fermeté et de vigilance dans le regard. Même si le type était en jean et en blouson de cuir, il sentait le militaire à plein nez.

— Ils sont en train de renvoyer nos techniciens, commenta-t-il en se rabattant pour se garer à distance de la scène.

Ganza jeta son sandwich sur le tableau de bord et tapota

ses poches. Tully regarda les miettes éparpillées dans sa voiture et se souvint du café renversé le matin même. Il avait l'impression que des jours, et non pas des heures, s'étaient écoulés depuis qu'il avait déposé Emma devant son lycée. Pendant que Ganza pianotait un numéro sur son téléphone cellulaire, Tully observa les manœuvres du camion blanc que le militaire musclé faisait reculer sur le gazon de manière à ce qu'il touche presque l'arrière de la maison, au 1349, Elk Grove. Il était prêt à parier que ce type n'avait jamais eu de sandwich à moitié mangé sur son tableau de bord ni de taches de café sur son siège.

— Nous sommes sur place, expliquait Ganza au téléphone. Ils sont en train de renvoyer nos équipes. Qu'est-ce qu'on fait ?

Sa voix monocorde ne laissait rien deviner de son énervement. Mais ses longs doigts noueux tambourinaient frénétiquement sur la console GPS entre eux. Un autre camion blanc passa à leur hauteur. Celui-là appartenant officiellement à la Compagnie des eaux de Virginie. Mais le véhicule était trop blanc, trop propre. Et Tully nota que les pneus ne montraient quasiment aucune trace d'usure. Deux hommes en descendirent. Ils portaient des combinaisons blanches avec le logo de la Compagnie des eaux ainsi que des bottes immaculées. Ouvrant le hayon arrière, ils sortirent des barrières de chantier et bloquèrent la rue. Les voisins penseraient probablement qu'une fuite d'eau ou de gaz s'était déclarée au 1349, Elk Grove. A condition qu'ils ne remarquent pas les pneus neufs et les bottes impeccables. Le vieil homme qui était occupé à ratisser son gazon s'interrompit un instant pour observer la scène. Mais il ne paraissait ni inquiet ni même intéressé. Après quelques instants, il retourna à ses feuilles mortes.

La camionnette de plomberie du FBI franchit l'étroit passage entre les deux barrières de chantier et s'immobilisa à leur hauteur. Tully descendit sa vitre. S'il connaissait de vue l'agent au volant de la camionnette, il ignorait son nom. Mais c'était sans importance. Ce dernier s'adressa d'ailleurs directement à Ganza.

— L'armée vient de débarquer. Nous sommes priés de quitter les lieux.

— Et qui se charge de recueillir les preuves matérielles ?

Toujours au téléphone, Ganza menait les deux conversations de front. Tully se demanda s'il avait un accès direct au directeur du FBI.

— Sécuriser et protéger, rétorqua l'agent au volant de la fourgonnette. C'est leur priorité. Ils mènent leur opération comme s'il s'agissait d'une menace terroriste et non d'un acte criminel. Et nous ne sommes pas conviés à la fête.

Tully tourna la tête vers la maison. Et vit que ni Maggie ni Cunningham ne se trouvaient avec la brigade d'intervention spéciale qui s'entassait à bord de la seconde camionnette. Il reporta son attention sur son collègue.

— Nous avons deux de nos éléments sur place. Ils sont encore à l'intérieur ?

L'agent détourna les yeux et se frotta la mâchoire.

— Ils sont toujours sur les lieux, oui, admit-il sans les regarder. C'est la raison pour laquelle le directeur assistant Cunningham a fait appel aux troupes.

Il reporta son regard sur eux. Ganza et Tully ne prononcèrent pas un mot. Ils attendaient en silence, même s'ils savaient déjà ce qu'ils allaient entendre.

— Ils ont été exposés l'un et l'autre à un agent pathogène.

14.

Elk Grove, Virginie

Le colonel Benjamin Platt savait que cinquante pour cent d'une opération de confinement biologique consistait à éviter la propagation de l'information. Le commandant Janklow avait été très clair sur le sujet : toutes les précautions devraient être prises pour ne pas attirer les médias sur les lieux. Et si les journalistes se montraient quand même, il s'agirait de les convaincre qu'ils procédaient à une simple opération de routine. En aucun cas, ils ne devraient prononcer des « expressions anxiogènes » — c'était la formule exacte employée par Janklow — susceptibles de provoquer un mouvement de panique. Des termes comme « chaîne de transmission fatale », « évacuation », « risque biologique » ou « contamination » étaient à proscrire. Et quoi qu'il arrive, il ne devrait jamais prononcer les mots « exposition virale ».

De fait, ils ignoraient toujours s'il y avait ou non un véritable danger biologique. Platt continuait d'espérer qu'il s'agissait d'une fausse alerte, orchestrée par un excité quelconque. Après la psychose à l'anthrax à l'automne 2001, il y avait eu des centaines de pseudo-lettres piégées de la part d'illuminés cherchant leur quart d'heure de gloire, ou de frustrés de tout poil en mal de vengeance. Platt savait qu'il existait une chance sur deux pour que l'alerte d'Elk Grove entre dans cette catégorie. Juste une personnalité pathologique qui voulait voir son nom apparaître cinq minutes aux infos du soir.

Platt trouva McCathy qui faisait le pied de grue derrière le camion. Sourcils froncés, le scientifique tirait sur sa barbe en battant la semelle pour montrer son impatience.

C'était au tour de McCathy d'attendre.

S'étant assuré que tout était en place, Platt frappa à l'arrière du camion. Quelques secondes plus tard à peine, une serrure cliqueta et la portière émit un discret grincement en s'ouvrant. Platt avait fait reculer le véhicule jusqu'à la porte arrière de la maison. Une haie d'un côté et une petite cabane à outils de l'autre les protégeaient des regards. A priori, personne dans le voisinage ne verrait l'intérieur du camion. Et ils n'auraient que trois pas à faire pour atteindre la maison. La porte arrière donnait accès à une petite véranda fermée qui ouvrait à son tour sur une cuisine. Platt songea qu'ils pourraient éventuellement les utiliser comme un sas de décontamination.

McCathy voulut grimper dans le camion, mais il l'arrêta.

— C'est ma mission. J'entre en premier. Vous suivrez juste derrière.

Le microbiologiste hocha la tête et s'écarta. Ce n'était

pas une question de courtoisie. La situation comportait un risque et McCathy n'avait pas l'intention de discuter les ordres. Il paraissait d'ailleurs plus soulagé que mécontent.

Platt avait deux de ses sergents — les deux meilleurs éléments de son unité de lutte contre le risque biologique — qui l'attendaient à l'intérieur du véhicule. Il grimpa pour les rejoindre et tira un épais rideau de plastique derrière lui afin de les dissimuler à la vue d'éventuels observateurs. Alors qu'il s'apprêtait à enfiler la tenue chirurgicale que lui tendait le sergent Hernandez, il la vit détourner les yeux au moment où il tira sur sa boucle de ceinture. Elle était jeune et sous son commandement. Dans quelques secondes, il leur confierait sa vie, à elle et au sergent Landis, puisqu'il leur reviendrait de vérifier qu'il était suffisamment protégé contre un agent chimique ou biologique potentiel. Et pourtant, elle semblait sur le point de rougir à l'idée de le voir en caleçon. Platt faillit sourire.

Il avait engagé deux fois plus de femmes dans son unité antirisque biologique que son prédécesseur à l'USAMRIID. Ce dernier avait toujours professé que les « éléments féminins » ne devraient en aucun cas être employés dans des missions à haut risque car ils pouvaient à tout instant basculer dans des états de panique ou réagir de façon hystérique. Platt savait ce qu'il en était réellement et n'avait tenu aucun compte des mises en garde de son prédécesseur. Mais dans des moments comme celui-ci, les différences entre hommes et femmes le surprenaient, l'amusaient même. Et il en fallait beaucoup pour l'amuser, ces derniers temps.

Landis souleva la combinaison et la maintint de manière à ce qu'il puisse l'enfiler. A la différence des combinaisons pressurisées bleues qu'ils utilisaient à l'USAMRIID au sein des laboratoires de biosécurité de niveau 4, la combinaison Racal était orange — d'un orange éclatant — et conçue pour le terrain, avec une réserve d'air fournie par une batterie dont l'autonomie allait jusqu'à six heures.

Platt enfila une double paire de gants en caoutchouc et Hernandez les fixa à l'aide d'un adhésif aux manches de la combinaison. Landis, pendant ce temps, assurait l'étanchéité entre le bas de sa tenue et ses bottes. Le casque bulle, mou et transparent, représentait l'étape finale et généralement décisive. Platt avait vu des hommes comme des femmes, soldats courageux et scientifiques hautement motivés, paniquer dans une combinaison pressurisée, sous l'effet de la claustrophobie, et l'arracher en y plantant les ongles. Pour sa part, il avait passé trente-six heures derrière les lignes ennemies en Afghanistan, piégé dans un tank mis hors d'état de marche par un EEI — un engin explosif improvisé — à espérer que d'autres forces que celles de l'ennemi finiraient par les retrouver, pendant qu'il soignait avec les moyens du bord un de ses hommes souffrant d'une plaie béante à la tête et un autre dont la moitié du bras avait été arrachée. Après une expérience de cet ordre, entrer dans une zone potentiellement contaminée en tenue de cosmonaute faisait figure de promenade dominicale.

Il attendit pendant que Hernandez et Landis vérifiaient une dernière fois l'étanchéité de son accoutrement. Il se mit à transpirer avant même qu'ils n'allument la soufflerie électrique. Le moteur tourna et il entendit le bruit de l'air aspiré dans la combinaison pendant qu'elle gonflait autour de lui.

Hernandez leva le pouce pour lui signifier qu'il était prêt. S'entendre était difficile à cause du ventilateur intégré. Platt désigna l'adhésif d'une main gantée et fit le geste de le déchirer. Hernandez hocha aussitôt la tête et entreprit de détacher des morceaux de cinq à dix centimètres qu'elle fixa les uns sur les autres, au niveau de sa manche, de façon à ce qu'il puisse les attraper aisément. Si sa combinaison devait se déchirer pour une raison quelconque, il pourrait ainsi colmater la fuite avant que le vêtement ne se dépressurise. Il suffisait d'une fuite, même minuscule, pour rendre la tenue inefficace dans une zone à haut risque biologique.

Il y avait déjà un moment que Platt n'avait pas eu l'occasion de se livrer à ce genre d'exercice sur le terrain. La dernière fois qu'il avait enfilé ce type de combinaison, c'était pour pénétrer dans les locaux du *Miami Herald*, en 2001, lorsqu'une lettre adressée à l'actrice et chanteuse Jennifer Lopez avait atterri entre les mains d'un photographe. Le courrier en question avait été rempli de spores d'anthrax, et le photographe était mort quelques semaines plus tard. Platt se demanda si ce qui l'attendait dans la maison d'Elk Grove était un agent de destruction du même ordre. De fait, il serait ravi de découvrir que toute cette histoire n'était qu'une mauvaise blague.

Ces précautions prises, il leva le pouce à son tour pour indiquer à Hernandez qu'il était prêt. Oscillant dans sa combinaison comme un enfant découvrant la marche, il se fit assister des deux sergents pour descendre du camion. Il attendit un instant, le temps de recouvrer son équilibre. Puis, en trois pas, il atteignit la véranda.

15.

Elk Grove, Virginie

Lorsque Maggie était petite fille, elle adorait regarder les vieux films d'horreur en noir et blanc. Sa préférence allait alors à *L'Etrange créature du lac noir*, mais elle aimait également les Hitchcock et ne manquait jamais un épisode de *La Quatrième Dimension*. En voyant l'homme en combinaison spatiale orange franchir la porte de la cuisine, elle n'aurait été qu'à demi surprise d'entendre s'élever la voix du créateur de la série, Rod Sterling, commentant cette scène digne d'un film de science-fiction.

Un peu plus tôt, Cunningham avait composé à contrecœur le numéro de l'Institut de recherche de l'armée. Mais les cas de risque biologique relevaient soit de l'USAMRIID, soit du Centre de contrôle des maladies, le CDC, à Atlanta. Et l'USAMRIID avait l'avantage de la proximité. A Frank, le directeur du FBI, ainsi qu'au commandant Janklow, Cunningham avait exposé sommairement les faits tout en donnant quelques indications d'itinéraire. Les trois hommes étaient tombés d'accord pour que des mesures extraordinaires soient prises. Ce qui signifiait aussi que toutes les précautions seraient mises en œuvre pour prévenir un mouvement de panique. Puis Maggie avait été chargée de déverrouiller la porte de la cuisine. Et ils n'avaient plus eu qu'à attendre.

Ils s'étaient préparés à voir arriver des spécialistes de l'USAMRIID. Maggie avait même vu le camion blanc reculer sur la pelouse et une équipe de chantier en sortir pour barrer la circulation. A quoi elle s'était attendue, elle n'aurait su le dire — des hommes et des femmes avec des masques à gaz, peut-être. Ou en tenues chirurgicales. Mais sûrement pas des combinaisons pressurisées. « Ils prennent juste les précautions réglementaires », se dit-elle pour tâcher de se raisonner. Mais alors même qu'elle cherchait à se rassurer, elle sentit son estomac se nouer.

L'homme dans la combinaison spatiale orange ne la vit pas tout de suite. Comme son champ de vision était limité, il devait pivoter sur lui-même pour regarder autour de lui. Il lui était, de plus, impossible de l'entendre. Sa combinaison sifflait et vrombissait pour maintenir la pression de l'air circulant. Et Maggie supposait que l'intérieur de la bulle en plastique devait être plus bruyant encore. Il se déplaçait avec des gestes lents et réfléchis, comme s'il marchait sur la Lune au beau milieu du séjour. Ses bottes paraissaient pesantes, et il était obligé de tenir les bras écartés à cause du volume de l'air. Il n'était plus qu'à deux mètres lorsqu'il se tourna enfin vers elle. Une épaisse buée s'était formée à l'intérieur de son casque, et elle ne put tout d'abord distinguer ses traits. Avec une main gantée, il poussa le plastique contre son visage et réussit à essuyer l'humidité intérieure.

Leurs regards se trouvèrent. Il avait des yeux bruns intenses et plissait le front comme s'il réfléchissait à ce qu'il voulait lui dire. Le plastique s'embua de nouveau. Cette fois, il le ramena contre son visage d'un mouvement si brusque que le moteur électrique hoqueta, faiblit, puis recommença à aspirer l'air après une brève hésitation. Lorsque l'homme la regarda de nouveau, il fit quelque chose de parfaitement inattendu : il lui adressa un large sourire. Cela suffit à briser la tension, et elle se surprit elle-même à rire.

Ce fut le moment que choisit Cunningham pour pénétrer dans la pièce avec Mary Louise serrée contre lui. Au premier regard que jeta la petite fille à l'homme venu de l'espace, elle se mit à pousser des hurlements stridents de panique.

16.

Elk Grove, Virginie

Tully pianota une fois de plus sur son portable. Pour des raisons de sécurité, il ne gardait aucun numéro préenregistré. Ou, du moins, il ne l'aurait pas fait, même s'il avait su comment procéder.

Toujours pas de réponse.

Au bout de trois sonneries, la boîte vocale se déclencha. Tully referma son téléphone. Cunningham et Maggie avaient coupé l'un et l'autre leur portable. Il préférait se dire ça plutôt qu'envisager que l'armée ait pu leur interdire de l'utiliser.

Tully rongeait son frein. Non pas qu'il ne respectât pas les militaires… Certes, il n'avait qu'un respect limité pour les officiers de l'armée américaine. Surtout pour ceux de l'espèce qu'il avait vue un peu plus tôt, réglant la circulation, faisant marcher le monde au pas d'un simple geste de la main ou d'un signe de la tête. Combien de soldats ce même officier avait-il envoyés à la mort, toujours d'un simple geste de la main ou d'un signe de la tête ? Chaque fois que Tully avait eu l'occasion de coopérer avec les militaires, ceux-ci s'étaient octroyé le commandement sans excuses ni explications. Ils jouaient au jeu du chacun pour soi. Et neuf fois sur dix, gardaient jalousement le secret de leurs actions.

Pour autant que Tully pouvait en juger, c'était exactement ce qui était en train de se passer. Il avait garé sa voiture du côté opposé de la rue, toujours le long du trottoir mais un peu en biais, de façon à surveiller le minuscule espace visible entre le camion blanc et l'arrière de la maison. Il ne distinguait pas grand-chose, en vérité. Mais quelques minutes plus tôt, il avait entrevu une combinaison de terrain orange se déplaçant vers la véranda. Et à présent, un second « cosmonaute » suivait le même chemin.

Il détourna les yeux de la scène pour regarder approcher Ganza, qui venait de parlementer avec la pseudo-équipe de chantier. Ganza n'était pas beaucoup plus grand que lui et ne le dépassait que d'une petite dizaine de centimètres, mais son grand corps squelettique semblait avoir du mal à porter son propre poids. Avec ses jambes interminables, ses genoux osseux dans son pantalon marron trop lâche, ses épaules tombantes et son cou trop long, le directeur de labo lui faisait penser à une girafe. Même sa blouse de laboratoire blanche, qu'il n'avait pas pris la peine d'enlever avant de se précipiter sur les lieux, ressemblait à la peau tachée des mammifères à long cou, du fait des grosses marques brunes qui résistaient au lavage.

Au début de son divorce, Tully s'était inventé un petit jeu qui consistait à deviner si les hommes qu'il rencontrait vivaient seuls ou en couple. Caroline ne l'aurait jamais laissé quitter la maison avec une tache sur sa cravate. D'autres femmes proches — Maggie, Gwen, Emma — se relayaient désormais pour frotter ses manches de chemise, sa cravate ou ses revers de veste. Mais sans elles, les taches auraient fait partie intégrante de sa garde-robe. Tully avait deviné, quelques années plus tôt, que Ganza n'avait sans doute jamais été marié. Et pas seulement cela. Il ne passait pas non plus beaucoup de temps en compagnie de femmes qui prenaient soin de son apparence.

Ganza ouvrit sa portière, s'écroula sur le siège passager et claqua sa portière plus violemment que nécessaire. Une première. Tully n'avait encore jamais vu Ganza manifester aussi bruyamment ses émotions.

— Ces salopards refusent de nous laisser entrer pour recueillir les pièces à conviction.

Malgré la portière claquée, la voix de Ganza avait gardé son habituelle tonalité monocorde.

— Ils veulent isoler et confiner, ajouta-t-il d'un air sombre.

Cela, Tully aurait pu le lui dire avant que Ganza ne prenne la peine de sortir son badge pour le montrer aux militaires déguisés.

— Ils n'ont pas complètement tort, Keith.

Il n'eut pas besoin de tourner la tête vers Ganza pour savoir qu'il lui jetait un regard noir.

— Il y va de leur responsabilité. Ils ne peuvent pas prendre le risque d'exposer d'autres personnes à un éventuel agent pathogène.

— Ça, je le sais aussi. Mais ils vont détruire tous les indices, s'il y en a. Ils ne savent même pas ce qu'il faut chercher.

Ganza attrapa sur le tableau de bord les restes de son sandwich, qui avaient mariné au soleil depuis son départ, et y planta les dents avec appétit.

— J'ai proposé de m'équiper et de me charger du travail.

— D'enfiler une de leurs combinaisons spatiales, tu veux dire ?

— Bien sûr. Pourquoi pas ?

— Tu en as déjà porté ? demanda Tully.

— Ça ne doit pas être très différent d'un masque à gaz.

Ganza s'interrompit pour lui jeter un regard attentif.

— Et toi ? Tu en as déjà porté, de ces machins pressurisés ?

— Une fois, oui. Il y a longtemps.

Tully n'entra pas dans les détails. Ganza était un collègue, pas un ami. Et il ne livrait jamais de lui-même que le strict nécessaire. Un trait de caractère dont Gwen Patterson ne cessait de lui rappeler qu'il était, selon ses termes choisis, « passablement irritant ». Rien d'étonnant si elle n'appréciait pas son laconisme. Elle était psychologue de profession, et les gens lui confiaient leurs secrets les plus noirs et les plus enfouis. S'il voulait que Gwen fasse un jour partie de sa vie, il devrait apprendre à partager avec elle ce qu'il y avait de plus sombre et de plus caché en lui.

Mais Ganza… Il ne devait rien à Ganza. Et il n'avait

pas spécialement envie d'évoquer l'épisode de quatre heures qu'il avait subi au début de sa formation au FBI. En 1982, on était encore en pleine guerre froide. Et apprendre à se mouvoir dans une combinaison spatiale faisait partie de l'entraînement de base, même si, en ce temps-là, c'était dans une optique de combat plus que de confinement biologique.

Un mouvement se dessina alors dans l'espace entre le camion et l'arrière de la maison. Tully se jeta en avant, se collant littéralement au volant pour tenter d'avoir un meilleur aperçu. Il espérait avoir mal vu. Mais si ses yeux ne l'avaient pas trompé, les militaires venaient de sortir de la maison avec un de ces sacs mortuaires transparents qui servaient à évacuer les corps.

17.

USAMRIID
Fort Detrick, Maryland

Maggie avait appris qu'on l'appelait « Taule », mais elle ne la connaissait que par ouï-dire. Et elle aurait préféré en rester là.

Concrètement, « la Taule » était un service hospitalier de biosécurité de niveau 4, à l'intérieur même de l'USAMRIID. L'armée y isolait des patients suspectés d'être porteurs de maladies infectieuses à la fois mortelles et incurables. Ou pour traiter des individus ayant été exposés à un agent pathogène. Ces patients, tant que les analyses ne prouvaient pas le contraire, étaient considérés comme hautement contagieux.

Pour l'essentiel, d'après ce qu'avait compris Maggie, « la Taule » servait à un usage interne. On y traitait les scientifiques maison qui s'exposaient accidentellement dans le cadre de leurs recherches en laboratoire. L'USAMRIID disposait de spécimens congelés des micro-organismes — virus et bactéries — les plus terrifiants. Il y avait eu un temps, pendant la guerre froide, où l'essentiel de l'activité de l'USAMRIID consistait à récolter et à créer des armes de guerre biologique. A l'heure actuelle — à la connaissance de Maggie, du moins — l'institut ne servait plus qu'à développer des vaccins ainsi qu'à contrôler, ou plus exactement à confiner, d'éventuelles épidémies. Depuis le 11 septembre 2001 et la psychose à l'anthrax qui avait suivi, l'USAMRIID avait également pour fonction de concevoir des parades à toute attaque terroriste visant à contaminer une population avec des agents pathogènes mortels.

Il arrivait que l'un de leurs pathologistes, vétérinaires ou microbiologistes, se pique avec une aiguille contaminée, se coupe avec un tube à essai brisé ou subisse la morsure d'un singe de laboratoire. L'armée devait alors être en mesure de soigner sur place le chercheur exposé. Le transporter dans un service ordinaire présentait un trop grand danger de contagion. Sans parler du risque de fuites dans les médias. Les chercheurs de l'USAMRIID eux-mêmes avaient baptisé le service « la Taule ». Et cela pour une raison toute simple : c'était ni plus ni moins une prison de haute sécurité, dotée de cellules de confinement. Cunningham n'avait sans doute pas envisagé un instant qu'en faisant appel à l'armée, il les avait voués l'un et l'autre à séjourner dans un service de confinement de niveau 4.

A première vue, les chambres ressemblaient à celles d'un hôpital ordinaire. Jusqu'au moment où l'on découvrait que l'une des parois de la pièce n'était qu'une immense fenêtre d'observation de verre. Et que les portes doubles en acier ne s'ouvraient que de l'extérieur. Maggie supposait que Cunningham et elle se verraient attribuer chacun une chambre différente et qu'on les isolerait séparément. Mary Louise et sa mère devaient également se trouver quelque part derrière une de ces portes closes. Maggie espérait que mère et fille avaient été hospitalisées ensemble.

Une femme vêtue d'une combinaison spatiale bleue l'avait escortée jusqu'à sa chambre en passant par une série de sas. A chaque étape, elles avaient franchi de lourdes portes étanches qui se refermaient automatiquement derrière elles. Ce fut à la dernière porte, lorsque l'air fut aspiré avec un léger bruit de succion, scellant hermétiquement la chambre en pression négative, que Maggie sentit la panique s'installer. Elle débuta lentement par une sorte de tic-tac dans un coin de son esprit — comme un battement de cœur, mais qui ne lui parut pas être le sien. L'air à l'intérieur de la pièce était différent. Différent de celui du couloir. Différent de celui des antichambres qu'elles avaient traversées.

Elle se dit que ce n'était qu'un peu de claustrophobie. Que tout se passerait bien. Si elle leur expliquait qu'elle avait été enfermée dans un congélateur par un fou sadique l'année précédente, ils se montreraient peut-être compréhensifs et la laisseraient repartir ?

Probablement pas, non.

Pour être tout à fait honnête, la montée d'angoisse avait commencé un peu plus tôt, dans la maison de Mary Louise. Elle avait connu un premier moment de panique au moment où deux cosmonautes orange avaient emporté la mère de Mary Louise, hermétiquement scellée dans une sorte de brancard d'isolement transparent, qui ressemblait à s'y méprendre à une housse mortuaire. Lorsqu'elle les avait vus procéder, son corps entier était devenu moite et un filet de sueur froide lui avait coulé dans le dos. Allaient-ils les évacuer tous à l'aide du même dispositif ? Elle savait qu'elle ne tiendrait pas une minute si on l'enfermait dans un de ces machins. Et le fait que les brancards soient pourvus d'une réserve d'oxygène ne changerait rien à l'affaire. Elle perdrait la maîtrise d'elle-même, se débattrait, chercherait à crever sa prison en mordant et en griffant. Ses pulsations cardiaques étaient devenues bruyantes et rapides ; sa respiration laborieuse. Oui, c'était là que la panique avait vraiment commencé.

Le « cosmonaute » orange, dont elle avait appris plus tard qu'il était colonel et se nommait Platt, avait lu la terreur dans ses yeux. Il avait déjà dû calmer une petite fille terrifiée et se charger de sa mère malade qui présentait des hémorragies profuses. Avait-il redouté, alors, de nouvelles réactions hystériques ? De voir son coûteux matériel endommagé à coups d'ongles et de dents ?

Plus tard, Maggie apprendrait qu'ils n'avaient tout simplement pas prévu assez de brancards d'isolement. Si bien que Cunningham et elle avaient juste eu à subir une douche de décontamination dans la cuisine. Les vaporisateurs avaient humidifié leurs vêtements et leurs cheveux, mais ne les avaient pas détrempés entièrement. Et le sachet plastique qu'elle avait glissé dans son dos était resté invisible et à sa place, humide et collé par la transpiration. Maggie porta la main à son visage. L'odeur du chlore lui imprégnait encore les narines. Et elle ressentait comme une brûlure dans ses poumons chaque fois qu'elle s'aventurait à prendre une inspiration profonde.

— Pour la nuit, cria la femme dans la combinaison spatiale, afin de couvrir le bruit de l'air pressurisé.

Elle prit une chemise d'hôpital pliée sur le dos d'une chaise et la lui tendit.

— Nous devons vous garder ici jusqu'à demain.

La femme lui fit signe de s'asseoir sur le lit pendant qu'elle déballait un abaisse-langue en plastique et un écouvillon stérile. Elle posa une seringue sur une tablette.

— Je dois faire un prélèvement de gorge et une prise de sang, cria-t-elle, articulant chaque syllabe avec des mouvements de bouche exagérés.

Puis elle désigna un vase à urine.

— Et il faudra me remplir ceci.

Derrière la cloison de verre, Maggie vit que plusieurs personnes les observaient. La fille à la combinaison dut interpréter son visible malaise comme une réaction de pudeur, car elle lui désigna la salle de bains d'un doigt ganté. Maggie songea avec soulagement que là, au moins, elle bénéficierait d'un certain degré d'intimité.

Elle se demanda s'il était normal d'entendre son cœur faire un boucan pareil. Depuis combien de temps s'acharnait-il ainsi contre ses côtes ? Elle n'avait plus le moindre doute, à présent. Ces violentes palpitations cardiaques, elle les reconnaissait comme étant les siennes. S'efforçant de ne pas écouter, elle renversa la tête et ouvrit la bouche lorsque la fille en bleu lui fit signe qu'elle allait procéder au prélèvement de gorge. Elle s'efforça d'oublier que, pendant quelques secondes, elle ne pourrait ni déglutir ni respirer. Dieu merci, le geste médical fut effectué rapidement et avec précision.

La fille scella le frottis puis déballa la seringue. Maggie détourna la tête lorsque l'aiguille s'enfonça dans son bras. Le long des murs s'alignaient tubes, pipettes et autres matériels d'analyse. Une caméra de surveillance filmait dans un angle du plafond ; des moniteurs clignotaient et bipaient, même s'ils n'étaient pas encore attachés à elle.

La dernière fois qu'elle s'était retrouvée dans une chambre d'hôpital, peu après l'épisode du congélateur, elle avait eu la surprise, au réveil, de trouver une forêt de fils et de tuyaux connectés à son corps, des sacs à perfusion au-dessus de sa tête et des moniteurs enregistrant les battements de son cœur. On lui avait expliqué qu'une à deux minutes d'hypothermie de plus, et le congélateur se serait mué pour elle en un cercueil de glace.

Ils l'avaient vidée entièrement de son sang pour le réchauffer et le lui réinjecter ensuite. Elle ne savait pas trop comment ils avaient procédé, en dépit de ses rudiments de médecine. Pendant des semaines d'affilée, d'étranges cauchemars médicaux l'avaient hantée, suite à l'intervention. Pour le reste, elle ne se rappelait pas grand-chose, à part le froid, la panique, la sensation de claustrophobie, le tout ayant culminé dans un épuisement absolu.

La fille à la combinaison referma un tube de sang et

entreprit d'en remplir un second. Maggie concentra son attention sur la fenêtre. Au moins ne s'agissait-il pas d'une vitre sans tain. Elle pouvait voir les visages de l'autre côté. Il y avait là quatre — peut-être cinq — personnes occupées à taper sur des claviers, à surveiller des moniteurs ou des écrans d'ordinateur. Tous étaient occupés sauf un. Un qui venait sans doute d'arriver, car elle n'avait pas remarqué sa présence jusque-là.

Il se tenait près de la fenêtre et l'observait. Voir un visage connu l'apaisa, même si le front était plissé et le regard soucieux. Maggie laissa échapper un soupir et réalisa qu'elle avait plus ou moins retenu sa respiration jusque-là.

Elle sourit à R.J. Tully et il lui fit un petit signe de la main. Les traits de son coéquipier étaient marqués par l'inquiétude. Elle se souvint de l'enveloppe fermée et sous double emballage qu'elle gardait cachée dans sa veste à fleurs soigneusement pliée. Il lui faudrait trouver un moyen de la faire passer à Tully. Mais, pour le moment, ils n'en étaient pas là.

— Harvey… S'il te plaît, occupe-toi de Harvey, articula-t-elle, consciente que Tully ne pourrait pas l'entendre à travers la vitre épaisse.

Il fit oui de la tête.

18.

Reston, Virginie

Emma Tully sortit une mince feuille de papier pliée de l'enveloppe jaunie. Au début, le paquet de vieilles lettres retenues par un élastique orange avait attiré son attention parce qu'elle avait repéré un timbre de vingt cents à l'effigie d'une certaine Ethel Barrymore. Qui était Ethel Barrymore, elle n'en avait pas la moindre idée. La grand-mère de Drew, peut-être ? Mais peu importait… Ce qui l'avait fascinée au premier abord, c'est qu'il y avait eu une époque où il suffisait de vingt cents pour affranchir son courrier.

Elle se demanda si la pile d'enveloppes jaunies avait été oubliée depuis longtemps. Sa trouvaille remontait à son dernier séjour chez sa mère, à Cleveland. Les lettres avaient été fourrées dans un coin de tiroir du bureau de la chambre d'amis. Oubliées, peut-être, mais investies d'une valeur suffisante pour avoir été conservées. Et sa mère était plutôt portée à faire table rase qu'à stocker les objets du passé. Les lettres étaient même classées par ordre chronologique. Ce qui, là encore, ne ressemblait pas à Caroline. Ces vestiges du passé devaient sûrement avoir une valeur sentimentale.

Emma ne connaissait plus personne qui écrivait de vraies lettres et elle était excitée par sa trouvaille. Surtout si ce qu'elle soupçonnait se confirmait. S'agissait-il de vieilles lettres d'amour écrites par son père à sa mère avant leur mariage ? Ce serait romantique à souhait ! Comme si une fenêtre sur le passé s'entrebâillait et qu'elle jetait un coup d'œil sur une partie enfouie de sa propre histoire.

Elle s'adossa contre ses oreillers.

26 août 1982

Chère Liney,

Je suis arrivé hier soir vers 8 heures. Sain et sauf, oui. Tu n'avais pas de souci à te faire. Même si je peux t'avouer maintenant que je n'étais pas complètement tranquille à l'idée de monter dans cet avion. Je sais que je t'ai dit que cela ne m'inquiétait pas et qu'il est statistiquement improbable que deux catastrophes aériennes majeures se succèdent à quelques mois d'intervalle. Rien ne pouvait m'arriver, c'est sûr. Il n'empêche que pendant quelques minutes, alors que nous étions encore sur le tarmac à O'Hare, j'ai pensé à tous ces corps en flammes qui ont été soufflés sur un quartier de La Nouvelle-Orléans. Et puis je me suis dit que mon avenir n'était pas d'être une victime, mais l'enquêteur chargé de comprendre.

Il faudrait un jour que tu voies cet endroit. Quantico est comme une vraie petite ville dissimulée dans une pinède.

Je crois que je m'attendais à des baraquements militaires ou un truc comme ça. Nous sommes trois par chambre et les piaules ne sont pas grandes, mais ça ne me gêne pas. Les deux autres gars n'ont pas l'air mal. D'ailleurs, on veut devenir agents spéciaux tous les trois, alors ça nous fait déjà un point commun.

C'est marrant, parce qu'on s'est presque tout de suite donné des surnoms. Enfin, ça s'est plutôt passé de cette façon : « Razzy » est arrivé avec le sien et a pensé qu'il nous en fallait un aussi. Alors Reggie est devenu J.B. pour « Jelly Beans » parce qu'il mange ces bonbons-là à longueur de journée. Il en a apporté un bon kilo et dit que le président Reagan les aime aussi, mais je ne sais pas s'il raconte des craques ou si c'est vrai. J'ai pris la dernière édition du Time *à l'aéroport parce qu'il y avait une interview de Reagan. Mais il n'y avait rien sur les Jelly Beans. Reagan parlait juste de la récession et de sa promenade à cheval avec la reine. Mais si le Président mangeait vraiment des bonbons, je trouverais ça plutôt sympa, pas toi ?*

Ah oui, mon surnom — je suis sûr que tu ne devineras jamais. Ils m'ont baptisé Indy ! Bon, O.K., parce que je viens de l'Indiana, a priori. Et qu'ils ne sont même pas fichus de savoir où se trouve cet Etat. Et je ne te parle même pas de Terre Haute, bien sûr.

Je sais que je t'ai dit une fois que je détestais les surnoms. Tu t'en souviens, je parie ? En fait, c'est surtout parce que lorsque j'étais gamin, mon paternel m'appelait « l'Abruti » ou « le Petit Con ». Ce genre de truc nul, quoi. Mais Indy, ça me plaît bien. Cela me fait penser à Indiana Jones. Tu sais, le deuxième film qu'on a vu ensemble, tous les deux, l'été dernier? Mais qu'est-ce que je raconte? Tu t'en souviens forcément. Je ne vois pas comment tu aurais pu oublier, pas vrai?

Enfin, pour en revenir à Indy, j'aime assez être associé à un type qui se trimballe avec un fouet et qui tombe les filles sans trop d'effort. C'est plus mon style que « l'Abruti ». Et cela me ressemble tellement plus que tout ce que mon paternel a en réserve pour moi. Ce matin encore, il m'est tombé dessus pour me reprocher d'abandonner l'entreprise familiale. Hé, je ressemble même un peu à Harrison Ford, tu ne trouves pas? Et puis Indiana Jones, c'est carrément en phase avec mon avenir tel que je le vois.

Bref, Quantico n'est que le début de ma brillante carrière. J'ai de super projets.

A la prochaine,

Sincèrement vôtre, belle dame,

Indy

Emma voulut prendre l'enveloppe suivante, mais suspendit son geste en entendant la porte d'entrée s'ouvrir. Les pas dans l'entrée se dirigèrent en droite ligne vers sa chambre. Et merde… Quoi encore? Elle eut tout juste le temps de rassembler les lettres et de les fourrer sous son couvre-lit avant que le coup ne soit frappé à sa porte.

— Tu es là, choupette?

Pas l'ombre d'un reproche dans la voix de son père. Ouf!

— J'ai promis de rendre un service à Maggie. Tu veux venir avec moi?

En temps normal, elle aurait grommelé une excuse. Mais ce soir, cela ne l'embêtait pas trop de passer un moment avec son père. Peut-être parce qu'elle était curieuse de voir si elle pouvait déceler une trace d'Indiana Jones en lui.

19.

Razzy's
Pensacola, Floride

Rick Ragazzi fit claquer bruyamment le tiroir-caisse en espérant que Joey, son cousin et associé, capterait le message. Il avait du mal à faire comprendre à Joey que le restaurant était leur gagne-pain et pas un salon privé où il pouvait recevoir ses invités en toute prodigalité. Ce soir, Joey préparait des crèmes brûlées aux frais de la maison pour un groupe de six personnes qui étaient passées après la représentation au théâtre Saenger, juste en haut de la rue. Offrir le dessert aurait été de bon aloi si le groupe leur avait laissé plusieurs centaines de dollars après un bon dîner. Mais ces six-là n'avaient commandé que des cafés.

— Quoi ? Pas d'entremets ? avait plaisanté Joey en s'arrêtant à leur table à l'occasion du rituel tour de salle qu'il effectuait à la fin de chaque service, lorsque le personnel de cuisine commençait à nettoyer avant de partir.

Joey avait demandé à Rita de resservir tout ce petit

monde en cafés et il était reparti en cuisine. Quelques minutes plus tard à peine, il était revenu avec sa création. En triomphe, bien sûr, suscitant des rires et des applaudissements. Tout grand cuisinier qu'il était, son cousin Joey ne valait pas mieux qu'un acteur. Il avait en permanence besoin d'être reconnu, fêté, admiré.

Ils étaient comme le jour et la nuit, tous les deux. Au point que Rick se demandait par moments comment ils pouvaient être apparentés. Naturellement, c'étaient leurs différences qui faisaient d'eux une aussi bonne paire d'associés. Des deux, il était celui qui avait la tête sur les épaules. Ami des chiffres depuis toujours, il avait la bosse de l'organisation. C'était lui qui avait calculé les salaires, les frais généraux, les coûts de production. Il avait préparé un compte prévisionnel d'exploitation complet, avec projections, revenus nets et marges. Mais ce n'était pas parce qu'il avait su limiter leurs dépenses et assurer une gestion optimale qu'ils avaient réussi à dégager des profits au bout de huit mois de fonctionnement. Rick était conscient que ses calculs, si savants qu'ils soient, ne représenteraient rien s'il n'y avait pas son cousin, le chef imaginatif et brillant qui gagnait concours sur concours. A vingt-quatre ans, Joey était un magicien culinaire, s'il fallait en croire l'article qui lui était consacré dans *Gourmet magazine*.

La première fois, les gens entraient dans leur restaurant par curiosité. Mais ils revenaient pour une seule et unique raison : ils appréciaient ce qu'on leur servait. Or, la cuisine, c'était Joey et uniquement Joey. Rick faisait en sorte que le personnel soit formé, poli et rapide. Mais il aurait été incapable de pocher un œuf ou de lever un filet de poisson, même si sa vie en avait dépendu. Il contempla ses mains couvertes de coupures et d'estafilades à divers stades de cicatrisation. Son index portait encore les marques de sa tentative, la veille, pour aider à couper les légumes en julienne. Joey était incontestablement l'homme de talent. Alors que lui, Rick, n'était qu'un simple gestionnaire et sous-marmiton occasionnel.

Leur succès avait été assuré par les amoureux des week-ends de printemps, suivis par les touristes de l'été. Mais la partie la plus ardue ne faisait que commencer. Ils devaient tenir jusqu'à Noël, s'ils voulaient passer le cap. Or, septembre avait été somnolent. Et octobre promettait d'être plus difficile encore. Pourquoi avait-il fallu que le réfrigérateur hypersophistiqué dont Joey avait exigé l'achat les lâche la veille au soir ? Comme par hasard, la garantie avait expiré juste le mois dernier. Et le réparateur avait annoncé qu'il faudrait changer le compresseur, ce qui leur faisait sept cents dollars supplémentaires à sortir avant les fêtes.

Rick regarda Joey charmer son auditoire. Il était difficile de rester fâché longtemps contre lui. Lorsqu'ils avaient aménagé le restaurant, Rick avait suggéré qu'ils remplacent un mur de la cuisine par une paroi de verre afin que les dîneurs puissent voir Joey officier. Finalement, l'idée avait été trop coûteuse à mettre en œuvre. Rick était habitué à ce que son cousin concentre toute l'attention sur lui. Et, honnêtement, ça ne le dérangeait pas. Parfois, il se joignait aux admirateurs et lui servait de faire-valoir. Enfants déjà, dans les fêtes de famille, ils jouaient de petits numéros où il s'occupait de la mise en place et où Joey était le clou du spectacle. Tout le monde les trouvait adorables, à l'époque, parce qu'il avait deux ans de plus que Joey et qu'en ce temps-là encore, il le dépassait en taille.

A l'adolescence, leur amitié s'était encore renforcée. L'été, ils avaient couru les filles ensemble, sur les plages de Pensacola. Jusqu'au moment où Rick avait fini par admettre que les filles ne l'intéressaient pas tant que cela. Même cet aveu avait été une étape franchie en commun. Joey ayant été le premier à affirmer que cela n'avait pas grande importance. Et que c'était autant de gagné pour lui puisqu'il avait un rival en moins.

Après le bac, il s'était dirigé vers le management, alors que Joey se lançait avec éclat dans une grande école hôtelière. Monter un restaurant ensemble avait été pour eux de l'ordre de l'évidence.

Mais le maintenir ouvert serait peut-être de l'ordre du miracle.

Surtout dans la mesure où ils n'avaient ni associé dormant, ni riche bénéficiaire, ni soutien dans la famille. Les parents de Rick ne voulaient pas entendre parler de leur restaurant. Et Joey refusait l'aide de son père. Rick ignorait pourquoi son cousin se montrait si fier. Oncle Vic, au moins, avait envie de les soutenir. Il n'avait jamais traité son neveu de « pédé ». Et il ne passait pas son temps à leur prédire la faillite de leur entreprise. Rick avait parfois du mal à croire que deux hommes aussi différents que son père et oncle Vic puissent être frères.

Rick avait respecté la décision de Joey. Mais son cousin n'avait aucune idée des frais qu'engendrait le restaurant. Rick savait que leurs profits de l'été ne leur suffiraient pas à tenir, s'ils tournaient au ralenti tout l'hiver. S'ils devaient fermer boutique, le grand Joey Ragazzi trouverait aussitôt preneur dans un des restaurants du secteur. Mais lui ? Que ferait-il ? Atterrirait-il dans une agence comptable ?

Pour lui, ce restaurant représentait une chance unique. Et lorsque l'enveloppe d'oncle Vic était arrivée, une semaine plus tôt — adressée à Rick et non à Joey —, il avait décidé de ne rien en dire, mais de ne pas la retourner non plus. Même oncle Vic semblait avoir compris que si son fils refusait son aide, son neveu, lui, l'accepterait peut-être. Il leur avait fait parvenir mille dollars en liquide. Rick les avait comptés deux fois avant de les replacer dans le sachet en plastique zippé qui avait servi à l'envoi.

Il justifiait son silence en se disant que mille dollars ne constituaient pas une somme assez conséquente pour faire basculer leur destin. Mais avec cette histoire de compresseur, ces mêmes mille dollars pouvaient être décisifs…

20.

Newburg Heights, Virginie

R.J. Tully écrasa des carottes cuites dans le bol en Inox. Il connaissait le mode d'emploi. Et au cas où il l'aurait oublié, Maggie avait des instructions affichées à l'intérieur d'une porte de placard. Son équipière ne lui demandait presque jamais de services. Et les rares fois où elle faisait appel à lui, c'était toujours pour son chien.

Il jeta un coup d'œil par la fenêtre de la cuisine. Le retriever blanc ne ratait jamais le Frisbee luminescent, malgré les lancers anarchiques d'Emma. Tully secoua la tête. Elle n'avait jamais été très bonne en sport. Par sa faute, peut-être. Leurs sorties sportives s'étaient déroulées plus souvent équipées d'une télécommande et de fauteuils qu'avec des battes de base-ball et des gants.

Tully releva ses manches déjà roulées et ajouta de la nourriture lyophilisée dans le bol. Puis il mélangea avec les carottes. Il était content d'avoir fait le détour par son domicile pour embarquer Emma. Elle avait un lien privilégié avec Harvey, le chien de Maggie. Et il aimait les regarder jouer ensemble. C'était une des rares occasions où Emma laissait encore tomber sa garde. Avec Harvey, elle s'autorisait à rire, à courir, à lâcher prise.

C'était comme s'il avait sous les yeux un instantané du passé — d'un passé au fond pas si lointain. Retrouver l'Emma d'avant ramena en lui une douleur sourde où se mêlaient à parts égales émerveillement et sentiment protecteur. Il lui suffisait de la regarder pour retrouver ce qu'il éprouvait lorsqu'elle était encore enfant, quand il se surprenait à la regarder et secouait la tête, sidéré d'être le père d'une petite fille aussi belle, aussi intelligente, aussi drôle.

— Et si tu enfilais un pull ? lança-t-il par la porte ouverte.

Emma ne prit même pas la peine de lui répondre. Il s'attendait à cette réaction de rejet, même si ses souvenirs l'avaient ramené en arrière. Il leur accorderait encore quelques minutes avant de faire savoir à Harvey que son dîner était prêt.

Tully remplit une gamelle d'eau pour le chien et nettoya le plan de travail. La cuisine de Maggie était spacieuse. De fait, la maison, le jardin à l'arrière, toute la propriété paraissaient immenses en comparaison de son bungalow de trois pièces à Reston. D'après ce qu'il avait cru saisir, Maggie avait pu s'installer dans ce quartier prestigieux grâce à une sorte de fonds de dépôt légué par son père. Elle tenait sa maison propre et en ordre. Le séjour était agréable et même assez élégant, avec quelques beaux objets qui donnaient un aspect habité. Mais l'effet général lui paraissait un peu dépouillé, voire austère. Cela dit, c'était peut-être simplement le contraste avec son propre bungalow en désordre et surencombré.

Une chose, en tout cas, lui paraissait certaine : le décor n'avait pas été déterminant dans le choix de Maggie. La barrière naturelle que formait la rivière, les solides clôtures qui entouraient la propriété et le système de sécurité hypersophistiqué avaient dû emporter sa décision, en revanche.

Tully examina la cuisine bien garnie et se demanda s'il arrivait à Maggie de l'utiliser. Sa meilleure amie, Gwen Patterson, était une cuisinière raffinée. Un des nombreux talents de la jeune femme qu'il appréciait. Gwen et lui sortaient ensemble de façon plus ou moins officielle depuis plusieurs mois. Enfin, c'était sa vision des choses, en tout cas. Mais peut-être ne serait-elle pas d'accord pour qualifier leur relation « d'officielle » ? Ni elle ni lui ne l'avaient jamais proclamée telle. Et il n'avait même pas une idée très nette des critères auxquels leur histoire devrait souscrire pour accéder au statut officiel. Peut-être que tout cela n'existait que dans sa tête… Il n'avait pas connu d'autre femme après sa séparation d'avec Caroline. Gwen pensait qu'il lui accordait une faveur en évitant de lui mettre la pression. Et il la laissait dans l'illusion que la faveur ne fonctionnait que dans un sens. Qu'il se comportait en gentleman, en somme. Alors qu'il était terrifié à l'idée de s'engager une seconde fois.

— Il a faim, p'pa !

Tully vit Emma entrer en trombe dans la cuisine avec

Harvey frétillant derrière elle. S'emparant de la gamelle sans attendre son avis, elle la présenta au chien, l'entraîna d'abord jusqu'à son coin repas, le fit asseoir, puis lui donna sa pitance. Oui, ce soir il retrouvait l'enfant qu'elle avait été — avec les mêmes yeux brillants, le même sourire en coin. Elle s'était laissée tomber par terre à côté du chien, les genoux relevés. Une mince cicatrice rose se dessinait en transparence sous la toile élimée de son jean. Elle avait l'air… heureuse. Etonnant qu'un chien puisse réussir là où un père avait échoué.

— Maggie va bien, au moins ?

La question surprit Tully. Emma exprimait une sollicitude d'adulte au moment où il la revoyait en petite fille. Et puis Emma ne s'inquiétait que rarement de ce que devenait quelqu'un, sauf si elle était directement concernée. Ce n'était pas de l'insensibilité. Elle était juste adolescente. Et encore à un stade où le monde n'existait que dans la mesure où il tournait autour d'elle.

— Oui, ça devrait aller pour Maggie.

Et il savait qu'il disait vrai, malgré la panique qu'il avait surprise dans ses yeux. Maggie l'avait remarquablement bien dissimulée, d'ailleurs. Personne d'autre n'avait dû la percevoir à part lui. Et il aurait presque préféré ne pas la dépister lui-même. Cela semblait contre-nature de voir Maggie vulnérable.

— Et la livraison spéciale, alors ? De quoi crois-tu qu'il s'agit ?

Emma désigna le bouquet de fleurs qu'ils avaient trouvé devant la porte de Maggie. Tully avait l'impression que le fleuriste local savait très précisément où placer le bouquet sous le portique pour qu'il soit à l'abri du vent et des regards des passants. Comme s'il était habitué à livrer à cette adresse. Tully avait d'ailleurs remarqué que Maggie recevait aussi des bouquets à Quantico. Et même si elle ne fournissait ni explications ni commentaires, il avait cru deviner qu'elle n'était pas vraiment contente, mais pas contrariée pour autant.

Ah, les femmes... Tully désespérait, par moments, de parvenir à les comprendre.

— Un admirateur secret, dit-il à Emma.

— Ah bon... J'ai eu peur qu'on lui apporte des fleurs parce qu'elle était malade, ou mourante, ou je ne sais pas quoi.

— Ne parle pas de malheur ! s'écria vivement Tully.

Il sourit, s'efforçant d'effacer toute impression alarmiste qu'il aurait pu donner sans le vouloir. Il refusait de penser que Maggie avait peut-être été infectée par un agent pathogène virulent. Non, ce n'était tout simplement pas possible.

— Tu as dit qu'elle ne rentrerait pas de la nuit ?

— Elle sera là demain matin.

Il l'espérait, du moins.

— On ne va pas laisser Harvey ici tout seul, si ?

— Il a l'habitude, minouchette. Ce n'est pas la première fois qu'il passe une nuit ici sans Maggie.

Mais Emma ne parut pas convaincue. Elle caressa le chien qui léchait le fond de sa gamelle, sa truffe noire constellée de morceaux de carotte.

Emma leva vers lui son regard choc — un si joli « s'il te plaît ».

— Si on le prend avec nous, ça nous évitera de refaire le trajet pour le nourrir demain matin. Et comme c'est samedi, je pourrai rester à la maison pour m'occuper de lui.

— Et si tes amis t'appellent pour sortir ?

Tully était persuadé qu'elle avait lancé son idée sans réfléchir. Emma ? Rester à la maison un samedi toute la journée ? Tully savait qu'il en fallait plus qu'un chien, même un chien qu'elle adorait, pour l'empêcher d'aller traîner le week-end.

— Je leur dirai que je ne suis pas libre. Qu'on doit rendre service à quelqu'un qu'on connaît. Ils comprendront. C'est normal de faire des petits sacrifices pour ses amis, non ?

Elle entoura le cou de Harvey, et la queue du chien alla frapper le mur.

— Harvey et moi, on est potes. Et puis je n'aurai pas cours lundi non plus. Ce sont les vacances d'automne, n'oublie pas.

L'idée d'avoir Emma à la maison lui plaisait. Même s'il attendait de la voir passer trois jours de suite sans bouger pour y croire. Le week-end suivant, il y aurait le mariage et elle serait loin. Mais elle avait raison. S'ils devaient repasser chez Maggie le lendemain, ils auraient quarante minutes de voiture à faire. Tully était à peu près certain que Maggie ne sortirait pas le lendemain. Probablement pas de tout le week-end. Il espérait simplement qu'elle n'en avait pas conscience.

— C'est sympa, non ?

Tully jeta un regard interrogateur à Emma.

— Qu'est-ce qui est sympa ?

Elle lui désigna le bouquet.

— C'est chouette, quand quelqu'un t'envoie des fleurs.

Puis elle le prit en traître avec sa question suivante.

— Ça t'arrivait d'envoyer des fleurs à maman ?

La sonnerie de son portable l'empêcha de répondre.

Sauvé par le gong.

Il déchiffra le numéro qui s'affichait, sans le reconnaître.

— Agent Tully.

— Alors, qu'est-ce que tu as pour moi ? aboya une voix masculine.

— Je vous demande pardon ?

Il y eut un silence épais, puis :

— C'est Sloane, bon sang ! Tu m'as appelé ce matin.

Tully avait effectivement laissé un message à Sloane en début de journée. Il n'avait pas collaboré avec lui depuis un bon moment. Et il avait presque oublié sa brusquerie et ses manières dédaigneuses, du genre : « Quel est le minus qui ose déranger le Grand Maître ? »

— En effet, oui. J'apprécie que tu aies été aussi prompt à me répondre.

Tully avait placé sa propre vacherie, même s'il savait que Sloane ne réagirait pas. En vérité, il n'était pas très fier de sa pique. Il ne tombait pas si bas, normalement.

Mais Sloane avait le don de faire ressortir ce qu'il y avait de pire en lui.

— Le directeur assistant Cunningham voudrait solliciter ton expertise au sujet d'une livraison spéciale que nous avons eue ce matin.

— Et pourquoi Cunningham n'appelle-t-il pas lui-même ?

Tully réprima un soupir et secoua la tête. Ce n'était pas une question de protocole pour Sloane. Juste le sentiment chez lui que tout lui était dû. Si on insistait un peu, il finirait par admettre qu'il était suffisamment important pour être sollicité par le sommet de la hiérarchie. Pas par un simple « fantassin » comme lui.

— Il est un peu coincé, en ce moment.

Tully songea qu'il n'avait pas réussi à parler à son patron depuis le matin. Il avait tenté de voir Cunningham à l'USAMRIID. Mais il n'avait pas réussi à leur arracher l'autorisation. Sa brève visite à Maggie lui avait été concédée comme une sorte de lot de consolation. Et il n'avait pas pu joindre non plus Cunningham par téléphone.

— Quand comptes-tu jeter un œil sur le document ? demanda-t-il à Sloane.

— J'aurais un moment à te consacrer maintenant.

— Ce soir ?

Tully vit Emma tressaillir et se demanda combien de fois il avait dû l'abandonner ainsi à l'improviste.

Emma se leva pour verser de la nourriture lyophilisée pour chien dans une boîte en plastique. Elle s'appliquait très fort à faire semblant de ne pas écouter sa conversation.

— Il lui en faudra plus que cela, Em, intervint-il.

Sa fille hocha la tête et entreprit de chercher dans le garde-manger. Tully perçut sans le voir le sourire gouailleur de Sloane au téléphone.

— J'entends que tu es en compagnie féminine choisie. Soirée chaude en perspective ?

— Emma est ma fille, George.

— Ah oui, bien sûr. Ta fille, Emma. Quel âge a-t-elle maintenant ? Elle doit déjà être au lycée, maintenant.

— Elle est en terminale, oui.

Du coin de l'œil, Tully vit Emma lever les yeux au plafond. Elle détestait qu'il parle d'elle.

— Je dois être à Quantico demain matin à 9 heures. J'ai mon cours d'analyse de documents médico-légaux pour les nuls. Je peux jeter rapidement un œil sur les papiers de Cunningham juste avant la classe, en attendant que les retardataires trouvent leur place.

Même si Sloane se montrait aussi sarcastique qu'à l'ordinaire, il n'en faisait pas moins spontanément une concession. Ils se connaissaient depuis bon nombre d'années. Et Tully pouvait compter sur les doigts de la main les occasions où Sloane lui avait fait une fleur. Et a priori, cette faveur-ci, il la devait à Emma.

— Ça m'irait impeccable, George.

— A demain matin.

Tully referma son téléphone. Emma attendait, les yeux rivés sur son visage.

— Je ne vais nulle part, ce soir. Je rentre à la maison avec toi, choupette.

Elle roula les yeux dans ses orbites, comme si elle se fichait éperdument qu'il passe la soirée avec elle ou non. Mais son sourire était sincère. Ce fut Harvey, cependant, qui eut droit au câlin.

— Aide-moi à éteindre les lumières, O.K. ?

Tully trouva l'interrupteur qui commandait l'éclairage du jardin. Puis il se dirigea vers l'entrée pour réenclencher le système compliqué de l'alarme. En passant près d'une fenêtre latérale, il vit une voiture garée le long de la rue. Il éteignit la lumière la plus proche et revint sur ses pas pour regarder de nouveau par la vitre sans être vu. Dans ce quartier où les maisons desservies par des allées privées étaient situées en retrait de la rue, personne ne se garait le long du trottoir. Surtout pas à une heure aussi tardive.

21.

Artie entendit les singes, à l'autre bout du couloir souterrain, qui recommençaient à hurler. Il était tard, et la personne chargée de les nourrir avait dû les oublier. Ou s'était dit qu'on était vendredi soir et qu'elle avait mieux à faire, de toute façon. Quel taré ! Et personne ne s'en rendrait compte car il ne venait jamais un chat ici le soir, pendant les week-ends. C'était la raison pour laquelle il était là, d'ailleurs. Il avait les lieux entièrement pour lui et n'avait pas à craindre d'être dérangé.

Il décida que si les singes criaient encore lorsqu'il repartirait, il se servirait de sa carte-clé et leur enverrait au moins quelques biscuits. C'était de sales bestioles sournoises, et Artie n'aimait pas les avoir à proximité. Les singes lui faisaient penser à des petits vieux barbus, avec leurs yeux luisants qui le regardaient comme s'ils savaient quelque chose qu'il ignorait. Il n'aurait pas pu expliquer vraiment pourquoi, mais ils lui donnaient la chair de poule. Ces bêtes ne lui inspiraient pas confiance, mais elles lui faisaient de la peine. Il ne se voyait pas bouclé dans une cage toute la journée, à dépendre de la bonne volonté de quelqu'un.

Artie laissa les singes crier dans son dos tandis qu'il se dirigeait vers le fond du couloir. Sur la porte, une pancarte en métal indiquait « Quarantaine » en lettres rouges. A l'aide de sa carte-clé, il entra dans le petit labo abandonné. Personne ne l'utilisait plus, sauf pour y stocker du matériel.

Dans le temps, le labo servait pour les singes malades ou contaminés sur lesquels on se livrait à des expériences. Artie se demanda s'ils les avaient rendus malades exprès rien que pour pouvoir procéder à leurs essais cliniques. C'était en tout cas ce qu'ils faisaient avec les autres macaques à l'extrémité opposée du couloir. Mais ceux qui occupaient le petit labo étaient différents. Il ne savait pas trop en quoi ; personne n'en parlait jamais. Peut-être parce que tous les singes, ici, avaient fini par mourir.

Depuis, le labo restait vide et personne n'y touchait plus. On n'avait même pas pris la peine d'enlever les cages des singes, qui étaient restées alignées contre une cloison. Comme si l'irréparable s'était produit entre ces murs. Au moins, tout avait été lavé et stérilisé. Artie fronça les narines. L'odeur de l'eau de Javel flottait encore dans la pièce, ravivée par ses propres contributions récentes. Il trouvait ridicule que des personnes à l'esprit scientifique, des penseurs logiques, puissent se laisser gouverner par des superstitions de ce genre.

L'idée le fit sourire. En fait, il était content que les gens — même les scientifiques — soient aussi prévisibles.

Cela faisait partie des quelques certitudes sur lesquelles il pouvait tabler. Quelle que soit la classe sociale, le milieu d'origine, l'éducation, l'activité, il y avait des éléments de base comme la cupidité, la suspicion — et même la superstition — dont tout le monde possédait au moins une petite dose. Comme s'ils étaient inclus dans le patrimoine génétique commun. Et Artie reconnaissait sans difficulté qu'il s'incluait lui-même dans le lot. Oui, il était un peu superstitieux. Et cela ne pouvait pas faire de mal. S'il procédait de telle et de telle façon pour accomplir quelque chose et que les résultats étaient bons, alors il répétait le processus. C'était peut-être plus un rituel qu'une superstition, d'ailleurs.

Il ôta son sweat à capuche gris et posa son sac à dos sur la longue et étroite table en acier inoxydable qui occupait le milieu de la pièce. Derrière lui, des meubles de rangement s'étageaient jusqu'au plafond. Il essuya ses paumes moites sur son T-shirt baggy puis fit la combinaison pour déverrouiller le cadenas d'un des placards.

Il commença son rituel en alignant son matériel sur la table : une grande bouteille d'eau de Javel, des gants en latex, un masque chirurgical et des lunettes de protection, un plateau avec des instruments chirurgicaux et un rouleau de sacs en plastique zippés. Puis il sortit une petite boîte de son sac à dos et l'ouvrit avec un claquement sec.

C'était la phase qu'il détestait le plus. Il prit avec précaution la seringue pleine et retira le capuchon. Le vaccin valait de l'or et coûtait une fortune au marché noir. C'était du moins ce que lui avait expliqué son mentor en lui recommandant d'en user avec parcimonie. Les mâchoires crispées, Artie serra le poing et s'enfonça l'aiguille dans le bras. Puis il mit le masque chirurgical et les lunettes ainsi que les deux paires de gants. Il enfilait toujours son attirail dans le même ordre. On pouvait appeler cela un rituel ou y voir une forme de superstition. Tout ce qu'il savait, c'était que ça marchait pour lui à chaque fois. Toujours de son sac, il retira la pochette en plastique avec les rognures d'ongles qu'il avait récupérées pendant son tour dans le bus panoramique. Il prépara également deux enveloppes avec les adresses déjà écrites sur l'étiquette. L'écriture en script majuscule avait une allure maladroite, voire enfantine. Qui sait ? La personne du collège Benjamin-Tasker qui recevrait l'un des deux paquets croirait peut-être que le courrier venait de l'un de leurs élèves ?

Lorsqu'il fut fin prêt, Artie se dirigea vers la vieille armoire de congélation qui ronronnait dans un coin. Il tourna les roues chiffrées du cadenas et forma la combinaison. En soulevant le couvercle, il se força à regarder le singe mort enveloppé de son linceul de plastique transparent. L'animal était allongé sur le dos et semblait avoir été pétrifié dans la mort alors qu'il battait des bras et des jambes, en essayant de se libérer. Artie détourna les yeux. Même congelé, cette saleté de macaque lui collait la chair de poule. Il s'empara rapidement d'un sac plastique placé sur le côté du congélateur, referma le couvercle, replaça le cadenas sur la poignée et entendit le déclic du verrou.

Il fit passer le sac d'une main à l'autre, une goutte gelée, une crème glacée faite de sang et de tissus. Une partie infime — c'était tout ce dont il avait besoin.

22.

Newburg Heights, Virginie

Tully choisit une partie obscure de la clôture de Maggie et l'escalada sans trop de bruit ni d'effort. Il était grand, avec des jambes longues, et il avait conservé une bonne forme physique, si on faisait exception de son mauvais genou. L'installation d'air conditionné sur laquelle il avait pris appui lui avait facilité la tâche, bien sûr. Il se laissa descendre sur le trottoir de l'autre côté et attendit que ses yeux s'habituent à l'obscurité en se demandant si Emma suivait ses instructions. Il lui avait dit de préparer la laisse de Harvey ainsi que son coussin et ses jouets. En espérant qu'elle n'irait pas voir derrière la maison à quelles vérifications son père avait jugé utile de se livrer.

S'inquiéter au sujet d'Emma lui rappela Caroline. Lorsqu'il avait rencontré sa future femme, elle avait paru amoureuse de son choix de carrière. Des années plus tard seulement, après la naissance d'Emma, Caroline l'avait houspillé pour qu'il arrête le travail sur le terrain, qu'il passe plus de temps à la maison, qu'il cesse de sauter des barrières et de traquer des tueurs.

— Pourquoi ne donnerais-tu pas des cours, plutôt ? lui avait-elle martelé avec insistance.

Comble de l'ironie, juste au moment où il avait obtenu le poste d'enseignant par excellence — à ses yeux, en tout cas, l'Académie de Quantico représentait le sommet —, Caroline avait exigé le divorce. Elle avait riposté à ses absences en partant en déplacement à son tour, en sa qualité de directrice d'une grosse agence de pub. Il avait découvert que les revendications qu'il croyait motivées par un désir de protéger leur fille — arrêter le travail sur le terrain et sortir du champ de mire des tueurs — n'avaient été que l'expression d'une étrange et égocentrique jalousie. C'était l'aventure, que voulait Caroline. Pas les responsabilités liées à la condition de parent.

Lui, en revanche, s'inquiétait en permanence des répercussions toujours possibles de son métier sur la sécurité d'Emma. Elle avait déjà frôlé le danger. D'un peu trop près à son goût. Et la même chose se reproduisait ce soir.

Tully aurait préféré éviter de se mettre en chasse alors que sa fille était à quelques pas. Mais quelqu'un surveillait la maison de Maggie. Et il devait découvrir pourquoi. Et si c'était le type qui avait envoyé Maggie et Cunningham à Elk Grove, qui rôdait par là ce soir ? Peut-être qu'en arrivant là avec Emma, il l'avait interrompu dans ses projets ?

Longeant la face externe de la clôture, Tully resta dans l'ombre. Les quelques lampadaires sur le trottoir étaient en fer forgé, avec des globes élégants qui n'offraient qu'une faible lumière jaune. Encore un de ces faux atouts des quartiers riches, avec leurs coûteux systèmes d'alarme et leur sécurité illusoire. Tully avait déjà prévu par où il devrait passer pour approcher la voiture par l'arrière. Le long de la clôture, sous les arbres, puis directement sur la chaussée, caché jusqu'au bout par les ombres et les branches. Il glissa la main dans sa veste et referma les doigts sur son Glock. Puis il se redressa et poursuivit, d'un pas tranquille, le long des buissons jusqu'au coffre de la voiture, qu'il contourna rapidement en sortant son revolver. Il l'avait pressé contre la vitre de la voiture en brandissant son insigne du FBI avant même que l'homme assis au volant n'ait relevé la tête.

Lorsque le conducteur eut fini de baisser sa vitre, Tully avait déjà rempoché son arme. Il secoua la tête.

— Qu'est-ce que vous foutez ici, Morrelli ?

23.

Samedi 29 septembre
La Taule

Minuit vint et minuit passa. Mais le temps traînait en longueur. Maggie zappait d'une chaîne à l'autre. Elle avait demandé un roman, un journal ou un magazine récent. Et aussi un stylo et du papier. La fille en combinaison spatiale bleue avait répondu qu'elle verrait ce qu'elle pouvait faire. Mais lorsqu'elle était revenue, elle n'avait apporté qu'une seringue pour lui prélever une seconde fois du sang.

Les visages de l'autre côté de la vitre venaient et passaient aussi. Ils étaient de moins en moins nombreux à mesure que la nuit s'éternisait. Ils lui avaient pris son portable, mais l'avaient autorisée à se servir du téléphone filaire qui se trouvait dans un coin de la chambre. Sans même un mot d'excuse, ils lui avaient annoncé qu'il était sur écoute. Et on lui avait rappelé — même si ce « rappel » lui avait plutôt paru tenir de la réprimande — qu'elle devait garder le silence sur ce qui était arrivé et ne fournir aucune précision sur son lieu de séjour. « Lieu de séjour » était le terme que la fille à la combinaison avait utilisé.

Plus tôt dans la journée, Maggie avait passé deux coups de fil. Le premier, elle avait dû le laisser sur un répondeur, en sachant que son appel ne pourrait lui être retourné. Elle avait assuré à son amie, Gwen Patterson, que tout allait s'arranger. « Vois avec Tully », avait-elle ajouté, ennuyée que son message prenne un caractère aussi sibyllin alors qu'elle avait juste voulu rassurer son amie sur son sort.

Sa seconde communication avait été pour Julia Racine. L'inspecteur avait décroché au bout de la première sonnerie, une heure à peine avant le départ prévu pour leur périple dans le Connecticut.

— C'est Maggie. Je suis désolée, je ne pourrai pas faire le voyage avec toi, finalement.

— Ah, dommage, avait répondu Julia, laconique.

Compte tenu du caractère nerveux de Julia, Maggie s'était attendue à une explosion. Ou, pour le moins, à l'expression d'un désappointement assez vif. Mais la déception, ce fut elle qui la ressentit face à la tiédeur de la réaction de Julia Racine. Elles n'étaient pas amies, toutes les deux, cela dit. Juste deux collègues qui s'étaient rendu service. Il n'y avait peut-être pas de quoi en faire un plat.

Restait que les services en question n'avaient pas été totalement anodins, mais plutôt du genre : « Tu as sauvé ma mère, alors je sauve ton père. »

Suite à cette histoire, Maggie s'était attachée au père de Julia, même s'il souffrait d'un Alzheimer précoce qui l'empêchait parfois de se souvenir de leur lien. Julia et elle étaient passées par pas mal d'épreuves ensemble en un laps de temps très court, réunies par des tueurs et incitées l'une et l'autre à les livrer à la justice. Ce qui avait commencé des années plus tôt par de l'animosité et de la méfiance s'était mué en respect et en compréhension.

Même si, à en juger par la réaction désinvolte de Julia, tout cela ne pesait pas très lourd.

— Tu as entamé une enquête importante ? avait demandé Julia.

— Plus ou moins, oui. Je ne peux pas t'expliquer, là. Je...

— Oui, oui, bien sûr. Je comprends.

Julia lui avait presque coupé la parole tant elle semblait pressée de « comprendre ».

— Au fond, ça tombe bien. Cela fait un moment que Jill me met la pression pour qu'on passe un peu plus de temps ensemble, elle et moi.

Maggie ne savait pas grand-chose de la mystérieuse nouvelle amante de Julia, à part le fait que celle-ci l'appelait parfois « G.I. Jill ». Maggie avait au moins pu en déduire que Jill était militaire. Au début, Maggie avait cru que Julia entretenait un certain mystère autour de sa nouvelle amie parce que, dans le temps, elle lui avait fait des avances qu'elle avait rejetées. Mais Julia et elle avaient dépassé ce stade. Sur bien des plans, Julia lui faisait penser à elle. Sa vie privée, elle la gardait secrète. C'était aussi simple que cela.

Maggie avait promis de reprendre contact dès lundi. Peut-être pourraient-elles reporter le voyage au week-end suivant ? Mais après avoir raccroché, Maggie n'avait pas réussi à chasser le sentiment de vide qui lui avait plombé l'estomac. Elle n'avait personne d'autre à prévenir.

Bien qu'elle ait eu l'intention de voir l'anthropologue médico-légal, Adam Bonzado, dans le Connecticut ce week-end, elle n'avait pas vraiment arrêté de projets avec lui. Ils en étaient plus ou moins là, tous les deux. Une relation désinvolte. Spontanée. Du type « Fais-moi signe si tu es dans le coin » ou « Tiens, si tu n'as rien à faire ce week-end… »

Elle ne pouvait même pas lui téléphoner pour lui annoncer qu'elle ne passerait pas « à l'improviste » dans le Connecticut, tout compte fait. Adam et elle étaient censés vivre la relation adulte, mature et sans engagement — le summum de la non-relation — à laquelle elle aspirait.

Sa pensée suivante fut pour Nick Morrelli. Une fois de plus. Depuis son passage dans le Nebraska en juillet, Morrelli s'était montré insistant dans son désir de la voir. Selon certaines rumeurs, il aurait rompu pour elle avec la femme qu'il s'apprêtait à épouser. Maggie soupira. Dans le temps, sa mère avait accusé Nick Morrelli d'avoir détruit son mariage avec Greg. Ce qui était absolument inexact. Mais elle ne se sentait pas moins coupable que Nick ait rompu ses fiançailles pour reporter ses avances sur elle.

Quatre ans auparavant, Nick Morrelli et elle avaient travaillé ensemble sur une affaire de meurtre d'enfants pendant que le propre neveu de Nick était victime d'un enlèvement[3]. Rien de concret ne s'était passé entre eux. Il y avait eu une attirance. Une certaine tension sexuelle. Mais avant tout, l'enquête les avait vidés, au physique comme au moral. Comment pouvait-on juger de l'authenticité de ses sentiments lorsqu'on ne fonctionnait plus qu'à l'adrénaline ?

Le pire, c'est qu'elle ne se sentait pas transportée de joie à cause du mariage annulé et des soudaines assiduités de Nick. Elle n'avait rien demandé, en l'occurrence. Elle ne l'avait pas vu venir et ne s'y était certainement pas préparée non plus.

Pour le moment, Maggie cherchait à laisser sa vie privée de côté pour se concentrer sur sa situation professionnelle présente. Elle avait demandé à la cosmonaute en bleu comment allaient Mary Louise et sa mère. Sa gardienne, son informatrice, son lien avec le monde extérieur lui avait répondu qu'elle ne le savait pas. Et lorsqu'elle l'avait priée de lui laisser voir Mary Louise, elle avait obtenu pour réponse un nouveau « Je ne sais pas ». Plusieurs fois également, elle avait demandé si elle ne pouvait pas au moins parler au directeur assistant Cunningham. Et il lui avait été répondu qu'il ne serait pas disponible avant le lendemain matin. Drôle de formule… Surtout après la série des « Je ne sais pas. »

Un autre téléphone se trouvait le long de la cloison de verre. Celui-ci n'avait ni clavier ni boutons, et Maggie savait qu'il était connecté à la chambre d'observation, de

3. Note de l'éditeur : voir *Sang Froid*, du même auteur.

l'autre côté de la vitre. Celle où s'alignaient les moniteurs, les écrans d'ordinateur ainsi que tout un équipement médical varié. Le téléphone constituait un système de communication entre le patient et les techniciens, les médecins et Dieu sait qui d'autre encore qui se trouvait dans la pièce voisine. Mais personne n'avait cherché à communiquer avec elle jusqu'à présent. Tous ces gens ne lui prêtaient que très peu d'attention, en fait. Et laissaient à la fille en combinaison bleue le soin de communiquer avec elle.

Maggie envisagea de prendre le téléphone et d'exiger qu'on l'informe de ce qui se passait. Mais elle s'enjoignit de rester calme. Elle n'avait pas intérêt à s'aliéner ses soignants et ses gardiens. Elle pouvait tenir une nuit. C'était tout l'effort qu'elle avait à fournir. Juste tenir cette nuit.

Au cours de la soirée, la fille en bleu lui avait apporté de l'eau mais pas de nourriture. Là encore, il n'y avait pas eu d'excuses, juste une explication : ils continueraient à prélever des échantillons de sang et d'urine toute la nuit, et donc ils ne pouvaient l'autoriser à s'alimenter. Maggie avait voulu savoir ce qu'ils recherchaient exactement. La femme avait hésité, puis répondu qu'elle l'ignorait. Elle avait insisté.

Il y avait eu un nouveau silence, pendant lequel la femme avait simplement haussé les épaules. Puis, après réflexion :

— Il faudrait poser ces questions au colonel Platt.

Lorsque Maggie avait voulu savoir si le colonel

comptait passer, elle avait eu droit à un nouveau « Je ne sais pas. »

— Pourriez-vous lui dire que je souhaiterais lui parler ?

— Bien sûr.

Mais la réponse positive était venue un peu vite. Et Maggie se demandait si le colonel Platt n'était pas déjà rentré chez lui depuis des heures.

24.

Newburg Heights, Virginie

— Franchement, je ne vous imaginais pas en satyre, Morrelli.

Tully n'était pas ravi de trouver le procureur de Boston devant la maison de son équipière.

— J'ai apporté des fleurs à Maggie. Comme elle n'est pas chez elle, je les ai laissées devant sa porte. Je ne vois pas ce qu'il y a de pervers là-dedans.

— Elle vous attendait ?

— Elle ne m'attendait pas, non. Mais je ne pense pas que ce soit votre problème.

— Vous faites le planton dans une voiture en stationnement devant chez elle. Et je suis chargé de surveiller sa maison. Donc c'est mon problème.

La journée avait été longue. Tully se demanda s'il aurait réagi différemment si Emma ne l'avait pas attendu à moins de cinquante mètres de là. Avoir à sortir son Glock lorsque sa fille se trouvait dans les parages le rendait nerveux. Il était tendu, agacé, et n'avait pas l'intention de laisser

Morrelli s'en tirer comme ça. D'ailleurs, si ce type était si important que cela pour Maggie, elle l'aurait appelé pour le prévenir, non ? Boston était à huit heures de voiture et à une heure et demie d'avion d'ici. Pas le genre de trajet qu'on fait au débotté pour livrer un bouquet sur un coup de tête.

Tully prit appui sur le toit de la voiture et se pencha vers la vitre, en homme qui se prépare à de longues explications.

— Donc, vous avez déposé votre bouquet. Maggie n'était pas chez elle. Comment expliquez-vous que je vous trouve encore ici ?

— J'ai vu quelqu'un rentrer chez elle en son absence. Par prudence, je suis resté pour m'assurer que tout était en règle.

Tully secoua la tête. Morrelli était convaincant. C'était le beau gosse classique avec une bonne dose de charme facile. Pas étonnant qu'il soit devenu procureur de district. Tully le connaissait à peine. La première fois qu'il l'avait rencontré, il avait trouvé Morrelli un peu trop lisse. Un peu trop beau. Un peu trop insolent. Et un peu trop incompétent, surtout.

Quelque temps plus tôt, il avait fait le voyage jusqu'à Boston avec Gwen. Direction : le tribunal du comté de Suffolk. Dans le fief de Morrelli, en l'occurrence. Gwen était censée avoir un entretien avec un jeune en détention fédérale. Et elle avait failli être poignardée en salle d'interrogatoire. Alors qu'ils se trouvaient sur le territoire de Morrelli. Il n'en avait pas fallu davantage pour qu'il garde une dent contre lui.

— Parce que vous croyez vraiment qu'un cambrioleur opérerait avec une adolescente ?

— Une adolescente ? J'ai cru voir une jolie jeune femme.

Morrelli leva vers lui un regard souriant, sans paraître se douter qu'Emma était sa fille. Tully fit jouer les muscles de ses doigts en évitant de serrer les poings. Ce n'était pas ce que Morrelli aurait pu lui dire de plus judicieux.

— Vous m'avez déjà mis en pétard, Morrelli. Vous avez de la chance de ne pas être à plat ventre par terre en train de bouffer le bitume.

— Il est arrivé quelque chose à Maggie ?

Une soudaine gravité se lisait dans le regard de Morrelli. Il semblait avoir enfin réalisé que sa colère n'était pas jouée.

— Maggie va bien. Elle s'est juste absentée pour le week-end.

Le regard de Morrelli se porta soudain sur un point derrière lui. Tully pivota sur lui-même et vit arriver Emma, avec Harvey tirant sur sa laisse.

— Tout va bien, papa ?

25.

USAMRIID

Le colonel Benjamin Platt se frotta le visage, pressa des deux mains sur ses paupières, puis passa les doigts dans ses courts cheveux frisés. Mais sans grand effet. Il était épuisé, et sa vision restait floue à force de scruter des moniteurs vidéo et des écrans d'ordinateur depuis des heures. Se renversant dans le fauteuil en cuir pivotant, il l'orienta pour regarder à travers la paroi de verre.

Par bonheur, elle avait quand même fini par s'endormir, il y avait environ une heure. Quel cauchemar pour elle… Voir un monstre en combinaison spatiale entrer dans sa maison et emporter sa maman malade dans une sorte de bulle en plastique. Puis se retrouver murée ici. La Taule avait tendance à terrifier même les personnalités adultes les plus stables. Comme si ce n'était pas assez éprouvant d'être enfermée à cinq ans, elle avait dû subir des gestes médicaux intrusifs de la part de médecins en combinaisons étanches. De nombreuses études avaient été conduites pour évaluer les effets psychologiques du contact humain. Et naturellement, pour évaluer aussi les effets de leur absence. La Taule était la démonstration par excellence de ces effets négatifs.

Mais ce n'était pas une raison suffisante, hélas, pour justifier une hospitalisation civile, même si elle aurait été plus rassurante pour une enfant de cet âge. Ils ne pouvaient prendre le risque d'exposer à de graves risques sanitaires un personnel hospitalier qui n'avait pas été formé pour des situations de ce type. Sans parler du danger de fuite médiatique. Platt savait que c'était, en partie, le raisonnement de Janklow. Les directives du commandant avaient été parfaitement claires.

Platt descendit d'un trait le reste amer de café qui refroidissait au fond de sa tasse. Il ne savait même plus quand il avait mangé pour la dernière fois. Et il avait beau lutter, pas moyen d'évacuer Alice de ses pensées. Mary Louise éveillait toutes sortes de réminiscences en lui, et son épuisement l'empêchait de les faire taire. Les grands yeux bleus curieux de l'enfant et les longues boucles emmêlées lui rappelaient tellement sa fille. Plus douloureuse encore que les souvenirs était l'acuité presque physique de la nostalgie. Il était surpris qu'Alice continue de lui manquer à ce point. Il y avait déjà presque cinq ans, maintenant. Plus d'années s'étaient écoulées depuis qu'elle les avait quittés qu'elle n'en avait vécu.

Il était sur le front afghan lorsque c'était arrivé. En partant, quelques mois plus tôt, il avait laissé derrière lui une femme aimante et une magnifique petite fille, pour entamer une carrière prometteuse de médecin militaire.

Une carrière dangereuse, certes, mais passionnante puisqu'il figurait parmi les rares élus choisis pour protéger les troupes contre les armes biologiques. Sa mission était considérée comme héroïque et, après les attentats du 11 septembre, son engagement lui avait paru hautement défendable. C'était l'occasion pour lui d'appliquer ses connaissances livresques et d'expérimenter sur le terrain ce qui n'avait été prouvé jusque-là qu'en labo. Le tout pour sauver des vies.

Il avait été prêt à prendre le risque pour lui-même sans se douter un instant que le vrai danger sévissait à la maison. Il aurait renoncé sans hésiter à ses précieuses connaissances et à ses opportunités « en or » pour passer quelques minutes de plus avec sa fille. Si seulement il avait pu être là pour elle… Ne serait-ce que pour lui tenir la main avant qu'elle ne s'en aille à jamais. Mais quelqu'un d'autre en avait décidé pour lui, avait tranché sur ses priorités, avait refusé d'accéder à son modeste souhait.

Un coup frappé à sa porte fit sursauter Platt. Faisant pivoter son siège, il se trouva face au sergent Landis.

— J'ai l'information que vous m'avez demandée, mon colonel.

— Vous avez trouvé quelque chose ?

Il disait « quelque chose » mais c'était un « quelqu'un » qu'il espérait. Le sergent alla droit au but.

— L'identité du père ne figure pas sur le certificat de naissance de Mary Louise Kellerman.

— Et les grands-parents ?

— Il lui reste une grand-mère qui vit à Richmond. Le grand-père est décédé récemment.

Le sergent lui tendit une feuille de papier pliée. Le connaissant, Platt savait qu'il trouverait là toutes les informations dont il avait besoin, et même davantage.

— Il y a un problème, cependant, mon colonel. Le commandant Janklow vient de vous laisser un message.

Landis déplia un second papier et lut à voix haute :

— « En aucun cas, le colonel Platt ne devra prévenir la famille des victimes confinées avant lundi matin. Nous devons d'abord savoir à quel agent pathogène nous sommes confrontés. »

Landis lui tendit le texte du message, mais resta debout devant lui comme s'il attendait d'être congédié. Ou qu'on lui donne de nouvelles instructions, peut-être ? Platt prit la feuille et tapota le coin plié sur son bureau. Son regard glissa sur la chambre de la petite fille, puis effleura les moniteurs et les écrans qui continuaient de clignoter, de cliqueter et de rassembler des données.

Lorsque Janklow lui avait confié cette mission, il lui avait déclaré qu'elle était entre ses mains. Des mains qu'il considérait comme stables, impassibles et prêtes à faire le nécessaire, « tout le nécessaire », avait-il dit. Ce qui ne l'avait pas empêché de lui adjoindre McCathy. Et à présent, ceci.

Le commandant lui avait assigné cette mission parce qu'il savait qu'il était le genre de type à suivre les instructions à la lettre, à jouer selon les règles, et à ne jamais omettre un point sur un *i*. Et malgré cela, Janklow ne lui faisait pas confiance.

— Vous avez des enfants, sergent Landis ?

— Je vous demande pardon, mon colonel ?

— Des enfants. Vous en avez, votre femme et vous ?

— Deux garçons, mon colonel.

Landis fixait à présent sur lui un regard plus curieux qu'embarrassé. Platt ne posait jamais de questions personnelles.

— A quelle heure votre service se termine-t-il, sergent ?

Landis n'eut pas besoin de regarder sa montre.

— Normalement, il y a une heure, mon colonel.

— Alors rentrez chez vous. Allez retrouver votre famille.

Cette fois, Landis parut troublé, comme s'il redoutait de laisser son supérieur seul alors qu'il se comportait de façon aussi inhabituelle.

— Je ne peux vraiment plus rien faire pour vous ?

Platt agita la feuille qu'il lui avait remise.

— J'ai là tout ce qu'il me faut.

La pensée que Mary Louise resterait seule jusqu'à lundi lui nouait l'estomac. Depuis combien de jours déjà était-elle livrée à elle-même ? Le sergent Landis sortit, cédant la place au Dr Sophie Drummond. Elle resta sur le pas de la porte jusqu'à ce qu'il l'invite à entrer d'un signe de tête.

— Pardonnez-moi de vous déranger, mon colonel. L'agent O'Dell a demandé à vous voir.

— Déjà agitée et réfractaire ?

— Très coopérative, au contraire. Un peu effrayée, peut-être.

— Un accès de « taulite » aiguë ?

— Peut-être.

— Des nouvelles de McCathy ?

— Aucune, non.

Il hocha de nouveau la tête et elle s'éclipsa. Platt se passa de nouveau les mains sur le visage. L'absence de nouvelles de McCathy lui jouait sur les nerfs. Si McCathy travaillait en procédant par élimination, il aurait déjà dû écarter le pire, à l'heure qu'il était. L'attente lui procurait des remous acides qui venaient dévorer les nœuds qui lui serraient l'estomac. Il ne savait que trop bien ce que ressentait l'agent O'Dell.

26.

Artie ne put s'empêcher de sourire en zippant le second sachet en plastique. Ces trois dernières semaines, il avait suivi les instructions à la lettre. Sans états d'âme. C'était la chose à faire pour un apprenti, un soldat d'infanterie, un élève. On attendait du sorcier, du général, de l'enseignant qu'il mène le jeu, tout en étant reconnaissant d'être dirigé de main de maître. Mais Artie estimait qu'il arrivait un stade où un grand mentor attendait de son élève qu'il fasse preuve d'autonomie dans l'utilisation de ses connaissances.

Artie avait compris quelque temps plus tôt en quoi consistait le jeu, même s'il n'était pas dans le secret des dieux et qu'il ne savait rien de la stratégie ni du but final. Mais il voyait peu à peu les pièces du puzzle se mettre en place. L'idée était brillante, franchement grandiose, même. Et s'il voulait être plus qu'un simple pion, il devait prouver qu'il était capable d'apporter une contribution personnelle.

Depuis l'âge de treize ans, il rêvait d'un crime parfait et l'imaginait sans cesse dans sa tête. Il adorait les vrais romans noirs et les dévorait d'une traite, enregistrant les détails, soulignant des passages, cornant les pages marquantes. Sa mère trouvait que c'était « cool » d'avoir un fils qui ne pensait qu'à lire. Et ne s'était jamais penchée sur la nature de ses lectures. Aujourd'hui encore, il promenait dans son sac à dos ses livres de poche préférés, un assortiment des crimes les plus brillants et des maîtres qui les avaient commis. Ses idoles incluaient Ted Kaczynski, dit « l'Unabomber », le tueur à l'anthrax, les Beltway Snipers et le tueur du zodiaque. Les livres de poche usés étaient devenus de précieux manuels pratiques. Il considérait qu'il avait acquis plus de connaissances en les étudiant qu'il ne pourrait jamais en retirer d'une seule personne.

Il posa les deux sacs en plastique côte à côte avant de les glisser chacun dans leur enveloppe en papier kraft. Les deux nouveaux paquets ressemblaient à tous les autres. La seule différence, c'est que chacun ne contenait que cinq cents dollars au lieu des mille habituels. Mais grâce à sa brillante substitution, la liasse de cinq cents n'était pas moins épaisse que l'autre. Artie avait réalisé récemment qu'il pouvait envoyer cinquante billets de dix dollars au lieu de cinquante billets de vingt. La pile restait toujours aussi attrayante. Comment le destinataire ne serait-il pas tenté d'ouvrir le sachet pour compter ce gros paquet de coupures ?

En divisant ainsi la somme par deux, Artie pouvait préparer un courrier personnel à chaque paquet « officiel » qu'il envoyait pour son mentor. Il suivrait les mêmes règles du jeu que lui. Quant au virus, il en disposait en abondance. Une goutte minuscule, presque invisible, glissée n'importe où entre les billets, faisait l'affaire. Il était inutile d'en mettre de grosses quantités. Scellé et conservé dans le plastique étanche, l'agent infectieux restait dormant en attendant la chaleur et l'humidité du contact humain. Tout ce que demandait le virus, c'était une porte d'entrée — une coupure, un œil, une narine, des lèvres, une cuticule à vif. Artie ignorait comment il se propageait exactement ; cela ne faisait pas partie de son boulot. Ce qu'il savait, en revanche, c'est que lorsque le virus pénétrait dans la cible, il frappait comme une balle de revolver. Mieux, même, puisqu'il ne laissait pas de trace. L'arme parfaite. Pratiquement invisible.

Pour son premier paquet, son premier meurtre « parfait », Artie avait emboîté le pas à son mentor, choisissant un de ses crimes préférés ainsi qu'une adresse qui lui était liée : le collège Benjamin-Tasker, comté du Prince-George, dans le Maryland. Le lundi 7 octobre, les Beltway Snipers avaient tiré sur leur plus jeune victime, un garçon de treize ans, en chemin pour l'école, pratiquement arrivé sur les marches de l'établissement. Le garçon avait survécu, contrairement à dix de leurs treize victimes. Artie appréciait le côté osé et imprévisible du geste. Les Snipers avaient eu le cran de prendre pour cible un enfant. Et il voulait les égaler en audace. D'ailleurs, quelle meilleure façon de répandre un virus mortel qu'en l'introduisant dans un collège ?

Satisfait de lui-même et de ses deux colis, Artie s'attaqua au nettoyage. Il détestait l'odeur de la Javel, mais il l'utilisait pour vaporiser et nettoyer toutes les surfaces.

L'odeur s'incrusta dans ses narines. Même s'il s'inoculait systématiquement une dose de vaccin, il ne manquait jamais de procéder à une décontamination cutanée. Les kits de résine M291 de l'armée comportaient six pochettes individuelles contenant du produit. La résine échangeuse d'ions absorbait l'agent pathogène. On lui avait assuré que c'était le meilleur décontaminant sec dont l'armée disposait.

Mais Artie ne s'en contentait pas pour autant. Après la résine, il préparait une solution fraîche d'hypochlorite avec un pH alcalin et se lavait les mains jusqu'au coude. Il avait lu dans un de ses livres que ce décontaminant par neutralisation était utilisé par l'armée depuis la Première Guerre mondiale. Artie considérait qu'il s'agissait d'une précaution supplémentaire et que, là encore, il répondait à l'attente de son mentor en faisant les recherches nécessaires pour améliorer sa propre protection.

Dans la petite pièce qui servait à la fois de salle de bains et de rangement, il ôta son attirail de laboratoire pour remettre ses vêtements de ville. Puis il roula le tout en boule, y compris le masque et les chaussons qui recouvraient ses chaussures. Il jetterait le tout dans une poubelle sur le parking. Il était inutile de les nettoyer. Le placard en contenait des réserves inépuisables.

Il quitta le laboratoire, avec un sentiment d'excitation ainsi que de… comment dire ? Quelques singes criaient encore mais, cette fois, Artie se désintéressa de leur sort. Son pas était plus léger, presque arrogant. Pour la première fois de sa vie, il se sentait… Le mot lui vint brusquement.

Il se sentait « puissant ».

27.

Reston, Virginie

Emma bâilla. Finalement, ils étaient rentrés tard à la maison, à cause de l'ami de Maggie, Nick Morrelli. Son père était tellement remonté contre lui que la petite veine à son front s'était mise à battre. Et dire qu'elle avait toujours cru être la seule à en déclencher les pulsations… Il y avait longtemps qu'elle n'avait pas vu son père aussi énervé. Et le pauvre gars — vraiment canon, entre parenthèses — avait juste apporté des fleurs à Maggie dans l'espoir de passer un moment avec elle, puis s'était attardé, au cas où, en voyant des gens pénétrer dans sa maison.

Emma trouvait la situation totalement romantique.

Elle vérifia que les lumières étaient éteintes dans le couloir puis ferma la porte de sa chambre. Harvey s'allongea sur le sol à ses pieds. Lorsqu'il leva la tête pour la regarder, elle chuchota.

— Ne t'inquiète pas, mon vieux. Je ne bouge pas de là.

Maggie lui avait raconté un jour qu'elle avait trouvé

Harvey sous le lit d'un voisin, en sang et blessé. Le chien s'était battu de toutes ses forces pour défendre son maître et avait perdu le combat. A présent, Harvey se montrait très protecteur avec Maggie. Et lorsqu'elle, Emma, s'occupait de lui, c'était elle que le chien prenait sous son aile. Et elle trouvait ça vraiment cool.

Elle le caressa un instant puis se glissa de nouveau dans son lit, invitant Harvey à la rejoindre. Mais il choisit de rester étalé à ses pieds. Emma sortit le paquet de lettres de sous les couvertures. Juste une, se promit-elle.

2 septembre 1982

Chère Liney

Merci pour ta longue lettre. Razzy et J.B. en sont verts d'envie. J'ai la série de photos débiles que nous avons faites tous les deux. Tu te souviens de celle du Photomaton, dans le centre commercial ? Je l'ai affichée pour leur rappeler qu'ils ont toutes les raisons du monde d'être jaloux.

Nous avons eu une grosse semaine. J'ai encore des courbatures après l'entraînement. Et je pense que j'ai dû me faire une élongation à l'épaule. Cela dit, ne va pas te faire de fausses idées, j'ai une excellente condition physique. Pour ça, au moins, je peux dire merci à mon père. Trimballer des caisses à longueur de journée, ça finit par donner une forme d'enfer. Mais je préférerais crever que de le lui dire. Il paraît qu'il continue de ronchonner que ma place est à la maison. Il commence à réaliser que je me tapais une grosse partie du boulot. Et tu vas voir quand ils vont devoir se coller l'inventaire ! Là, il va commencer à râler sérieusement.

Peut-être qu'il demandera à ma précieuse petite sœur de se remuer un peu, pour une fois. Mais ça m'étonnerait. Il ne s'agirait pas d'abîmer ses précieux doigts de musicienne.

Désolé. Je ne pensais pas partir là-dessus, mais me souvenir de cet enfer m'aide à supporter les moments durs ici. Penser à toi m'aide aussi, mais d'une bonne façon. Une très bonne façon, si tu vois ce que je veux dire. Je me rappelle tous les chouettes moments qu'on a passés ensemble. Comme la fois où tu m'as traîné à l'Art Institute cet été. Je n'en reviens toujours pas. Moi, dans une galerie d'art ! Et pour voir une exposition du Vatican, en plus. Un jour, tu seras une artiste célèbre, Liney. Tu verras. Si je te dis que ça va arriver, tu peux être sûre que ça se réalisera.

Nous avons la soirée libre. Razzy a loué un magnétoscope. C'est classe. J.B. et lui ont choisi des films. Il y en a un que je suis impatient de voir. Mad Max, *tu connais ? Là, je sens l'odeur du beurre et du pop-corn qui monte. J'y vais vite, sinon ils vont tout avaler sans moi. Je te récris bientôt, promis.*

Bien à toi,

Indy

Emma ne put résister à la tentation de sortir une seconde lettre. Notant qu'elle était datée du lendemain seulement, elle la déplia lentement, presque avec respect. Il y avait quelque chose de tellement romantique dans le fait qu'il ait été si pressé de lui récrire… qu'il ait éprouvé le besoin de communiquer avec elle tous les jours.

Quantico, le 3 septembre 1982

Chère Liney,

Ça y est, nous travaillons sur notre premier cas concret. C'est un devoir que nous avons à faire, mais il porte sur des faits réels. C'est super intéressant, comme truc. Normalement, je ne devrais en parler à personne à part à ceux de ma classe, mais je sais que tu tiendras ta langue, pas vrai ? En mai, un type a envoyé un colis piégé à l'université Vanderbilt. Tout simplement par le biais de notre bonne vieille poste. Incroyable, non ? Et le paquet a été livré, en plus. Comme il n'était pas suffisamment affranchi, on se demande si la véritable cible n'était pas le pseudo-expéditeur.

Le 2 juillet, une autre bombe a fait son apparition dans la salle de repos des élèves ingénieurs, à Berkeley. Nous pensons qu'il s'agit du même type, même si cette bombe-ci a été posée sur place et non expédiée par la poste. Nous… Ecoute-moi parler. Je me prends déjà pour un agent fédéral ! Toujours est-il que la bombe paraît avoir été bricolée par un amateur. Au début, ils l'appelaient le « poseur de bombes des dépotoirs ». Maintenant, ils ont un nouveau nom pour lui. Un acronyme. Mais il vaut mieux que je le garde pour moi.

On nous a demandé d'établir son profil à partir des faits. Ils pensent que c'est le même gars qui avait envoyé une série de colis piégés dont le premier remonte à 1978. C'est inimaginable, non ? Il aurait commencé en 1978 et ils ne lui ont toujours pas mis la main au collet. J'ai déjà plein d'idées pour mon profil. Razzy et J.B. aimeraient bien en discuter, mais je garde mes théories pour moi. Je ne vois pas pourquoi je les partagerais avec eux, tu ne crois pas ? Ils n'ont qu'à réfléchir de leur côté.

En tout cas, je suis sûr que tout le monde voit ce type comme un solitaire avec une dent contre Vanderbilt ou l'université en général. Peut-être qu'il a été expulsé comme étudiant ou viré comme prof. Mais je pense que ce n'est pas qu'un aigri. On ne peut pas lui enlever qu'il est brillant, ce gars. Peut-être utilise-t-il des engins explosifs bricolés pour brouiller les pistes. Va donc établir d'où sortent les bouts de bois ou les clous qu'il met dans ses bombes ! On ne peut qu'éprouver une forme d'admiration pour quelqu'un qui parvient à se livrer à ce petit jeu sans se faire pincer.

Je te donnerai de nouveaux détails demain. Là, je suis lessivé.

A demain… Hé, je t'ai dit que tu me manquais ?

Indy

28.

La Taule

Incapable de dormir, Maggie faisait les cent pas dans sa prison. Cinq mètres en longueur, quatre en largeur. Sauf à l'endroit où la salle de bains empiétait sur la chambre, avec son mètre de large et son mètre cinquante en profondeur.

En l'absence de fenêtres, elle se fiait à sa montre et à la télévision pour garder la notion du temps. Dans exactement quarante minutes, elle serait de nouveau invitée à uriner dans un récipient en plastique. Et le pire, c'est qu'elle se surprenait à attendre avec impatience les apparitions de la fille en combinaison spatiale bleue, même si elle ne venait que pour lui prélever du sang, pour l'étouffer à demi avec ses frottis de gorge ou pour la faire uriner dans un vase. Chaque fois que la fille entrait dans sa chambre, elle demandait à parler au colonel Platt. Et, imperturbablement, sa geôlière hochait la tête et lui répondait : « Mais naturellement. »

A l'occasion de sa dernière visite, Maggie lui avait

rappelé qu'elle était censée ressortir le lendemain matin. Ils disposaient à présent de quantités suffisantes de ses liquides organiques pour savoir si elle avait été exposée ou non à un virus ou un bacille. L'USAMRIID possédait les laboratoires d'analyses parmi les plus performants de tout le pays. Ne devaient-ils pas déjà avoir déterminé la nature des agents pathogènes présents dans les organismes de Mary Louise et sa maman ? Maggie essayait de ne pas trop s'attarder sur les possibilités.

Pour éviter de se perdre en spéculations terrifiantes, elle recourait à la seule parade qu'elle savait efficace, la seule échappatoire qui l'empêchait de penser à sa chemise d'hôpital trop aérée, au bourdonnement entêtant de l'équipement électronique et à la claustrophobie qui lui lacérait les entrailles chaque fois qu'elle entendait la porte étanche se refermer sur elle avec un claquement sinistre. Bref, elle essayait de faire ce qu'elle réussissait le mieux : résoudre des affaires criminelles dans sa tête et commencer à assembler les données de l'énigme, même si, en l'occurrence, elle ne disposait que de très peu d'éléments.

Maggie prit une profonde inspiration et se força à expirer à fond. Où commencer ? Demain matin, elle trouverait un moyen pour faire passer l'enveloppe à l'agent Tully. Ou, au moins, pour lui communiquer l'adresse de l'expéditeur. Elle soupçonnait fortement que quelque chose qui se trouvait dans l'enveloppe avait rendu Mme Kellerman malade. Mais d'après ce qu'elle avait pu observer dans leur maison d'Elk Grove, ni Mary Louise ni sa mère n'apparaissaient comme des victimes suffisamment « spectaculaires » pour ce genre de meurtrier… Maggie secoua la tête. Non, « meurtrier » n'était pas le terme exact. Il n'avait encore tué personne jusqu'à présent. Donc, Mary Louise et sa mère ne correspondaient pas au type de cible normalement visé par un terroriste suffisamment brillant pour s'introduire à Quantico et laisser une boîte de beignets avec une menace de mort à l'intérieur. Pas seulement à Quantico, d'ailleurs, mais dans le sous-sol ultraprotégé de l'USC.

Mme Kellerman serait-elle apparentée ou liée d'une façon ou d'une autre à un agent du FBI ? Ou à quelqu'un de l'Académie de Quantico ? Il serait facile de s'en assurer. Trop facile, peut-être. Le terroriste n'aurait pas monté un scénario aussi élaboré pour menacer le FBI s'il savait qu'on pouvait remonter jusqu'à lui par le biais de ses victimes. Non. Il y avait de fortes chances pour qu'il n'ait aucun rapport direct avec Mary Louise et sa mère. Ce qui ne voulait pas dire qu'il ne les avait pas choisies selon certains critères bien spécifiques.

Maggie tenta de se souvenir du contenu du message. La menace formulée par le terroriste lui avait donné l'impression d'être faite de bric et de broc, tel un collage de formules hétéroclites. Ou était-ce seulement ce qu'il cherchait à leur faire croire ? S'agissait-il de simples mots pris au hasard et émotionnellement chargés, ou chaque terme avait-il été calculé et utilisé à dessein ? Les expressions qu'il avait utilisées lui avaient paru vaguement familières. Peut-être parce qu'elle avait lu trop de prose rédigée par des esprits tordus et habités par le mal. Parfois, les mots étaient dépourvus de sens. Parfois, ils voulaient tout dire, au contraire. Ils constituaient alors des indices valables, comme des messages secrets attendant d'être décodés.

Malgré tous ses efforts, Maggie revoyait sans cesse Mme Kellerman dans ses draps éclaboussés de sang. Elle entendait le son laborieux de la respiration de la pauvre femme, le gargouillis dans sa gorge, le râle dans sa poitrine. Et l'aigre odeur de vomissures flottait encore dans ses narines. La chambre entière en avait été imprégnée. Mais il y avait eu autre chose encore qui rappelait vaguement une émanation d'égout. Comme s'il y avait eu une remontée de fosse septique. A part que la puanteur ne venait pas des canalisations mais du lit de Mme Kellerman.

L'expression employée par les scientifiques était « choc hémorragique ». Maggie savait qu'il existait des toxines, des agents biologiques et des maladies infectieuses qui, une fois qu'ils avaient envahi le corps, provoquaient des hémorragies sévères. Le ricin et le charbon s'attaquaient aux cellules pulmonaires sur lesquelles ils se fixaient. Pour les virus infectieux, n'importe quelles cellules faisaient l'affaire. Une fois envahies, les cellules parasitées explosaient. Suivait alors un effondrement du système immunitaire. Puis les organes cessaient de fonctionner un à un. De fait, le corps entrait en état de choc et se vidait de son sang, jusqu'à la mort par exsanguination.

Cunningham et elle avaient commis la même erreur d'interprétation en lisant le message. Lorsque l'auteur avait écrit : « Attendez-vous à un choc et à une explosion », ils avaient pensé immédiatement à un engin explosif. Alors que l'allusion était sans doute double, et l'avertissement se référait à la fois au « *choc* hémorragique » et à une possible *« explosion* épidémique » qui pourrait se répandre comme un feu de brousse, mettant le pays entier en état d'alerte.

Le téléphone devant la cloison de verre sonna et Maggie eut un haut-le-corps. Se retournant en sursaut, elle vit qu'un homme se tenait de l'autre côté de la vitre. Il tenait l'autre combiné contre son oreille et lui faisait signe de décrocher.

— Bonjour, agent O'Dell.

La voix était éraillée par la fatigue, plus profonde qu'avant, comme s'il luttait contre un début de laryngite. Maggie faillit ne pas le reconnaître. De fait, elle ne l'identifia qu'au moment où leurs regards se rencontrèrent.

— Colonel Platt… Je pensais que vous aviez oublié mon existence.

— Jamais. Même si je ne vous aurais peut-être pas reconnue, dans vos nouveaux atours.

Elle se souvint de la blouse d'hôpital sommaire, faillit porter la main à son dos pour s'assurer qu'elle était bien fermée et retint le geste juste à temps. Elle avait arpenté la chambre sans s'inquiéter de sa pudeur, jusqu'ici. Mais le sourire de Platt lui fit monter une chaleur inattendue au visage. Comme si cela avait l'ombre d'une importance, que cet homme ait entrevu ou non ses fesses…

— J'aurais prévu un sac de voyage, si j'avais su que l'hôtel USAMRIID m'ouvrirait ses portes pour la nuit.

— Je vous présente mes excuses pour le piètre confort

de nos aménagements. Je crains qu'il ne vous faille attendre encore quelques heures avant qu'on ne vous apporte votre petit déjeuner.

— Mais nous allons parler d'abord.

Ce n'était ni une question ni une prière.

Le sourire s'évanouit sur le visage de Platt. Il se tut, son regard rivé au sien. Pendant une fraction de seconde, Maggie se demanda s'il n'avait pas capté la monstrueuse angoisse qu'elle dissimulait avec tant de soin.

Il finit par désigner une chaise de son côté de la paroi et prit place sur sa jumelle juste en face.

— D'abord, nous allons parler, oui.

29.

Pensacola, Floride

Rick Ragazzi se réveilla en sursaut. Les bruits qui montaient de l'étage en dessous étaient familiers, ce qui ne les rendait pas moins agaçants pour autant. Il vérifia l'heure au réveil fluorescent sur sa table de chevet. Apparemment, son cousin Joey était encore parti pour faire une nuit blanche. Rick entendit deux rires de fille différents et secoua la tête. Joey ne grandirait jamais ! Parfois, Rick avait du mal à ne pas abonder dans le sens de son oncle Razzy, qui affirmait que son fils n'acquerrait le sens des responsabilités que le jour où il « en mettrait une en cloque ».

Joey avait beau « trousser le jupon », comme aimait à le dire oncle Razzy, ses prestations culinaires ne semblaient pas s'en ressentir. Demain, il dormirait jusqu'à midi, irait transpirer une heure ou deux dans son club de sport, puis il arriverait au restaurant à 15 heures, en grande forme pour affronter sa journée. Rick soupira en ajustant son oreiller. Naturellement, pendant que Joey dormirait d'un sommeil réparateur pour récupérer de sa nuit agitée, lui se lèverait à l'aube pour réceptionner les livreurs, payer les factures, ranger les achats, s'occuper du linge, jongler avec les emplois du temps du personnel et, pour aujourd'hui, attendre que le réparateur vienne changer le compresseur du réfrigérateur. Et il lui faudrait trouver le temps, au milieu de tout cela, pour laver et préparer les légumes, aplatir des poitrines de poulet et décortiquer des crevettes. En massacrant une fois de plus ses pauvres mains au passage.

Mais ce n'était pas encore le moment d'y penser. Il lui restait deux heures avant l'arrivée du premier camion de livraison. Le samedi était toujours une grosse journée. Et il aurait bien besoin de s'accorder un peu de sommeil supplémentaire. Mais pour cela, il aurait fallu que Joey et son harem acceptent de mettre une sourdine. Rick s'extirpa de son lit pour fermer la fenêtre. A sa grande surprise, ses genoux se dérobèrent soudain sous lui et il dut se retenir à la croisée. Sa tête était douloureuse et un frisson glacé le parcourut. Alors seulement, il s'aperçut qu'il était en nage. Il se glissa dans son lit, en se couvrant jusqu'au menton. Son front était brûlant et sa taie d'oreiller trempée. Surpris, il nota que même ses draps étaient humides. Pas de doute, il avait la fièvre. C'était pour le moins surprenant, pour quelqu'un qui ne tombait jamais malade. Un problème alimentaire, alors ? Mais il ne souffrait ni de nausées ni de douleurs à l'estomac. Il avait mal au dos, en revanche. Et à la tête. Rien de violent. Plutôt une douleur pulsative au niveau du front. Peut-être un de ces virus qui vous laissaient sur le flanc pendant vingt-quatre heures ?

Il ferma les yeux et vit la danse des vagues, les eaux vert émeraude et le sable blanc de la plage de Pensacola. Il essaya d'imaginer la caresse brûlante du soleil plutôt que cette chaleur interne qui semblait s'échapper de lui par tous les pores. Il voulait rêver d'une brise fraîche et se sentir chevaucher l'océan sur une planche rapide, couché dans la courbe de la vague, ivre de vitesse et de maîtrise.

Il avait presque réussi à se détendre lorsqu'il sentit quelque chose couler sur le côté de son visage et dégouliner dans son cou.

Il tendit le bras pour allumer sa lampe. C'était de la folie. Alors qu'il n'était jamais malade, non seulement il avait de la fièvre, mais son nez saignait.

30.

La Taule

— Je veux savoir à quel micro-organisme j'ai été exposée, déclara Maggie sans détour.

— Nous l'ignorons.

La réponse de Platt fut immédiate et rappela à Maggie la ritournelle de la fille à la combinaison bleue sur l'air de « Je ne sais pas ». Etait-ce le mantra du jour, à l'USAMRIID ? Leurs labos étaient équipés du *nec plus ultra* de la technologie de pointe. Et ils ignoraient de quoi il retournait ? A d'autres !

Elle donna une seconde chance à Platt.

— Vous devez commencer à vous faire une petite idée, non ?

— Non. Pas encore.

Il aurait pu être convaincant. Presque. S'il avait accepté de rencontrer son regard. Mais ses yeux glissaient sur les moniteurs fixés au mur, puis balayaient le plan de travail, avant de se poser de nouveau quelque part au-dessus de sa tête. L'agitation dans le regard aurait pu être un signe de distraction. Mais en l'occurrence, elle y voyait surtout une fuite.

— Vous feriez un piètre joueur de poker, colonel.

Instantanément, le regard de Platt revint se fixer au sien. A présent qu'elle bénéficiait de son entière attention, Maggie ne put s'empêcher de penser qu'il avait des yeux intenses. Des yeux qui, s'ils voulaient s'en donner la peine, pouvaient percer n'importe qui à jour.

— Savoir ne pourra en aucun cas être pire que ne pas savoir, murmura-t-elle.

Il se frotta la mâchoire, mais ses yeux restaient rivés sur son visage, comme s'il cherchait quelque chose sur ses traits qui pourrait l'aider à choisir ses mots. Espérait-il un éclair de courage de sa part ou attendait-il de trouver le sien ?

— Je n'ai encore aucune nouvelle du labo.

— Mais vous devez bien avoir une idée, de votre côté.

Maggie tenta de discerner s'il lui cachait quelque chose. Il lui rendait la tâche plus difficile qu'elle ne l'avait pensé. Ce qui n'était pas bon signe. Les scientifiques, dans leurs labos, avaient eu largement le temps d'éliminer les possibilités les plus évidentes.

— Cela ne sert à rien d'essayer de deviner, dit Platt. Pourquoi s'infliger ce genre d'épreuve ?

— Parce que vous ne m'avez rien donné d'autre pour m'occuper l'esprit.

Il hocha la tête, avec un mouvement exagéré de haut en bas, montrant qu'il comprenait.

— Vous avez la télévision câblée.

— Juste les chaînes de base. Pas d'AMC. Pas de FX. Pourquoi pas un ordinateur portable avec un branchement internet ?

— Je verrai demain s'il y a moyen de vous dégoter cela. Et en attendant, essayons de vous trouver mieux à faire.

Elle crut tout d'abord qu'il la traitait de haut. Mais il avait l'air parfaitement sérieux.

— J'ai passé quatre jours en quarantaine dans une tente. A la frontière de la Sierra Leone. Il n'y avait pas de câble. Pas même les chaînes courantes. Pas grand-chose à faire pour s'occuper à part compter les moustiques morts. Et rêver d'avoir assez de gin ou de vodka sous la main pour tomber ivre mort.

— Je vais demander qu'on prévoie une bouteille de whisky pour mon petit déjeuner tout à l'heure.

Elle plaisantait. Lui non, à l'évidence.

— Alors que faisiez-vous pour passer le temps dans votre tente à la frontière de la Sierra Leone ?

Il haussa les sourcils comme s'il cherchait à la tester.

— Bon, ne riez pas. J'essayais de rejouer *Le Trésor de la Sierra Madre* dans ma tête.

Il s'interrompit pour se frotter les yeux, comme s'il s'octroyait une pause avant de se lancer dans de longues explications. Mais Maggie ne lui en laissa pas le temps.

— Mmm... *Le Trésor de la Sierra Madre.* Une grisante analyse du côté noir de la nature humaine. C'est loin d'être un mauvais film, conclut-elle, savourant sa surprise. Mais ce n'est pas le Bogart que je préfère.

Il demeura un instant déconcerté, mais se ressaisit très vite.

— Laissez-moi deviner… Vous préférez Bogie avec Bacall ?

— Pas nécessairement. Si ma mémoire ne me trompe pas, Bogie a obtenu l'oscar du meilleur acteur pour *African Queen*. Mais j'estime qu'il l'aurait mérité dix fois plus pour *Ouragan sur le Caine*.

— Où il joue la descente dans la folie du capitaine Queeg ?

Il la gratifia d'un sourire en coin, puis ajusta sa position sur le siège en plastique inconfortable, fit rouler ses épaules et étendit les jambes, comme s'il était satisfait de sa réponse et prêt à s'attarder un moment.

— Alors, si vous aviez à choisir, ce serait Bogart ou Cary Grant ?

Maggie répondit sans une seconde d'hésitation.

— Ce serait James Stewart.

— Vous plaisantez ? Vous privilégiez le gauche et le balbutiant par rapport au sourire carnassier et au charme irrésistible ?

Elle se renversa à son tour contre le dossier de sa chaise et croisa les bras sur la poitrine.

— Stewart a du charme. Et il a son humour pour lui. Et vous, alors ? Bacall ou Grace Kelly ?

Il haussa de nouveau les sourcils, mais cette fois pour indiquer qu'il était prêt à jouer le jeu.

— Katharine Hepburn, répondit-il du tac au tac.

Elle lui signifia son approbation d'un signe de tête.

— Vous regardiez *La Quatrième Dimension* quand vous étiez petit ?

— Quand je parvenais à échapper à la surveillance de ma mère, oui. Elle était persuadée que ça me donnerait des cauchemars.

— La mienne se fichait de ce que je regardais tant que je ne la dérangeais pas dans ses états d'hébétude éthylique.

Maggie regretta ce qu'elle avait dit avant même d'avoir terminé sa phrase. Elle nota un subtil changement sur les traits de Platt. Que pensait-il ? Il était calme, à présent, et la regardait en silence. Il allait sûrement marmonner qu'il était « désolé ». Une formule que Maggie trouvait toujours un peu absurde, en la circonstance. Pourquoi les gens exprimaient-ils leurs regrets pour quelque chose qui n'avait rien à voir avec leur personne ?

Mais la réponse de Platt fut différente de ce qu'elle attendait.

— Vous vous souvenez de l'épisode avec la femme au visage entièrement dissimulé par des bandages ? La scène se passe dans un hôpital. On comprend que ses pansements vont lui être retirés et qu'elle s'inquiète à l'idée qu'elle puisse être défigurée et couturée de cicatrices.

— Et l'équipe médicale entoure son lit, enchaîna Maggie. Mais la caméra ne filme qu'elle. Parfois on voit le personnel médical de dos, mais c'est tout.

— Les bandages tombent et tous se détournent en poussant des exclamations déçues ou horrifiées.

— Et pourtant, elle paraît parfaitement normale, poursuivit Maggie. C'est alors seulement qu'on voit qu'ils ont tous des visages tordus et déformés, avec des espèces de groins de cochon et des yeux exorbités.

— Parfois, la normalité n'est pas autre chose que ce à quoi on est habitué, observa Platt.

C'était donc sa façon de lui dire qu'il comprenait. Peut-être était-ce même sa façon de lui dire que son enfance à problèmes n'avait pas fait d'elle un monstre de foire.

Maggie vit une porte s'ouvrir dans le dos de Platt. Une femme en blouse blanche de laboratoire entra à pas pressés et s'approcha pour lui dire quelques mots. Maggie tendit l'oreille mais ne parvint pas à capter leur conversation par le biais du téléphone. Et la paroi de verre était insonorisée. Platt hocha la tête et la femme ressortit.

— Il faut que j'y aille, annonça-t-il.

Elle aurait voulu « y aller » avec lui. Savaient-ils enfin quelque chose ? Platt dut voir une lueur de panique dans ses yeux car il hésita un instant.

— Donc, le capitaine Queeg va prendre le commandement du *Caine*. Commencez par là, recommanda-t-il avec un sourire en coin. Je devrais être de retour au moment où il ordonne de fouiller tout le navire à cause des fraises disparues.

Il attendit qu'elle lui rende son sourire. Puis il raccrocha de son côté et quitta la pièce. Un silence de plomb retomba dans la petite chambre isolée où bourdonnait la ventilation.

31.

Le cœur de Platt cognait à chaque pas. Il sentait monter l'adrénaline, et un mélange de crainte et d'excitation contrebalançait son épuisement. Les couloirs en parpaings étaient presque déserts, certains même plongés dans le noir. Evitant l'ascenseur, il se lança dans l'escalier. Il avait besoin de mouvement. Se surprenant à gravir les marches deux par deux, il se força à ralentir, alors qu'il aurait, spontanément, fini au pas de course.

— Le Dr McCathy a besoin de vous au quatrième étage, lui avait annoncé Sophie Drummond. « Il faut que vous voyiez cela par vous-même », a-t-il dit.

Dans le meilleur des cas, McCathy en rajoutait, comme d'habitude, et faisait une fois de plus son grand cinéma. Dans le pire des cas, McCathy avait trouvé quelque chose qui était à la hauteur de son mélodrame.

Malgré ce qu'il avait dit à l'agent O'Dell, Platt avait déjà tiré certaines conclusions de l'examen rapide auquel il avait procédé, ainsi que des observations qu'il avait faites sur la mère de Mary Louise. Elle avait émis beaucoup de sang en toussant et ne respirait qu'à grand-peine. Ses yeux, d'autre part, étaient très rouges. Et elle souffrait à l'évidence de graves douleurs abdominales. Sa fièvre était élevée et durait depuis un certain temps.

La literie avait été souillée à la fois par les vomissures et par des matières fécales liquides. Compte tenu de sa grande faiblesse, Mme Kellerman n'avait sans doute pas pu quitter son lit au cours des dernières vingt-quatre heures. Elle était en état de choc, ne réagissait plus aux tests neurologiques simples et n'émettait que des sons incohérents. Les premiers examens indiquaient le début d'une nécrose rénale. Et, s'il ne s'était pas trompé dans ses conclusions préliminaires, les autres organes ne tarderaient pas à entrer en défaillance à leur tour.

Compte tenu de la gravité des symptômes, il avait réduit ses hypothèses diagnostiques à trois possibilités — trois armes biologiques susceptibles d'être utilisées par un terroriste. Aucune d'entre elles ne serait facile à traiter. La maladie du charbon ou anthrax pouvait être contrôlée avec des antibiotiques. Avec un peu de chance, ils parviendraient à limiter la propagation des spores aux personnes déjà infectées. Si la jeune femme avait été empoisonnée au ricin, le cas n'exigerait que des mesures de confinement minimales. Il n'y avait pas de risques de contagion. Même si, une fois ingéré, le ricin, une toxine létale, provoquait une mort douloureuse. La troisième possibilité, Platt préférait ne pas y penser. Si le terroriste avait réussi à transmettre une maladie infectieuse comme la typhoïde ou un virus de type Marburg ou — dans le pire des cas — Ebola, le traitement et le confinement seraient impossibles.

La maison de Mme Kellerman deviendrait une « zone chaude » et toute personne ayant été en contact avec la malade pourrait se muer en épidémie ambulante.

Platt ralentit le pas en atteignant le quatrième étage. Selon la procédure en vigueur, McCathy avait dû préparer et sceller les lames sur lesquelles se trouvaient ses échantillons, alors qu'il était en combinaison pressurisée dans un labo de niveau 4. Une fois les échantillons biologiques scellés, ils pouvaient être examinés sans danger. Platt savait qu'il trouverait McCathy dans une zone de sécurité de niveau 3 et qu'il serait occupé à examiner ses prélèvements à l'aide d'un microscope électronique à transmission. Un engin hors de prix et haut comme une tour, presque aussi grand que McCathy lui-même. Dans le rayon de sa lumière, on pouvait observer les cellules comme si on avait sous les yeux des paysages géographiques.

Platt se changea en hâte dans le sas sanitaire, se déshabillant entièrement avant d'enfiler une tenue chirurgicale, des lunettes de protection, un masque en papier et des chaussons. Alors seulement, il put rejoindre McCathy.

Le microbiologiste était penché sur l'oculaire d'un microscope. Lorsqu'il se redressa à son entrée, ses yeux paraissaient immenses et brillaient d'un éclat sauvage. Il portait des verres grossissants sous ses lunettes de protection et il était trempé de sueur. Sa barbe taillée avec soin pointait sous le masque, lui donnant un air de savant fou. En temps normal, Platt y aurait vu la marque du tempérament histrionique de McCathy. Mais cette fois-ci, il sentit son cœur cogner à coups encore plus violents dans sa poitrine.

— Les résultats ne sont pas bons, marmonna McCathy. Mais c'est assez extraordinaire à regarder. Ce serait même beau si ce n'était pas aussi effroyablement létal.

— De quoi s'agit-il ?

— Des cellules de Mme Kellerman. Elles s'ouvrent en éclatant. Et elles regorgent de vers.

Le fracas dans la poitrine de Platt enfla pour venir résonner jusque dans sa tête.

— Des vers ?

Ce n'était pas possible… Il devait s'agir d'une erreur.

— Jetez un coup d'œil par vous-même.

McCathy poussa son tabouret de côté pour lui laisser la place. Platt déglutit et se pencha à son tour. Régla la mise au point. Tenta d'oublier ses paumes moites à l'intérieur des gants en latex jaune. Il prit une profonde inspiration et cogna ses lunettes de protection contre l'oculaire du microscope. Ce qu'il vit ressemblait à des spaghettis ou à de fins serpents gothiques avec des espèces de fils qui se détachaient de leurs flancs. Ils poussaient contre les parois de la cellule en s'échappant d'un cristal — ce qu'on appelait une brique — au centre de la cellule.

Platt se força à respirer lentement. Sans détacher les yeux de l'oculaire, il murmura :

— Et si le prélèvement avait été contaminé par des spécimens présents ici, dans nos laboratoires ?

— C'est impossible. Tous nos échantillons sont

congelés. Et séparés de ce labo par trois enceintes de confinement.

— Bon. Pas de panique. Cela pourrait être tout à fait autre chose.

Mais aucune autre possibilité ne se présentait à son esprit. La cellule semblait avoir explosé et elle grouillait à présent de particules virales en mouvement. On aurait dit un nid de serpents.

— Je ne vois pas de structure en tige-boucle, marmonna-t-il. Et ils sont trop longs. Ils ne devraient pas former une sorte de crochet ?

McCathy secoua la tête.

— De tout ce que j'ai jamais eu l'occasion d'observer, je ne connais qu'une cochonnerie qui ressemble à ça, que ce soit en forme de boucle ou de crochet, ou de tout ce qu'on voudra. Il y a quelques années, j'ai étudié des échantillons du virus de la fièvre de Marburg prélevés à l'occasion d'une explosion épidémique au Congo. Un village entier a été décimé en l'espace de quelques semaines à peine.

Platt hocha la tête. Lui aussi avait eu affaire à quelque chose de similaire. La quarantaine dont il avait parlé à l'agent O'Dell avait été instaurée à cause d'une vague de fièvre de Lassa, un autre virus à ARN simple brin. Mais le virus de Lassa ne faisait pas exploser les cellules.

— Comment pouvons-nous le confirmer ? L'observer au microscope est une chose. Mais il ne s'agit pas seulement de déterminer une ressemblance. Il nous faut des certitudes.

En sachant qu'ils n'avaient pas une minute à perdre.

— Nous pouvons tester les cellules de Mme Kellerman en les faisant réagir avec les virus dont nous disposons.

— Très bien. Comment est-ce qu'on procède ?

— Il suffit de mettre le sérum sanguin de la malade en contact avec divers échantillons que nous avons dans nos congélateurs et qui sont clairement identifiés. Si l'un des mélanges se met à luire…

McCathy marqua une pause et haussa les épaules.

— Là, nous tiendrons notre confirmation. Sans la moindre trace de doute.

— Et qu'avons-nous dans le congélateur ?

— Marburg, Ebola Zaïre, Lassa et Ebola Reston.

— Combien de temps nous faut-il ?

McCathy consulta sa montre.

— Je peux me mettre en combinaison tout de suite. J'aurai besoin d'environ une demi-heure à quarante minutes pour préparer les échantillons sortis du congélateur. Une fois que j'aurai déposé quelques cellules de Mme Kellerman sur chaque virus identifié, ce ne sera plus qu'une question de minutes.

— O.K. Ça marche. On y va ?

— Hé là, un instant… Je travaille seul, en niveau 4.

Platt ne fut pas surpris que McCathy rechigne à collaborer, même dans une situation de vie ou de mort comme celle-ci. Il resta calme et assuré. N'éleva pas la voix et ne laissa même pas passer un soupçon de colère.

— Peut-être, oui. Mais pas cette fois-ci.

32.

Hôpital Saint-Francis
Chicago

Le Dr Claire Antonelli se leva tôt, ce matin-là, même s'il y avait moins de six heures qu'elle avait quitté l'hôpital. Juste le temps de grignoter quelques heures de sommeil, de se changer et d'embrasser son fils adolescent endormi qui marmonna une protestation. Il sourit, sans pour autant ouvrir les yeux, et lui demanda si elle avait mangé.

— Qui est censé être la mère de qui ? protesta-t-elle.

Il sourit de nouveau, toujours les yeux clos, et se tourna sur le côté en balbutiant quelque chose au sujet d'une part de pizza qu'il avait mise de côté pour elle.

Claire prit le bout de pizza en question et le mangea froid pendant son trajet en voiture, l'arrosant d'une cannette de Coca light. En longeant les couloirs aseptisés de l'hôpital, avec la fatigue de la semaine pesant sur ses épaules, elle se sentit malgré tout vaguement requinquée, comme une serpillière usée que l'on aurait essorée et mise à sécher. Un peu loqueteuse, mais malgré tout prête à servir. Cela dit, elle n'était pas mécontente d'avoir troqué ses jolis escarpins très *fashion* contre une sage paire de chaussures plates.

Elle venait de rendre visite au dernier en date de ses patients, un petit gars d'un kilo huit cents à peine, dans le service des soins intensifs pour les grands prématurés. Toute l'équipe l'avait surnommé le « Beuglant », car il n'avait cessé, jusqu'à présent, de donner énergiquement de la voix, malgré son format miniature. Ce matin, Claire le trouva paisiblement endormi, indifférent aux moniteurs connectés à son petit corps fragile. Elle vérifia les différentes courbes et sourit. Même s'il était arrivé au monde avec beaucoup trop d'avance, le bébé poids plume se développait de façon tout à fait satisfaisante.

Mais si Claire s'était arrachée de son lit aux aurores, c'était pour un patient dont elle avait beaucoup plus de mal à stabiliser les paramètres physiologiques. Markus Schroder l'avait autorisée à l'hospitaliser l'avant-veille. Enfin, autorisée... Disons que sa femme, Vera, l'avait menacé et houspillé jusqu'à ce qu'il cède. Mais après vingt-quatre heures à peine, il était devenu si faible et si incohérent qu'il avait cessé d'opposer la moindre résistance à sa femme ou à son médecin. Et le plus frustrant, pour Claire, c'est que, malgré la batterie d'examens auxquels elle l'avait soumis, elle n'avait toujours pas la moindre idée de ce dont souffrait cet homme de quarante-cinq ans qui, la semaine précédente encore, jouissait, selon ses propres termes, « d'une santé de fer et pétait la forme comme un gamin de vingt ans ».

C'était dans l'espoir de parler seule avec Markus que

Claire était arrivée à cette heure matinale. Vera avait la pénible manie de toujours répondre à la place de son mari, même lorsqu'il était lucide et en bonne santé. Claire avait besoin de poser certaines questions, et elle espérait que Markus serait en état de lui fournir des réponses.

Elle fit une halte au bureau des infirmières et sortit le dossier, avec l'espoir que de nouveaux résultats d'analyses seraient tombés. Avant qu'elle puisse le consulter, cependant, une infirmière de petite taille dans une blouse verte à fleurs arriva dans le couloir.

— Les manifestations cutanées se sont encore aggravées, annonça Amanda Corey.

— Et la fièvre ?

— Elle est montée à plus de 41. Nous l'avons mis sous perf, mais les vomissements ont continué quand même.

L'infirmière désigna un récipient en plastique avec un couvercle rouge vissé.

— J'ai pensé à vous en recueillir un échantillon.

Claire examina le liquide rouge sombre qui tirait sur le noir. Quelques matières solides flottaient en surface. Alors qu'elle savait pertinemment que le malade n'avait plus rien dans l'estomac. Claire était inquiète. L'aspect du liquide ne lui disait rien qui vaille. Elle fut soulagée de voir que Corey avait déjà placé l'échantillon dans un sachet double poche et l'avait étiqueté pour l'envoyer au labo.

— Vous n'avez pas eu de résultats d'analyses ?

Corey leva la main pour lui faire signe d'attendre et passa derrière le comptoir.

— J'ai vu Jasper déposer quelque chose, il y a une heure.

Elle prit une pile de documents dans la corbeille.

— Voyons si nous avons quelque chose pour votre patient… Ah, voilà !

Sortant trois feuillets de la pile, Corey les lui tendit. Claire n'eut pas à les examiner longtemps. Toutes les cases cochées figuraient dans la colonne « négatif ». En temps ordinaire, elle aurait été soulagée. Aucun médecin n'aime apprendre que son patient a contracté une jaunisse, souffre de calculs biliaires, de malaria ou d'un abcès au foie. Mais dans le cas qui l'occupait, ce fut comme si une masse de plomb lui tombait sur les épaules. Elle passa la main dans ses courts cheveux noirs, sans pour autant laisser transparaître toute l'étendue de sa frustration devant Amanda Corey.

Se contentant d'un « merci » rapide, elle sortit dans le couloir avec ses résultats à la main, parcourant de nouveau les feuillets des yeux à la recherche d'un paramètre qui aurait pu échapper à son attention.

Son patient avait une infection grave qui résistait aux antibiotiques. Et pas moyen de mettre le doigt sur la source infectieuse. A présent, Markus vomissait des fragments de muqueuse gastrique, avait-elle déduit, à la lumière de l'expérience, en examinant le contenu du flacon. Et elle commençait à être à court d'hypothèses diagnostiques. Il ne lui restait plus qu'à espérer que Markus lui fournirait une piste. Car ce n'étaient pas seulement les hypothèses qui lui manquaient. Le temps, surtout, commençait à leur faire défaut.

Elle le trouva allongé sur le dos, la tête abandonnée sur le côté et les yeux fixés sur la porte, même s'il ne semblait attendre personne. Il cligna faiblement des yeux pour saluer son entrée. La sclérotique était rouge, ses paupières tombantes, les lèvres enflées. L'aspect jaunâtre de la peau était à peine visible, tant les taches rouge violacé étaient nombreuses. Son corps entier semblait se transformer en une immense et monstrueuse ecchymose. La rougeur des yeux, puis la fièvre et la coloration cutanée jaunâtre avaient d'abord mis Claire sur la piste d'une infection parasitaire de type paludisme. Même si rien dans les activités récentes de Markus Schroder n'indiquait qu'il aurait pu être en contact avec cette maladie. Les étés avaient beau être quasi tropicaux dans la région de Chicago, une épidémie de malaria ne serait pas passée inaperçue.

Par chance, Saint-Francis était un centre hospitalier universitaire, et Claire avait obtenu rapidement tous ses résultats de labo. Mais elle ne pouvait pas continuer indéfiniment à tâtonner en aveugle. Elle n'était qu'un simple médecin de famille amenée à faire des permanences occasionnelles à l'hôpital pour mettre des bébés au monde, faire quelques points de suture pour refermer des plaies bénignes et diagnostiquer les symptômes précoces des maladies les plus courantes. Or l'agent pathogène qui mettait à mal le système immunitaire de Markus Schroder sortait clairement du domaine commun.

— Bonjour, Markus.

Claire s'approcha du lit et lui posa la main sur l'épaule. Elle avait compris des années auparavant que ses patients appréciaient un signe, un contact, un geste qui tranchait sur les manipulations souvent intrusives qui faisaient l'ordinaire du rapport entre médecin et malade.

Markus tendit vers elle une main enflée et couverte de taches violettes. Mais avant qu'il puisse aller jusqu'au bout de son mouvement, le haut de son corps se souleva dans un mouvement spasmodique. Les vomissures qui éclaboussèrent les draps blancs et la blouse de Claire étaient mouchetées de rouge et de noir, avec des éléments solides dont l'aspect rappelait le marc de café. Mais ce fut l'odeur, surtout, qui suscita un mouvement de panique chez Claire. Des matières rejetées par l'estomac de Markus Schroder émanait une pestilence qui rappelait les déchets d'abattoir.

33.

La Taule

Maggie avait failli marmonner à la fille cosmonaute en bleu qu'elle voulait qu'on lui fiche la paix. Sa gardienne arrivait trop tôt et elle en avait assez d'être piquée, manipulée et prélevée. Roulée en boule sur le lit, elle demeura immobile et ne tourna même pas la tête à son entrée. Elle attendrait simplement que le colonel Platt revienne.

Mais, cette fois, la femme apportait un ordinateur portable, et elle repartit sans un mot.

Maggie mit l'ordinateur en marche et découvrit non sans surprise qu'elle avait accès à un réseau Wi-Fi performant. Elle lança aussitôt des recherches à partir de l'enveloppe qu'elle avait trouvée chez les Kellerman. Le timbre avait été oblitéré dans un bureau de poste du district de Columbia, alors que l'adresse de l'expéditeur indiquait l'Oklahoma. Pourquoi avoir pris la peine de mettre une adresse d'expéditeur dans l'Oklahoma, alors qu'il était si simple de vérifier que le paquet avait été posté dans les environs de Washington ? Si le redoutable mélange qui avait rendu Mme Kellerman malade sortait bel et bien de cette enveloppe, l'adresse de retour devait contenir un indice, Maggie en était certaine.

D'autres criminels avaient utilisé l'adresse de l'expéditeur pour faire passer un message ou semer la confusion chez les enquêteurs. Si elle avait bonne mémoire, au moins une des victimes visées par Theodore Kaczynski, alias Unabomber, n'était pas le destinataire mais le prétendu expéditeur d'un de ses colis piégés. Kascynski avait même été jusqu'à sous-affranchir son paquet, afin qu'il soit « retourné à l'expéditeur ». Pour un meurtrier, c'était une façon particulièrement fourbe de créer l'impression que seul le hasard avait présidé au choix de la victime. Il donnait ainsi du fil à retordre aux forces de l'ordre qui échouaient à établir un lien entre la victime et le meurtrier suspecté. Les esprits criminels les plus brillants — et, par là même, les plus dangereux — utilisaient ce genre de stratégie à leur avantage.

Maggie soupçonnait leur terroriste d'appartenir à cette catégorie. Il était clair qu'il cherchait à attirer l'attention sur lui, sinon il n'aurait pas placé son message dans le giron du FBI. Son geste équivalait à un pied de nez destiné à leur montrer à quel point il les manipulait aisément. Leur homme ne voulait pas seulement que le FBI enquête sur ses agissements. Il les manœuvrait pour les attirer au cœur de l'action, de manière à les frapper au même titre que les victimes qu'il avait triées sur le volet. Maggie était persuadée qu'il avait une raison — tordue, certes, mais une raison quand même — pour s'en être pris à Mme Kellerman et à Mary Louise. Ce n'était pas le hasard qui avait dicté son choix.

Maggie ouvrit Google Maps et entra l'adresse qui figurait sur l'enveloppe : 4205 Highway 66 West, El Reno, 0K 73036. Elle s'attendit à trouver une habitation appartenant à un certain James Lewis, dont le nom figurait sur l'adresse d'expédition. Mais ce qui apparut sur l'écran la laissa un instant interdite.

Elle vérifia toutes ses données en se demandant si elle s'était trompée en saisissant les chiffres. Mais il n'y avait pas d'erreur. L'adresse correspondait bel et bien à la prison fédérale de la région du centre sud.

Maggie secoua la tête. Les prisonniers fédéraux avaient accès à quantité de choses, de nos jours. Mais en aucun cas, ils ne pouvaient être en position de diffuser de dangereux agents pathogènes… Elle chercha « James Lewis » et « prison fédérale » sur Google. Plusieurs titres d'articles s'alignèrent à l'écran. Tous mentionnaient les meurtres au Tylenol commis à Chicago pendant l'automne 1982. Maggie se redressa sur sa chaise.

Voilà qui était intéressant.

A l'époque, elle était encore une petite fille et son père vivait toujours. Ils habitaient alors à Green Bay, suffisamment près de Chicago pour que ses parents manifestent une certaine inquiétude. Mais peu importait. Elle connaissait le dossier par cœur. Comme tous les autres agents fédéraux, d'ailleurs. C'était une des séries de crimes non élucidés les plus célèbres des trente dernières années. Elle parcourut rapidement un des articles pour se rafraîchir la mémoire. Sept personnes étaient mortes après avoir avalé des gélules de Tylenol — un antalgique banal à base de paracétamol — dont le contenu avait été mélangé à du cyanure. Apparemment, le meurtrier avait dérobé des flacons de Tylenol dans des supermarchés et des drugstores, avait vidé quelques-unes des capsules, puis les avait remplies de nouveau avec du cyanure. Il les avait ensuite replacées dans leur flacon d'origine et avait rapporté le tout en les remettant soigneusement en rayon. Un jeu d'enfant, à une époque qui ne connaissait pas encore les emballages inviolables.

Maggie repéra le nom de James Lewis et continua de lire. Lewis, un citoyen new-yorkais, avait été mis en examen et condamné. Mais pas pour les meurtres. Aucune preuve n'avait pu être établie qu'il ait eu accès aux flacons trafiqués. Il avait été jugé, en revanche, pour une tentative d'extorsion d'un million de dollars auprès de la société pharmaceutique Johnson & Johnson qui fabriquait le Tylenol. Lewis avait purgé treize des vingt années de sa sentence. Et ces treize années, il les avait passées dans la prison fédérale d'El Reno, dans l'Oklahoma. Lewis avait cependant été libéré dès 1995 et il vivait désormais dans le Massachusetts.

Maggie se renversa contre son dossier. Lewis ne pouvait être l'expéditeur du paquet. Il ne se serait pas dénoncé lui-même. Mais la personne qui avait utilisé son nom avait voulu attirer l'attention sur cette série de crimes non résolus. Ou avait-elle simplement trouvé cette allusion « amusante » ? Maggie parcourut rapidement les autres articles sur les meurtres au Tylenol. Quel rapport entre les événements survenus chez les Kellerman et cette affaire d'empoisonnement vieille de vingt-cinq ans ?

Elle vérifia la date et s'assit sur l'extrême bord de sa chaise.

Les meurtres au Tylenol remontaient à vingt-cinq ans, jour pour jour.

La première victime était décédée le 29 septembre 1982. Maggie vit alors l'information qu'elle cherchait et sut qu'elle ne s'était pas trompée. Il n'avait pas choisi sa cible au hasard. Au contraire.

La première personne à avoir succombé à l'ingestion de l'antalgique trafiqué était une petite fille de douze ans qui vivait à Elk Grove, dans l'Illinois.

Et son nom était Mary Kellerman.

34.

USAMRIID

Platt se rongeait d'impatience. Il était ordonné de nature et avait toujours été partisan des processus logiques, articulés, rationnels. Mais cette nuit-là, la procédure à respecter avant de pénétrer dans un laboratoire de sécurité de niveau 4 prenait des allures de chemin de croix. Chaque geste, chaque étape à effectuer lui paraissait interminable. Comme si McCathy et lui tournaient dans un film au ralenti. Malgré sa nervosité, il se gardait bien d'accélérer le processus ou de négliger certaines précautions. Il savait quels risques ils encouraient. Et s'il était en danger d'oublier, il lui suffisait de se remémorer les cellules qu'il venait d'observer au microscope. Il n'en fallait pas plus pour le rappeler à l'ordre.

Son cœur cognait toujours aussi fort contre sa cage thoracique. Au moins le fracas dans ses oreilles avait-il légèrement diminué en intensité. Dans des moments de tension comme celui-ci, son énergie nerveuse vibrait, s'affolait, provoquant une montée brutale de son niveau d'anxiété. C'était ce même excès d'énergie qu'il extériorisait à coups de smashes sur un cours de squash ou qu'il martelait sous ses pas sur une piste de course à pied. Des années d'autodiscipline lui avaient appris à la maîtriser. Mais ici, entre ces murs dépourvus de fenêtres, ses stratégies d'autocontrôle étaient mises à rude épreuve.

La première chose à faire avait été d'aider McCathy à enfiler sa combinaison. Lui-même s'équiperait seul. Sur le terrain, la procédure était un peu plus compliquée. Mais ici, au cœur de l'USAMRIID, c'était une opération de routine. Et il avait du temps devant lui. Pendant qu'il se changerait, McCathy préparerait les échantillons congelés qu'ils utiliseraient pour leurs tests. Une tâche que Platt n'enviait pas au microbiologiste. Les cultures dont ils disposaient n'étaient autres que du sérum provenant de victimes humaines des virus. Des échantillons gardés dans des fioles de verre et qui, stockés dans des congélateurs, formaient la collection d'agents hautement pathogènes de l'USAMRIID. Platt tenta de rester positif et de garder en tête le fait que tous les virus de fièvre hémorragique n'étaient pas équivalents. Même s'ils étaient dangereux, ils n'étaient pas tous forcément mortels.

Ebola Reston s'était déclaré dans l'animalerie d'un laboratoire privé à Reston, en Virginie, environ vingt ans plus tôt. Son mentor à l'USAMRIID avait fait partie du commando chargé d'enrayer l'épidémie. Le virus s'était répandu comme une traînée de poudre parmi les singes, mais il n'avait pas eu la même virulence avec les humains.

L'échantillon qu'ils avaient en collection provenait d'un employé de l'animalerie. Ce gardien avait développé des anticorps, mais sans pour autant présenter de signes cliniques inquiétants. Ebola Reston n'avait jamais provoqué une seule perte humaine. Examinées au microscope, cependant, les particules virales ressemblaient à des vers ou à des serpents, avec des milliers de fils qui semblaient s'en détacher comme des échardes. Et leur aspect était tout aussi terrifiant que celui d'Ebola Zaïre, dont il était impossible de le distinguer par simple observation.

Ebola Zaïre était baptisé « le Grand Faucheur », et non sans raison. Son taux de létalité pouvait atteindre quatre-vingt-dix pour cent. L'échantillon qu'ils possédaient venait d'une infirmière dans le nord du Zaïre, juste au sud de la rivière Ebola. En septembre 1976, elle avait soigné une nonne catholique qui avait contracté le virus. D'après les connaissances de Platt, des villages entiers dans la zone de Bumba, au nord du Zaïre, avaient été anéantis. Le virus avait continué à se propager et à foudroyer, passant d'un village à l'autre, jusqu'au moment où le gouvernement avait bloqué certaines parties du pays, avec interdiction formelle d'entrer ou de sortir sous peine d'être abattu sur place. Ainsi fonctionnait Ebola Zaïre. Le seul moyen de confinement possible était de le laisser s'éteindre. Et naturellement, de laisser toutes les personnes contaminées s'éteindre avec lui.

Entre les deux, se situaient les fièvres de Marburg et de Lassa. L'hypothèse Marburg n'était guère plus favorable que l'hypothèse Ebola Zaïre. Les survivants de la maladie de Marburg ressemblaient aux victimes d'une radiation. Mais au moins étaient-ils vivants. L'échantillon qu'ils détenaient à l'USAMRIID provenait d'un de ces survivants, justement, un médecin de Nairobi.

La fièvre de Lassa n'était pas nécessairement mortelle, elle non plus. Prise à temps, elle pouvait être traitée à l'aide de médicaments antiviraux, même si une victime sur trois gardait en séquelle une surdité permanente. Ce qui, sans être réjouissant, n'équivalait pas au pire pour autant. Le sérum qu'ils avaient en réserve venait d'un homme nommé Masai. Platt avait soigné le vieillard avant d'être lui-même placé en quarantaine en Sierra Leone.

Le test que préparait McCathy était assez simple. A terme, il lui faudrait procéder de même avec les prélèvements sanguins des trois autres personnes qui avaient été en contact direct avec Mme Kellerman : le directeur assistant Cunningham, l'agent O'Dell et la petite Mary Louise. Mais McCathy commencerait avec la malade déclarée. Il placerait une goutte du sérum sanguin de Mme Kellerman sur chacun des quatre échantillons qu'il avait déjà dû sortir de leurs congélateurs.

Une fois décongelés, les virus étaient aussi redoutablement actifs qu'au moment où ils venaient d'être recueillis. Si le sang de Mme Kellerman réagissait à l'un des échantillons en émettant une faible lueur, cela signifierait qu'elle était infectée par l'agent pathogène en question. La lueur était le signe que le virus reconnaissait des éléments présents dans le sang de Mme Kellerman. Platt gardait un faible espoir pour que les réactions soient négatives aux quatre tests. Avec un peu de chance, il n'y aurait pas de virus du tout.

Toujours vêtu de sa tenue chirurgicale, il se laissa tomber sur un banc du vestiaire, dans ce qu'ils appelaient la « zone grise ». Il demeura ainsi sans bouger, les coudes en appui sur les genoux, le menton reposant sur ses paumes. Il était exténué. Et il savait que McCathy devait l'être aussi. Pour sa part, il avait l'entraînement et l'adrénaline nécessaires pour résister à la fatigue. Il avait déjà opéré sur des fronts de guerre, physiquement éreinté, moralement vidé, et forcé à procéder à des interventions chirurgicales d'urgence dans des salles de fortune, à la lumière clignotante produite par des générateurs, avec des quantités limitées d'eau stérilisée. Il avait appris à puiser dans ses réserves et à trouver l'endurance et l'énergie nécessaires pour tenir encore une minute, encore une heure, encore une journée. En sachant que s'il craquait, sa défaillance se chiffrerait en vies humaines. Une zone de biosécurité de niveau 4 n'était pas très différente d'une zone de guerre.

Platt scruta les parois en Inox où s'alignaient les embouts de douche qui serviraient à la décontamination à leur sortie du labo. La zone grise n'était ni « chaude » ni stérile. C'était un territoire neutre, une zone de transition. Ou, comme aimait à le dire son prédécesseur à l'USAMRIID : « Ta dernière chance de changer d'avis avant de passer de l'autre côté du miroir. »

Platt vérifia l'heure à sa montre puis la retira et commença à se mettre en tenue. Le règlement interdisait de porter quoi que ce soit sous la combinaison bleue, à l'exception de la tenue chirurgicale stérile. Mais Platt savait que certains chercheurs gardaient sur eux un porte-bonheur ou une amulette. Ici, dans la zone grise, il n'était pas rare d'assister à certains rituels ou de noter des gestes de superstition. Platt avait vu des scientifiques faire le signe de croix. Il se souvenait d'un vétérinaire qui avait apporté une photo de sa femme et de ses enfants et qui l'avait examinée longuement avant de se changer. D'autres encore avaient recours à des exercices respiratoires ou à des techniques de relaxation. McCathy ne semblait sacrifier à aucun rituel, aucune superstition. A moins que le fait de marmonner « Nom de Dieu, bordel, c'est pas possible » soit pour lui une sorte de mantra conjuratoire.

Platt, en cet instant, regrettait de ne plus avoir ni famille ni photo. Il se disait parfois que ce serait agréable de croire encore à la vertu du signe de croix, qu'il avait beaucoup pratiqué étant enfant. Il n'avait ni routine particulière ni superstition d'aucune sorte. Sa seule précaution consistait à faire un tour aux toilettes avant d'enfiler sa tenue étanche. Une leçon qu'il avait apprise — et retenue — le jour où il avait dû passer six heures d'affilée dans un labo de biosécurité P4.

Il fit rouler ses épaules et s'étira la nuque. Puis il prit quelques respirations profondes, attacha son casque, tira la poignée de la porte en métal du sas pressurisé et pénétra dans la zone contaminée.

35.

Reston, Virginie

R.J. Tully attrapa son téléphone portable avant la seconde sonnerie. Pas même 7 heures du matin, et on était samedi. Mais il ne fut pas surpris d'entendre la voix de son patron. Plutôt soulagé, en fait.

— Tully ? C'est Cunningham.

Tully essuya les miettes de beignet sur son menton comme s'il venait d'être pris sur le fait. Il rencontra même un bout de coton sur sa joue, à l'endroit où il s'était coupé en se rasant.

— Comment allez-vous ? s'inquiéta-t-il.

— Bien. Vous avez des nouvelles de l'agent O'Dell ?

La question prit Tully au dépourvu. Il avait pensé que Cunningham serait mieux informé que lui. D'après ce qu'il avait cru comprendre, Maggie et lui n'étaient séparés que par quelques couloirs.

— Hier soir, tout était O.K. Je n'ai pas encore eu l'occasion de lui parler ce matin.

— Le colonel Platt dirigera la force d'intervention,

précisa Cunningham de son ton habituel — direct, détaché, professionnel. Il est responsable du confinement et du traitement. Si possibilité de traitement il y a, du moins. Autrement dit, l'USAMRIID maintient sa présence sur la scène du crime. Mais Ganza et vous serez responsables de l'analyse des preuves matérielles. Si tant est qu'on en trouve.

— Vous étiez dans la maison. Avez-vous vu quelque chose ?

Il y eut un silence. Suffisamment long pour que Tully se demande si la connexion avait été coupée.

— Il doit y avoir quelque chose, déclara enfin Cunningham. Je ne sais pas ce qui se passe, mais je pense que je suis visé.

— Personnellement, vous voulez dire ?

— Pourquoi, sinon, prendre le risque de livrer le message directement à l'USC ? Je crois que notre homme a voulu faire en sorte que je tombe dessus en personne.

Tully n'était pas forcément d'accord. Le type avait pu tout aussi bien vouloir narguer le FBI dans son ensemble, en montrant qu'il était capable d'opérer quasiment sous leur nez sans se faire prendre ni même remarquer. Mais Tully n'avait pas l'habitude de contredire son patron. Et il pouvait comprendre la réaction de Cunningham. Une nuit passée dans « la Taule » avait de quoi faire émerger les tendances paranoïaques les plus enfouies.

— Vous avez pu joindre Sloane ? demanda Cunningham. Que dit-il du message ?

— Je l'ai eu au téléphone, oui. Je le vois tout à l'heure à Quantico, juste avant son premier cours du matin.

Tully se souvint alors des traces en creux que Ganza et lui avaient trouvées sur l'enveloppe. Si l'attaque était effectivement personnelle, l'inscription dirait peut-être quelque chose à Cunningham.

— Connaissez-vous quelqu'un du nom de Nathan, qui pourrait être mêlé à cette histoire ?

— Nathan ?

— Nous avons trouvé une impression de surface sur l'enveloppe qui se trouvait dans la boîte avec les beignets. Nous avons pu la déchiffrer. Cela donne : « Appeler Nathan R. à 19 heures. »

Il y eut un nouveau silence. Cette fois-ci, Tully se contenta d'attendre.

— Le prénom de ma fille est Catherine. Et nous l'appelons Cather — il se trouve que ma femme adore Willa Cather. Cela pourrait être Cather et non « Nathan R. » ?

Si Cunningham avait le sentiment d'être la cible du tueur, il n'était pas étonnant qu'il réagisse de cette manière. Mais Tully avait l'impression qu'il cherchait un peu trop à tordre la réalité pour la faire coïncider avec son scénario. Tully revit l'image agrandie du coin d'enveloppe. L'inscription avait été suffisamment lisible pour qu'il puisse répondre avec certitude :

— Non, je suis certain que c'était bien « Nathan R. »

Il entendit le sifflement de l'air relâché, trahissant le soupir de soulagement que son patron n'avait pas réussi à réprimer. Il se demanda si Cunningham détenait des informations qu'il ne partageait pas.

— Avez-vous d'autres pistes de recherche pour Ganza et pour moi, monsieur Cunningham ?

— Non, rien. Mais quelque chose me dit que ce type n'a pas frappé qu'à un seul endroit. Il y a, ou il y aura, d'autres victimes.

Tully nota le numéro de téléphone qui lui permettrait de joindre directement Cunningham à l'USAMRIID. Il promit qu'il appellerait dès qu'il aurait du nouveau. Alors qu'il s'apprêtait à refermer son portable, Tully vit une enveloppe rose s'allumer, indiquant qu'il avait eu un message pendant qu'il était en ligne avec son patron. Il composa le numéro de sa boîte vocale et reconnut la voix de Gwen. Elle exprimait son inquiétude au sujet de nouvelles « bizarres » reçues de Maggie et s'inquiétait de ne pouvoir la joindre. Pouvait-il la rappeler pour lui expliquer ce qui se passait ? Et se souvenait-il qu'ils étaient censés dîner ensemble ce soir ?

Tully se frotta le crâne. Il avait imaginé que Maggie aurait déjà eu Gwen au téléphone. Autant dire qu'il allait en prendre pour son grade, puisqu'il n'avait pas appelé Gwen pour la mettre au courant de la situation. Et aucune excuse valable ne se présentait à son esprit. Pour arranger le tout, Gwen proposait d'apporter une pizza et de passer la soirée chez lui. Il y avait déjà plusieurs semaines qu'elle lui laissait entendre qu'elle aimerait bien être invitée à venir découvrir son « antre ». Tully soupira. S'il était en mauvaise posture, il pouvait peut-être se racheter en faisant une petite concession.

Il examina le séjour : chaussures abandonnées au milieu de la pièce, du courrier étalé sur la table basse au milieu des verres sales, des piles de journaux et presque autant de moutons de poussière. Il fit la grimace et composa le numéro de Gwen.

Emma fit irruption dans la cuisine pour aller ouvrir la porte au chien de Maggie. Les cheveux de sa fille étaient emmêlés, son pyjama fripé. Elle avait les yeux gonflés et encore à moitié fermés comme si elle n'avait pas dormi de la nuit. Et brusquement, la poussière et le désordre perdirent de leur importance. Car il y avait pire encore : sa fille et la femme avec qui il avait une relation « officielle » seraient réunies ce soir sous le même toit.

36.

USAMRIID
Dans une unité de biosécurité maximale

Chaque fois que le colonel Benjamin Platt pénétrait en zone P4, il était frappé par l'aspect parfaitement ordinaire des lieux. L'épaisse porte métallique étanche à l'air semblait pourtant augurer d'un univers en rupture totale avec le monde connu. Un symbole rouge ainsi que la mise en garde « Attention. Le port de la combinaison ventilée est obligatoire » annonçaient une zone de haut risque. Et le code d'identification à composer sur un clavier évoquait l'accès à une cabine de pilotage. Il s'agissait de taper le code correct, puis de passer par toute une procédure compliquée au terme de laquelle une lumière verte clignotante s'allumait, tandis qu'une voix annonçait : « Vous êtes autorisé à entrer. » Toutes ces précautions, ainsi que le bruit de l'air qui accompagnait l'ouverture et la fermeture de la porte, semblaient être le prélude à quelque chose de spectaculaire. Alors que la pièce stérile où l'on entrait était d'une banalité à toute épreuve.

Et pourtant, Platt n'y pénétrait jamais sans un sentiment proche de la terreur sacrée.

Des gaines d'arrivée d'air jaunes, tordues comme des serpents, grimaçaient sur des murs blancs dont l'aspect évoquait une exposition de Jackson Pollock, avec des pâtés de résine époxy qui semblaient avoir été projetés au hasard. De semblables mottes blanches formaient des renflements autour de chaque prise, chaque tuyau de sortie, scellant hermétiquement toutes les fentes et les fissures concevables. La lampe stroboscopique fixée au plafond était une alarme qui se déclenchait à la moindre défaillance du système d'aération. Des rangements en métal s'alignaient le long d'un mur. Un long plan de travail en flanquait un autre. Et le troisième était comme le verre d'un objectif offrant une vue sur le monde extérieur.

Platt prit un des embouts de tuyau jaune et le brancha sur sa combinaison. Aussitôt le grondement de l'air emplit son casque et ses oreilles. McCathy avait à peine levé les yeux à son entrée. Il devait garder son attention rivée aux manipulations auxquelles se livraient ses mains gantées. Il avait préparé ses lamelles de verre et avait placé quatre microscopes côte à côte, de manière à pouvoir suivre simultanément les quatre réactions.

McCathy finit par tourner la tête et lui fit signe de venir le rejoindre. Il inséra ses préparations une à une. Puis il se pencha sur chacun des oculaires pour faire ses réglages à l'aide d'une vis micrométrique. Lorsqu'il se redressa, Platt vit la sueur perler sur le front du microbiologiste, embuant l'intérieur de son casque. McCathy plaqua le plastique souple contre son visage. Une traînée humide subsista mais il ne parut pas s'en soucier.

— De gauche à droite, hurla-t-il en désignant chacun des microscopes d'un doigt ganté. Ebola Reston, Lassa, Marburg et Ebola Zaïre.

Platt hocha la tête. McCathy avait placé les virus en ordre de gravité croissante. Platt aurait tout donné pour que l'agent pathogène en cause soit Ebola Reston. Mais il savait que l'espoir était faible. Ce virus inoffensif pour l'homme ne pouvait être à l'origine de l'état de choc hémorragique de Mme Kellerman.

McCathy brandit une commande à distance.

— Je vais être obligé d'éteindre. On n'y verra goutte. Il faudra faire en sorte de ne pas nous heurter dans l'obscurité.

Platt acquiesça de nouveau d'un signe de tête. Son cœur avait recommencé à cogner si fort qu'il couvrait presque le sifflement sonore de l'air dans son casque. Ce n'était pas la perspective de se retrouver dans le noir qui provoquait ses palpitations cardiaques, même s'il savait que bien des scientifiques auraient refusé de passer par le cocktail explosif que constituait la claustrophobie associée aux ténèbres et au risque biologique maximal.

— Tenez-vous ici et regardez dans ces deux microscopes. Je me charge des deux autres. Ainsi nous ne courrons pas le risque de nous bousculer.

Platt s'approcha des microscopes. McCathy aurait Ebola Reston et la fièvre de Lassa. Lui-même avait devant lui Marburg et Ebola Zaïre. Les deux cas de figure les plus terrifiants. « Faites qu'aucun d'eux ne s'éclaire. » Il émit un vœu muet pour qu'aucune réaction n'apparaisse.

— Prêt ? demanda McCathy en soulevant sa télécommande.

Platt plaça les mains sur le bord de chacun des deux microscopes pour ne pas avoir à tâtonner dans le noir.

— Prêt.

L'obscurité se fit. Et elle était totale. Rien dans la pièce n'émettait la moindre lueur. Pas le point rouge d'une veilleuse. Pas un reflet. Pas le plus petit rayon filtrant de l'extérieur. Il ne discernait même pas la silhouette de McCathy qui se tenait juste à côté de lui.

Il trouva l'oculaire du premier microscope et regarda. Son casque rendait l'opération difficile. Il ne voyait que du noir. Son cœur se déchaînait à un tel point qu'il se demandait si les vibrations lui obscurcissaient la vue. Il écrasa le plastique souple de la visière jusqu'au moment où son orbite fut en contact avec le microscope. Mais rien n'apparaissait.

— Un résultat ? s'éleva la voix de McCathy sur sa gauche.

— Rien sur le premier.

— Rien par ici non plus.

Platt attendit. Il fallait parfois quelques minutes pour que le mélange des sérums s'opère et que la réaction se produise. Mais rien, rien et toujours rien. Les nerfs tendus à craquer, Platt psalmodiait tout bas : « Marburg à gauche, Zaïre à droite. » Il se redressa, prit une profonde inspiration et se pencha sur l'oculaire du second microscope.

— Aucune réaction à Lassa, cria McCathy.

Platt était à peine placé et il voyait déjà. Ce n'était pas une faible lueur. Elle était éclatante. Il aspira une goulée d'air et pressa sa visière contre l'oculaire. Sous ses yeux, il avait l'impression de voir un ciel nocturne illuminé de constellations.

— Nom de Dieu, marmonna-t-il.

Il tourna la tête d'un mouvement brusque, se pencha sur l'autre microscope. Toujours rien. Il retourna au second. Et trouva que l'éclat avait encore augmenté.

— Alors ? cria McCathy.

— J'en ai un qui s'éclaire.

— J'en étais sur ! Lequel ?

Platt dut se ressaisir. Ralentir le rythme frénétique de sa respiration. Il avait besoin de réfléchir. Besoin de se souvenir. Marburg à gauche. Zaïre à droite. Le fracas de ses battements cardiaques ne le gênait plus. C'était comme si un grand silence sépulcral s'était installé autour de lui. En lui. Seul son estomac survolté bouillonnait encore.

— C'est Ebola Zaïre.

37.

Hôpital Saint-Francis
Chicago

Claire Antonelli scrutait l'image du foie de Markus Schroder. Sur le bureau devant elle étaient étalées d'autres images et radios ainsi que des résultats d'examen. Deux fois, déjà, elle avait passé l'ensemble en revue. L'homme qui se tenait derrière elle les voyait pour la première fois, mais même lui gardait le silence. De fait, Claire trouvait déstabilisant le mutisme inhabituel du Dr Jackson Miles.

Jetant un regard derrière elle, elle vit son visage buriné, les plis creusés en permanence entre les sourcils. Elle se souvenait de l'avoir entendu un jour qualifier ses rides de « lignes de vie bien méritées ». Claire ne l'avait jamais connu autrement que marqué par les lignes en question. Même au temps où il l'avait soutenue, pendant des années d'internat difficiles où ses collègues, tous des hommes, lui avaient clairement fait comprendre qu'ils ne la considéraient pas comme une des leurs. Le Dr Miles l'avait prise sous son aile en lui disant que s'il avait pu devenir le premier chirurgien en chef noir, il n'y avait aucune raison pour qu'elle ne surmonte pas à son tour la discrimination dont elle faisait l'objet.

— On constate une augmentation du volume du foie, commenta-t-elle, pour le pousser à dire quelque chose.

Le Dr Miles ne détachait pas ses yeux de l'image, comme s'il cherchait à résoudre un rébus.

— Mais pour le reste, il ne présente pas d'anomalie particulière. Tu as pensé à la fièvre typhoïde ? Ou à la malaria ?

— Je l'ai mis sous antibiotiques. Aucun effet.

— *E. coli*, alors ? Ou la salmonelle ?

— Pas d'après ses résultats d'analyses.

Ces questions, elle se les était déjà posées toute seule. Repousser les hypothèses une à une avec son ancien professeur ne rendait pas la tâche moins décourageante.

— J'ai pensé à un abcès au foie ou à un problème de vésicule. Mais rien n'apparaît à l'échographie.

— Il se peut que le problème ne soit pas visible.

Jackson se frotta la mâchoire avec une main grande comme un battoir. Et qui, pourtant, savait être d'une saisissante délicatesse. Claire se souvenait de son émerveillement lorsqu'elle voyait Miles procéder sur une incision minuscule.

— J'ai demandé des analyses sanguines plus poussées, mais je ne suis pas certaine d'avoir le temps d'attendre les résultats. Il est de moins en moins réactif. Je sens qu'il me file entre les doigts.

— Et l'hypothèse virale ? Il a voyagé récemment ? Eté en contact avec une population susceptible d'être infectée ?

— A priori, non. D'après sa femme, même la typhoïde et la malaria seraient inexplicables. Au début, j'ai pensé à l'*Echerichia coli* ou à l'anthrax. Vous vous souvenez du paysan, cet été, qui avait contracté la maladie du charbon après avoir été contaminé par son propre bétail ? Vera, la femme de Markus, m'a dit qu'ils se rendaient régulièrement dans l'Indiana. Elle a encore une petite entreprise familiale là-bas. Quelqu'un d'autre en assure la gérance, mais elle la garde pour des raisons sentimentales.

Claire se tut, consciente qu'elle devait donner l'impression de divaguer. Elle donnait trop d'informations. Rien ne servait de ressasser ces détails à voix haute.

— Markus est comptable dans un cabinet juridique de Chicago.

— D'autres malades sur son lieu de travail ?

— C'est la question que je me suis posée également.

Claire passa la main dans ses cheveux. Elle carburait sur quelques heures de sommeil et une part de pizza froide. L'élan que lui avait donné la vue d'un beau « Beuglant » en pleine santé était vite retombé, depuis son passage dans la chambre de Markus.

— Rien non plus de ce côté-là. Juste un congé de maternité et une jambe cassée. Mais personne avec des symptômes grippaux ou autres.

— Tu crois que sa femme accepterait que nous ayons recours à la chirurgie exploratoire ?

Claire lui jeta un regard interrogateur.

— Il se peut qu'il y ait une cochonnerie accrochée au foie ou aux reins, qui ne se voie pas à l'échographie.

— Vous opéreriez vous-même ? s'enquit-elle d'un ton détaché, en veillant à ne pas laisser transparaître la supplication dans sa voix.

Il hocha la tête.

— Tâchez d'obtenir l'accord de l'épouse. Nous allons passer en salle d'opération et jeter un coup d'œil ensemble.

Le ton de Miles était si calme que Claire se laissa presque aller à penser que tout allait s'arranger. Notant son anxiété, il lui tapota le bras de sa grande main rassurante.

— Nous explorerons toutes les possibilités. C'est tout ce que nous pouvons faire.

Claire hocha la tête. En espérant que Markus et Vera Schroder partageraient ce point de vue.

38.

La Taule

La sonnerie du téléphone mural fit de nouveau sursauter Maggie. Absorbée dans ses recherches sur internet, elle n'avait pas vu l'homme qui était entré dans la chambre d'observation pour s'approcher de la cloison de verre. Lorsqu'elle leva les yeux, le regard de Platt était rivé sur elle, si intense, si pénétrant qu'elle refusa de l'affronter. Il savait quelque chose, et les nouvelles n'étaient pas favorables. Elle prit son temps, referma un fichier, se déconnecta d'un site en laissant le téléphone sonner.

— Merci pour l'ordinateur, dit-elle lorsqu'elle finit par décrocher. Vous êtes sur le point de m'annoncer qu'il me fera un long usage…

Il la fixa dans un premier temps sans répondre, et elle vit que sa mâchoire était tellement crispée que les muscles saillaient.

— C'est une manie, chez vous, de prendre les devants, comme ça ? demanda-t-il avec une expression impassible.

— Désolée. Normalement, c'est moi la porteuse de mauvaises nouvelles. Je n'ai pas l'habitude de me trouver dans la situation inverse.

— Vous êtes toujours aussi cynique ?

— Mon gagne-pain est de poursuivre des tueurs.

Il sourit, renversant la tête en arrière, comme si cette explication lui suffisait.

— En gros, vous êtes habituée à envoyer des gens en taule. Mais pas à y séjourner vous-même.

Il lui fit signe de s'asseoir et s'effondra sur sa chaise en plastique, mais se releva presque aussitôt pour attendre qu'elle ait pris place de son côté. Maggie préférait accueillir une mauvaise nouvelle debout ou, mieux encore, en faisant les cent pas. Mais il avait l'air tellement épuisé… Ses cheveux, qu'il venait de laver, étaient encore humides. Et il avait des poches noires sous les yeux. Elle nota aussi une petite tache blanche sur le menton — du savon, peut-être ? — qui se détachait sur l'ombre d'une barbe de trois jours. S'il n'était pas rasé, il s'était changé, en revanche, et portait un T-shirt propre avec un pantalon de sport bleu marine. Mais toujours les mêmes Nike blanches.

— Alors ? Quelque chose me dit que vous ne revenez pas de votre petit jogging tranquille du matin ? lança-t-elle en s'asseyant.

— Pas de jogging, aujourd'hui, non.

Il s'installa sur sa chaise à son tour, gardant le dos droit alors qu'elle l'avait cru prêt à s'effondrer.

— J'ai peut-être trouvé des éléments intéressants,

annonça-t-elle, consciente qu'elle cherchait à différer le moment de vérité. Je crois que le type à qui nous avons affaire cherche à reproduire des éléments de crimes anciens ou non résolus.

Platt parut intrigué, mais sans plus.

— Qu'est-ce qui vous fait dire cela ?

— J'ai récupéré une enveloppe suspecte chez les Kellerman. Et j'ai fait des recherches sur…

Visiblement choqué, cette fois, il se redressa.

— Vous avez emporté des preuves matérielles trouvées sur une scène de crime ? Une zone contaminée, en plus ?

— J'ai pris deux sachets pour protéger l'enveloppe. Et je l'ai gardée sur moi. Dans la mesure où elle est ici, j'imagine qu'elle est aussi décontaminée que je le suis… Pour le moment, en tout cas.

Elle soutint son regard sans broncher.

— Vous ne voulez pas savoir ce que j'ai trouvé ?

— Vous êtes consciente, j'espère, que je pourrais vous poursuivre pour obstruction à une opération médicale de l'armée ?

— Oh, je vous en prie… Poursuivez, poursuivez. Comment comptez-vous sévir ? En me jetant en taule, peut-être ?

Ils se mesurèrent du regard en silence, refusant l'un et l'autre de baisser les yeux le premier. Ce fut Platt, finalement, qui céda. Portant la main à son visage, il frotta ses yeux fatigués et s'affaissa contre le dossier de sa chaise, sans pour autant lâcher son combiné.

— J'aurai besoin de cette enveloppe pour la faire analyser, agent O'Dell.

— Elle est à vous.

Sa réponse parut le surprendre. Il devait s'attendre à une résistance. Ou peut-être était-il simplement fatigué.

— Alors ? Qu'avez-vous découvert ?

Elle lui dit tout : la fausse adresse de l'expéditeur, James Lewis et les meurtres au Tylenol de septembre 1982, les deux Elk Grove et la mort de la petite Mary Kellerman, qui portait quasiment le même nom que Mary Louise. Comme si le tueur avait voulu commémorer un macabre anniversaire.

— Qu'y avait-il dans l'enveloppe ? demanda Platt.

— Rien, à l'exception d'un sachet en plastique zippé. Vide. Je ne l'ai pas ouvert, étant donné qu'il s'agit d'une preuve matérielle.

Elle lui sourit, cherchant à se faire pardonner. Mais il ne parut pas le remarquer.

— Les Kellerman n'ont pas avalé du cyanure, en tout cas. Et ce n'est pas non plus une toxine à laquelle elles ont été exposées.

— Ni poison ni toxine ?

Il secoua la tête. Lentement et comme à regret.

— Pas de toxine, non.

Elle attendit sans rien dire.

— Je sais que vous avez une formation médicale, reprit-il.

— Juste une prépa de médecine. Et elle remonte déjà à quelques années.

Il faisait appel à son savoir, la traitant en collègue pour qu'elle partage son angoisse. Et pourtant, une minute avant à peine, il s'était posé en ennemi, l'accusant d'avoir fait obstruction au travail de l'armée. Peut-être la fatigue expliquait-elle ses revirements.

— O.K., dites-moi ce qu'il en est. Je ne vous demande pas de prendre des gants. Mais ne noyez pas non plus l'info sous une masse de jargon technique.

Cette fois, il prit une profonde inspiration. Il se pencha en avant, sans la quitter des yeux.

— Mme Kellerman a été exposée à un virus qui a envahi son organisme. Il s'est propagé en elle, utilisant la machinerie de ses cellules pour y former ce qu'on appelle des briques. Celles-ci se défont, font éclater les parois de la cellule. Et les particules virales se diffusent dans le liquide extracellulaire et s'attaquent à la cellule suivante.

Maggie était certaine que sa respiration s'était bloquée net dès le moment où il avait prononcé le mot « virus ». Elle n'avait pas besoin d'en savoir davantage. Mais Platt poursuivait déjà :

— C'est un parasite comme on espère ne jamais avoir à en rencontrer. Un parasite cherchant l'hôte idéal.

Il s'interrompit, cherchant ses mots, comme s'il faisait appel à un savoir déjà ancien.

— Le gros problème, c'est que l'être humain n'est pas un hôte idéal pour ce virus particulier, dans la mesure où il succombe à l'invasion en moins de vingt et un jours. Le virus détruit presque toujours l'hôte qu'il colonise. Si bien qu'il finit par s'écouler par la voie sanguine, se répandre à l'extérieur et chercher un autre organisme pour s'y répliquer de nouveau.

— Vous en parlez comme si c'était du déjà-vu pour vous ?

— Vous vous souvenez du village dont je vous ai déjà parlé, près de la Sierra Leone ? J'ai tenu un virus similaire entre mes mains gantées.

Il s'était exprimé d'un ton presque respectueux. Comme on chuchote une prière.

— Mais vous n'avez pas contracté la maladie.

Maggie détesta l'espoir qui transparaissait dans sa propre voix. Alors que l'expression de Platt, elle, n'en exprimait aucun.

— C'était le virus de la fièvre de Lassa. Un agent de niveau 4 également. Mais rien de comparable à celui-ci.

Elle ferma les yeux et s'affaissa contre le dossier de sa chaise. Cette fois, elle n'attendit pas qu'il poursuive. Gardant les paupières closes, elle renversa la tête en arrière.

— Il s'agit de la maladie d'Ebola, n'est-ce pas ?

Le combiné du téléphone était toujours pressé contre son oreille, de façon à ce qu'elle puisse l'entendre distinctement. Malgré le vacarme de sa propre respiration. Malgré la douleur dans sa poitrine. Malgré le martèlement de son cœur cognant contre ses côtes.

Lorsque la voix de Platt s'éleva, elle était clairement perceptible.

— Oui. C'est Ebola Zaïre.

39.

Wallingford, Connecticut

Artie appréciait tout particulièrement certains aspects de sa mission. Comme les trajets en voiture, par exemple, même lorsque ses destinations n'avaient rien de pittoresque. Il adorait conduire sur l'autoroute, avec du temps pour réfléchir et l'horizon ouvert devant lui. Quelques-unes de ses meilleures idées lui étaient venues pendant ses « trajets d'expédition ». Il s'était même découvert un faible pour le mauvais café et les beignets rassis des relais routiers.

Aujourd'hui, son mentor lui avait encore prêté son SUV, avec ses plaques gouvernementales. Artie avait nettoyé le véhicule de fond en comble. Il avait toujours eu tendance à remodeler son environnement pour l'adapter à ses exigences. Et il était prêt à accomplir des efforts considérables pour que ses projets se déroulent selon un plan strictement établi. Le tout avec une bonne dose d'autodiscipline. C'était probablement la raison pour laquelle il avait été choisi.

Comme son mentor, il se considérait comme une encyclopédie vivante en matière de comportement criminel. Une sorte d'*aficionado* du crime. Il était capable d'apprécier la rigueur, le raisonnement, la pensée créative et les talents que requérait un meurtre réussi. Le fait qu'il ait un catalogue des cas criminels à travers les âges stocké dans sa mémoire ne lui paraissait pas le moins du monde bizarre. Cela faisait simplement de lui un être différent. Et le rendait parfait pour sa mission. Le fait qu'il ne connaisse pas tous les détails du projet ne faisait qu'aviver son intérêt pour sa tâche. Deviner, comprendre, remettre les pièces du puzzle à leur place faisait partie intégrante de son apprentissage.

Il n'avait jamais été habitué à ce qu'on lui mâche le travail. Depuis des années, il s'en sortait grâce à sa patience, son charme et son étonnante capacité à mémoriser les détails même les plus infimes. Avec cela, il apprenait vite. Même son mentor serait agréablement surpris, s'il découvrait tout ce qu'il avait déjà compris et assimilé de ses méthodes. Il n'avait sûrement pas prévu que son disciple se montrerait aussi perspicace.

Artie avait reçu pour seule consigne de poster ses enveloppes le plus loin et le plus discrètement possible. Mais il n'avait pas pour autant voulu procéder au hasard. Il savait que le plus grand soin avait été porté au choix des destinataires ainsi que des « expéditeurs ». Alors, pourquoi ne pas prêter une égale attention aux lieux d'envoi ? Lui aussi jouait à cache-cache avec le FBI à sa façon, en jonglant avec les cachets de la poste.

Au début, il avait expédié ses paquets en les glissant dans

des boîtes aux lettres proches de chez lui. Il y avait, après tout, embarras du choix. Jusqu'à présent, le trajet le plus long qu'il ait jamais effectué l'avait mené à Murphy, en Caroline du Nord, quelques semaines plus tôt. Le paquet qu'il avait posté était adressé à Rick Ragazzi, à Pensacola, en Floride. Avec, comme adresse d'expéditeur, Victor Ragazzi, à Atlanta. Alors, pourquoi avoir choisi de faire son envoi à partir de Murphy, en Caroline du Nord ?

Pour ce clin d'œil, Artie ne s'était pas cassé la tête. Il avait pensé qu'il pouvait, pour une fois, simplifier la tâche aux agents fédéraux. Ils n'auraient sûrement aucun mal à comprendre l'allusion à une enquête sur laquelle ils s'étaient plantés en beauté pendant des années. Ils feraient sans doute immédiatement le lien entre la ville de Murphy et Eric Rudolph, qui y avait vécu avant de prendre la fuite. Selon la rumeur, les citoyens de la petite ville de montagne l'avaient même protégé en donnant de fausses indications aux enquêteurs.

Artie se demandait parfois si les gens du FBI saisiraient son ironie. Apprécieraient-ils sa petite allusion satirique ? Ses piques délicates ? Son discret « attrape-moi si tu peux » ?

Tout ce qu'il avait eu à faire, c'était glisser son paquet dans la boîte aux lettres du bureau de poste local pour que le cachet de Murphy apparaisse sur l'enveloppe. Même s'il en mourait d'envie, il n'avait pas pu prendre le risque de s'arrêter pour déjeuner en ville dans un restaurant qui avait affiché sans vergogne sur sa devanture : « Rudolph a mangé ici. » Il avait dû se contenter d'un hamburger, en s'arrêtant dans un fast-food sur l'autoroute du retour. Ce qui n'avait rien d'un sacrifice, cela dit. Il adorait les BigMac.

Rien que le voyage aller jusqu'à Murphy lui avait pris huit heures, puisqu'il avait eu sept cent quarante kilomètres à parcourir. Le trajet jusqu'à Wallingford faisait cinquante kilomètres de moins. Mais définir Wallingford comme destination avait exigé de lui une gymnastique mentale un peu plus complexe. Et il savait que le clin d'œil serait moins évident pour ses adversaires du FBI, même si, là aussi, ils s'étaient cassé le nez sur l'enquête.

Artie se félicita de la subtilité de son choix. C'était un cas aussi poignant qu'ingénieux où des victimes innocentes se trouvaient prises dans les tirs croisés, pour ainsi dire. Ce que le FBI ou les militaires appelaient « dommages collatéraux », et qu'il avait baptisé de son côté « meurtres en bonus ». Restait à déterminer si les agents du FBI trouveraient à résoudre le rébus compliqué qu'il leur proposait.

Bref, pourquoi Wallingford, dans le Connecticut ? Au cours de l'automne 2001, une veuve de quatre-vingt-dix et quelques années — il devait reconnaître à son grand dam qu'il n'avait pas retenu l'âge exact — était morte, victime du tueur à l'anthrax. Ottilie W. Lundgren vivait à Oxford, dans le Connecticut. Elle ne sortait presque jamais de chez elle et, pour autant que les enquêteurs avaient pu en juger, ne pouvait être une cible directe pour le meurtrier. Son courrier avait simplement été en contact accidentel avec une enveloppe remplie d'anthrax qui était passée par le centre de tri… de Wallingford.

Le FBI n'avait pas trouvé le bacille du charbon dans la maison de la veuve. Mais l'anthrax avait bel et bien surgi à Seymour, à quelques kilomètres de là. Et on avait fini par conclure qu'il s'agissait d'un cas de contamination croisée. Un malencontreux accident dû au hasard, avaient conclu les autorités. La famille, elle, avait parlé d'une mort dépourvue de sens. Artie songea que les « hasards malencontreux » et « les morts dépourvues de sens » ne le dérangeaient pas plus que cela.

Tout en contournant un second lac, Artie jeta un coup d'œil sur la carte routière dépliée sur le siège passager. Il avait dû prendre la mauvaise sortie en quittant l'Interstate 91. A l'évidence, il ne trouverait pas de bureau de poste par ici.

Il se rangea sur le côté. S'il avait eu du temps à perdre, il aurait bien fait un peu de tourisme. Les jolies petites routes sinueuses étaient tentantes, et c'était agréable de voir les couleurs automnales des arbres. Mais avant tout, il aurait voulu jeter un œil à la vieille carrière abandonnée qui se trouvait tout près de là. On y avait découvert des corps dans des barils de deux cents litres. Des cadavres avec des parties manquantes. Oui, c'était cruel pour un mordu du crime comme lui d'être si proche d'un site et de ne pas pouvoir y faire un tour. Un peu comme si un passionné de la guerre de Sécession passait tout près de Gettysburg, où avait eu lieu la célèbre bataille. Forcément, il aurait envie de fouler ces terres sacrées.

Une autre fois, peut-être. Artie fit demi-tour et revint sur ses pas. Cette fois, il trouva sans difficulté et atteignit le centre-ville sans encombre. Dès qu'il eut atteint la grande rue centrale, il repéra le bureau de poste. Il se gara devant les boîtes aux lettres extérieures. Les vitres teintées du SUV dissimuleraient son visage, au cas où il y aurait des caméras. Il prit les deux paquets sur le tapis de sol et les glissa dans la fente de la boîte.

L'un était adressé au collège Benjamin-Tasker, dans le Maryland. L'autre à une certaine Caroline Tully, à Cleveland, dans l'Ohio.

40.

North Platte, Nebraska

Patsy Kowak adorait les samedis matin. Chaque semaine, elle passait prendre sa fille et elles se rendaient ensemble à une réunion du cercle de lecture. Généralement, tous les membres se retrouvaient au café pour le petit déjeuner où ils se regroupaient à une table d'angle. Le propriétaire de la librairie De A à Z proposait une sélection de livres. Au cours de ces deux dernières années, Patsy avait eu l'occasion de lire quantité de romans qu'elle n'aurait jamais choisis autrement. La sélection de cette semaine avait été écrite par un auteur local, une certaine Patricia Bremmer, qui écrivait des romans policiers. Patsy avait fini le livre en deux jours. Rien ne l'avait empêchée d'avancer dans sa lecture, vu que Ward et elle ne s'adressaient pratiquement plus la parole. S'il continuait à se taire encore longtemps, elle finirait peut-être par rattraper toutes ses corvées en retard.

Plus qu'une semaine avant le mariage. Elle devait admettre qu'elle était excitée, pas seulement à cause de son fils et de la cérémonie, mais également à l'idée de bouger de chez elle. Même si elle adorait le ranch, elle aimait changer d'horizon de temps en temps. Il y avait une éternité que Ward et elle n'avaient pas voyagé ensemble. Bon, d'accord, ils feraient juste l'aller-retour à Cleveland, avec une escale à O'Hare. Mais en ce moment, même Cleveland apparaissait comme une promesse de dépaysement. Ils ne seraient pas nombreux parmi la famille et les amis du Nebraska à faire le déplacement. Mais Conrad lui avait annoncé qu'ils attendaient deux cents personnes, pour la plupart des amis et des collègues. Patsy avait du mal à imaginer que quelqu'un — même le directeur d'une entreprise pharmaceutique — puisse avoir autant de relations. Mais Conrad paraissait heureux et enthousiaste. Et c'était l'essentiel. Sa future femme le rendait heureux comme personne, jusqu'à présent, n'avait su le faire.

Patsy passa un coup de brosse dans ses cheveux. Ils n'étaient pas trop vilains, malgré sa déplorable habitude d'en couper de gros paquets elle-même chaque fois qu'elle traversait une période de stress. Lorsqu'elle était dans ses mauvais jours, Ward s'en apercevait tout de suite. Plus tôt dans la semaine, il lui avait demandé si sa frange n'était pas raccourcie. Un simple « oui » l'avait fait hocher la tête et battre en retraite.

Mais en ce moment, plus encore que ses cheveux, ses mains lui faisaient honte. Elles étaient plus rouges et crevassées que jamais, parce qu'elle avait pansé les chevaux et fini de retourner la terre du potager. Patsy troqua sa brosse contre un coupe-cuticules pour tenter de les rendre plus présentables. Mais elle ne réussit qu'à empirer les choses en se faisant saigner.

Il y avait des lustres qu'elle ne s'était pas offert une manucure en institut. Et elle savait que ce n'était même pas la peine d'y penser. Ward lui avait déjà fait la morale en lui reprochant ses dépenses en carte de crédit. Ce qui n'était qu'une façon déguisée de se plaindre du mariage, car elle avait acheté une robe neuve pour la cérémonie et deux sacs de voyage. Elle refusait de ressortir leurs vieilles valises. Elles étaient moches, usées, et n'avaient même pas de roulettes. Ce n'était pas étonnant, après cela, si Conrad pensait de son père que l'argent était sa seule préoccupation. Parlant d'argent, elle n'avait plus un centime de liquide. Et elle n'aurait pas le temps de passer à la banque.

Patsy ouvrit le dernier tiroir de sa commode et sortit la boîte carrée dans laquelle elle gardait toujours un peu de monnaie. C'était là, également, qu'elle avait placé la poche en plastique zippée avec l'argent envoyé par Conrad. Ward ne regardait jamais dans sa commode, et elle savait que les billets y étaient en sécurité. Elle n'avait pas eu l'intention de s'en servir. Il lui suffirait de passer à la banque après la réunion pour remplacer l'argent utilisé. Quel mal pouvait-il y avoir à prélever quelques dollars, si elle les remettait en place par la suite ?

Elle ouvrit le sachet en plastique, glissa la main à l'intérieur et en sortit une coupure de vingt dollars.

41.

Quantico, Virginie

Tully n'était pas dur d'oreille. Nul besoin pour Sloane de réitérer ce qu'il venait déjà de leur annoncer, à savoir qu'il « avait exactement un quart d'heure » à leur consacrer, à Ganza et à lui, avant de retourner officier devant ses étudiants. Tully regarda l'expert en écriture s'asseoir d'un air grave devant les documents, comme un grand mage sur le point de procéder à un rite sacré. Sloane jouait le rôle du grand professeur à la perfection. Il en avait même adopté la tenue : col roulé en laine noire, suffisamment ajusté pour mettre son ventre plat en valeur, pantalon de coupe impeccable et veste de costume assortie. Avec son mètre soixante-dix, Sloane n'en imposait pas par sa taille. Son allure ostentatoire attirait sur lui une attention qui ne se serait peut-être pas portée spontanément sur sa personne. Même si Sloane et lui avaient le même âge, ses tempes ne grisonnaient pas comme les siennes. Il avait gardé son épaisse chevelure d'un noir d'encre qui bouclait jusque sur son col roulé. Mais Tully soupçonnait cette étonnante jeunesse capillaire de relever d'un shampoing colorant plus que de la vitalité de ses gènes.

— L'éclairage est abominable, ici, commenta Sloane en guise de salutation. Qu'attend de moi Cunningham, au juste ? Que je fasse des miracles ?

Tully faillit répondre qu'on n'attendait strictement rien de lui, sinon qu'il se livre à ses simagrées habituelles. Mais il opta pour une réponse plus diplomatique afin de ne pas gaspiller leurs précieuses quinze minutes.

— Nous apprécions que tu aies trouvé le temps de nous aider, George. Toutes tes observations seront les bienvenues.

Sloane se tourna vers Ganza.

— Va voir si tu peux me trouver une lampe correcte.

Il traitait le directeur de laboratoire comme s'il avait affaire au dernier de ses étudiants. Tully haussa les épaules lorsque Ganza tourna vers lui un regard interrogateur. Ganza regarda sa montre, puis tira la visière de sa casquette des Red Sox sur ses yeux et se dirigea vers le réduit au fond de la salle.

— Ainsi, les terroristes placent des lettres de menace au fond d'un carton de beignets, maintenant ? ironisa Sloane en rapprochant sa chaise de la table. Et toi, où étais-tu donc au moment des faits ? Si mes souvenirs sont bons, tu ne résistes jamais à un beignet au chocolat.

Tully rongeait son frein. Ils avaient déjà perdu cinq minutes en préparatifs inutiles.

— J'ai été retenu par la circulation.

— Les embouteillages ont parfois du bon.

Ganza tira du réduit un long tube en métal d'allure baroque qui semblait tout droit sorti d'un vide-greniers. Il le posa devant Sloane. Celui-ci se rejeta en arrière comme si l'objet l'avait attaqué.

— C'est quoi ce machin ?

Sans prendre la peine de répondre, Ganza déroula le cordon et enfonça la fiche dans une prise. Le tube fluorescent illumina la pièce de telle façon que même Sloane ne put trouver à redire. Il se contenta de pousser un grognement avant de choisir le premier sachet qui contenait l'enveloppe. Il la souleva pour l'examiner, lèvres serrées et sourcils dûment froncés. Tully ne put s'empêcher de penser à un vieux show où Johnny Carson était déguisé en magicien enturbanné.

— Comme par hasard, l'écriture est en caractères majuscules d'imprimerie, grommela Sloane, comme s'il l'avait prévu depuis le début. Tous les illuminés, de l'Unabomber au tueur au zodiaque, rédigeaient leurs messages ainsi. Dans la vie courante, il est rare que les gens écrivent en caractères d'imprimerie. Ce qui rend la comparaison plus difficile.

— Ça leur permet de déguiser plus facilement leur écriture, commenta Ganza de sa position perchée au-dessus de l'épaule gauche de Sloane.

— C'est ce que je viens de dire. Si vous estimez déjà tout savoir, pourquoi Cunningham a-t-il fait appel à moi ?

Tully vit Ganza et Sloane se mesurer du regard. Ganza, le plus paisible des hommes, était la dernière personne au monde encline à tomber dans une bataille d'ego. Qu'y avait-il donc chez George Sloane pour faire ressortir ainsi le pire en chacun ?

Lorsque Sloane estima avoir obtenu de Ganza qu'il ne l'interrompe plus, il se tint encore un peu plus droit sur sa chaise.

— Il ne s'agit pas seulement de déguiser une écriture. Les lettres majuscules confèrent un caractère d'urgence à un message. Comme s'il criait. Voyez ici…

Sloane souleva l'enveloppe.

— Il a appuyé plus fort en inscrivant les points entre le F, le B et le I. Il a pris le temps de dessiner avec soin chacune de ses lettres. Mais les points percent presque le papier. Il laisse transparaître un peu d'émotionnel dans la ponctuation.

— Oui, tiens, pourquoi ces points entre chacune des lettres de F.B.I. ? demanda Ganza.

Tully frémit. Ganza n'avait donc pas compris qu'il devait garder le silence pour qu'ils en finissent au plus vite et le moins douloureusement possible ? Tully guetta l'expression de Sloane et ne fut pas déçu : il afficha exactement l'air de dédain contrarié auquel il s'attendait.

— Il ne considère pas « FBI » comme un acronyme, de toute évidence.

— Il est allergique aux fédéraux ? insista Ganza.

Sloane lui jeta un regard glacial au lieu de répondre. Il reposa l'enveloppe, consulta sa montre et prit le second sachet à indices.

— Le petit mot était plié dans l'enveloppe, précisa Tully. On le voit aux plis qui…

— Un pliage pharmaceutique, oui, acheva Sloane en haussant ses épais sourcils noirs. Et en voyant cela, vous l'avez ouvert quand même ?

Malgré le regard accusateur et le sarcasme, Tully s'efforça de ne pas tomber dans une attitude défensive.

— L'enveloppe n'était pas cachetée.

Alors qu'il n'avait même pas été présent au moment de la découverte du message, il se sentait tenu de s'expliquer, comme un élève pris en faute. C'était peut-être le professorat qui conférait à Sloane cette aura de supériorité qui plaçait tous ses interlocuteurs en situation d'étudiant minable. Sur le point de préciser que c'était Cunningham et pas lui qui avait trouvé et manipulé le message, il réprima juste à temps le réflexe puéril.

— Il n'y avait aucune substance à l'intérieur, George.

Sloane avança les lèvres comme un enfant boudeur.

— Allez, George ! Nous savons déjà que tous les éléments sont réunis pour évoquer un tueur à distance. Ce type est peut-être en train de préparer de nouvelles livraisons spéciales, à l'heure où nous parlons. Qu'est-ce que tu peux nous dire à son sujet ? Allons-nous le trouver terré dans une cabane au fond des bois ? Dans un garage de banlieue ?

Sloane se renversa contre son dossier et croisa dédaigneusement les bras pour bien montrer ce qu'il pensait de ces théories.

— Il ne se terre sûrement pas dans les bois, non. Et ce n'est pas non plus quelqu'un qui bosse dans l'industrie pharmaceutique. Mais il a l'air de connaître ses classiques. Le tueur à l'anthrax utilisait le même pliage. Et notre homme a respecté scrupuleusement le modèle.

— Tu es intervenu dans l'enquête sur le tueur à l'anthrax ? demanda Ganza.

— A ton avis ? Qui leur a dit d'aller voir du côté de leurs propres scientifiques plutôt que de soupçonner un Afghan au fond d'une grotte ?

Sloane changea de position sur sa chaise.

— Cela dit, je ne suis pas vraiment surpris que personne ne soit au courant. Les compliments sont rares, dans cette maison, pas vrai ? Mais c'est sans grande importance. Vous croyez bien ce que vous voulez, vous, au FBI. Comme pour le profil que vous aviez établi pour le Beltway Sniper, par exemple. Vous n'avez jamais voulu démordre de votre portrait standard du jeune homme caucasien de tempérament solitaire roulant dans un petit camion blanc. Pas un instant, vous n'aviez imaginé qu'ils seraient deux, qu'ils seraient noirs, et qu'ils conduiraient une voiture de course.

— Je n'étais pas dans le secteur, à l'époque, observa Tully.

— Ah oui, c'est vrai. Tu étais encore à Cincinnati.

— Cleveland.

— Ah, j'ai confondu, oui. Désolé.

Mais Sloane n'avait pas l'air désolé du tout. Il approcha le message et le lut d'une voix forte et précipitée, un peu comme un commentateur de sport à la télévision :

APPELLEZ-MOI DIEU
AUJOURD'HUI, 10 HEURES
AU 1349, ELK GROVE
ATTENDEZ-VOUS À UN CHOC ET À UNE EXPLOSION
JE NE VOUDRAIS PAS QUE VOUS MANQUIEZ LE SPECTACLE
JE SUIS DIEU
P.-S. : VOS ENFANTS NE SONT EN SÉCURITÉ NULLE PART
ET À AUCUN MOMENT

Sloane reposa le sachet sur la table et repoussa sa chaise qui crissa sur le linoléum.

— Il est intelligent, commenta-t-il sans les regarder. Et il a de l'éducation. Il est précis et a le sens du détail. Il veut vous faire croire que ses motivations sont liées à la religion, mais je crois que sa référence à Dieu est à prendre au pied de la lettre. Il se voit comme quelqu'un de supérieur à vous. Même le pliage pharmaceutique est un leurre, un…

Sloane agita la main et Tully songea à un prêtre soulignant un point fort de son sermon.

— Il joue avec vous, cherche à vous déstabiliser, à vous prendre de court.

Puis il haussa les épaules et se leva, indiquant qu'il ne pouvait pas leur en dire davantage. Ce qui ne l'empêcha pas de poursuivre :

— Le choix de l'heure, l'adresse, le numéro de rue pourraient être significatifs. Mais pour le savoir, il me faudrait plus d'informations.

— Et sur quelles hypothèses parierais-tu, George ?

Il vit Sloane tressaillir.

— « Parier » ? Vous qualifiez vos profils de simples « paris », vous ? Ce n'est pas l'opinion que j'ai des miens.

Tully réprima un soupir exaspéré. Sloane hésita un instant, puis parut prendre pitié de Ganza et de lui.

— Mon « pari », dit-il en détachant les syllabes, c'est qu'il s'agit de quelqu'un du sérail. C'est peut-être le moment de retourner voir du côté des labos de recherche. N'oubliez pas que le tueur à l'anthrax court toujours. Et il ne serait pas le premier *serial killer* à ne pas supporter de tomber dans l'oubli. Regardez Dennis Rader, le tueur en série qui s'était lui-même surnommé BTK[4], par exemple. Il n'aurait jamais été arrêté s'il n'avait pas éprouvé le besoin d'attirer de nouveau l'attention sur lui, alors même qu'il avait cessé de tuer depuis des années.

Tully hocha la tête. Puis il sortit un agrandissement des marques en creux qu'ils avaient photographiées.

— Et cette inscription ? Elle pourrait vouloir dire quelque chose ?

Sloane prit la photo et la souleva pour l'examiner à la lumière. Un sourire se dessina au coin de ses lèvres. Tully crut pouvoir en déduire qu'ils avaient réussi à impressionner le grand professeur. Une première.

— Eh bien ! Vous avez trouvé ça, tous les deux ?

4. Note de l'Editeur : BTK est l'abréviation de *Bind, Torture, Kill :* ligoter, torturer, tuer.

42.

La Taule

L'heure du petit déjeuner était passée depuis longtemps lorsqu'on apporta enfin un plateau à Maggie. Mais s'alimenter était devenu le dernier de ses soucis. Elle picora ses œufs, grignota la moitié d'un toast, prit deux gorgées de jus d'orange et laissa le reste. Elle avait un poids sur la poitrine qui rendait sa respiration difficile, comme si quelque chose de lourd comprimait sa cage thoracique. Même déglutir demandait un effort conscient. Elle se surprit à prendre son pouls en appliquant deux doigts à la base de son cou. A quoi s'attendait-elle, au juste ? A sentir ou à entendre le virus se répliquer en elle ? Ce serait donc ça, le poids supplémentaire dont elle se sentait lestée ?

Le colonel Platt lui avait demandé si elle voulait appeler quelqu'un au téléphone. Ou s'il pouvait passer un coup de fil pour elle. A chaud, aucun nom ne lui était venu à l'esprit. Peut-être Gwen. Certainement pas Nick Morrelli. Probablement pas son demi-frère, dont elle n'avait fait que récemment la connaissance.

Elle tenta d'imaginer leur conversation.

— Hé, frérot, devine ce qui m'arrive ? On vient de me mettre en quarantaine à cause d'un virus mortel pour lequel il n'existe aucun traitement connu. Finalement, il n'est pas dit que nous pourrons fêter ce premier Thanksgiving ensemble.

Quoi qu'il arrive, elle n'appellerait pas sa mère, qui s'arrangerait pour traiter la nouvelle comme un drame où elle tiendrait le rôle principal. Sans s'interroger sur l'impact que ce face-à-face avec la mort pouvait avoir sur sa fille.

— Mais, maman, c'est moi qui suis en train de mourir d'un virus foudroyant ! s'entendit-elle protester dans sa tête.

— Et comment veux-tu que j'explique un truc pareil à qui que ce soit ? aurait protesté sa mère.

Non sans s'être inquiétée au préalable du danger de contagion. Non, Maggie n'avait personne. Pas de famille proche. Pas de compagnon. Personne sur sa liste de « proches à appeler en cas d'urgence ». Lorsque Greg et elle avaient divorcé, leur relation était tellement à bout de souffle qu'elle en avait conçu plus de soulagement que de regret. Ils s'étaient mariés alors qu'ils étaient encore étudiants. Greg avait été comme une sorte de couverture sociale pour elle, un essai de normalité, une ouverture vers une vraie vie de famille. Du moins, jusqu'au jour où il s'était mis en tête de l'arracher à ce qui faisait sa véritable identité — à la seule chose qui donnait du sens à son existence : sa carrière au FBI.

Elle était sortie de leur relation avec quelques bleus et cicatrices à l'âme. Sans regrets, mais avec la conviction qu'elle ne trouverait jamais d'homme qui les accepterait ensemble, son métier et elle. En sachant que son travail resterait toujours sa première priorité. Ni Adam Bonzado ni Nick Morrelli n'avaient constitué une exception. Même si elle était consciente que le problème ne venait pas d'eux, mais d'elle. Qu'elle tînt les hommes à distance, elle ne pouvait pas le nier. Elle ne leur laissait ni le temps ni la place suffisante pour qu'ils puissent l'approcher vraiment. Et elle savait qu'elle en était seule responsable. Peut-être avait-elle poussé un peu trop loin la leçon donnée par son mentor, Cunningham.

Sa solitude affective n'était pas un sujet qu'elle avait souhaité aborder avec le médecin-colonel Platt. Et lorsqu'il lui avait proposé de passer un coup de fil en son nom, elle s'était contentée de secouer la tête.

Platt avait donc continué à la noyer sous un fouillis d'informations dont elle ne conservait qu'un souvenir nébuleux. Il avait expliqué que le virus n'avait pas été détecté dans son sang. Pas encore, du moins, avait-il précisé. Et cette précision-là lui avait fait l'impression d'une sentence de plomb. Il lui avait indiqué les délais d'incubation. Sans essayer de la ménager. Méthodiquement, il lui avait exposé les faits. Comme elle le lui avait demandé.

« Toujours faire attention à ce qu'on demande », songea-t-elle, avec un brin d'ironie noire.

Maggie avait quelques notions relatives aux virus des fièvres hémorragiques. Et elle savait que, même si elle ne présentait aucun symptôme pour le moment, Ebola pouvait être tapi quelque part en elle, attendant son heure en silence.

Après le départ de Platt, elle était restée sans bouger, à fixer les moniteurs vidéo de l'autre côté de la cloison de verre, écoutant leurs bourdonnements et leurs signaux sonores. Sa situation paraissait tellement irréelle... Comme un épisode de la *Quatrième Dimension*, là encore. Elle n'aurait su dire combien de temps elle était restée assise ainsi avant de se ressaisir.

Les explications de Platt tournoyaient sans relâche dans sa tête. Il lui avait fourni trop de données scientifiques, songeant sans doute que sa formation médicale lui procurerait une sorte de filet technique de sécurité. Comme si comprendre aidait à faire face. Mais le savoir n'était pas forcément synonyme de maîtrise. Ses quelques connaissances avaient même un effet exactement contraire, en l'occurrence. Plus elle en apprenait sur ce virus, plus elle découvrait sa puissance dévastatrice, plus elle se sentait démunie et vulnérable.

Platt l'avait laissée avec juste assez de détails pour précipiter les battements de son cœur. Et les questions qu'il lui avait posées tournaient en boucle dans sa tête :

— *Avez-vous touché Mme Kellerman ? Avez-vous été en contact avec son sang ? Avec ses draps ? Avez-vous touché Mary Louise ? Vous a-t-elle pris la main ? Et quand elle a vomi, avez-vous reçu des projections sur le visage ? Sur les yeux ? La bouche ?*

Maggie se souvenait des éclaboussures sur la manche de

sa veste. Il ne lui semblait pas avoir été atteinte au visage, en revanche. Mais Cunningham ? Maggie se rappelait distinctement l'avoir vu s'essuyer les joues et la bouche. Et il tenait Mary Louise dans ses bras lorsqu'elle avait rendu son ersatz de petit déjeuner. C'était lui encore qui l'avait emmenée dans la salle de bains pour la débarbouiller.

Et à quel stade de la maladie se trouvait Mary Louise, cette si jolie petite fille, qui s'était roulée dans les draps de sa mère et avait été en contact physique constant avec elle ?

Le post-scriptum du message du terroriste lui revint à l'esprit : « Vos enfants ne sont en sécurité nulle part, à aucun moment. »

La menace semblait en parfait accord avec l'acte qu'il venait de commettre. De même qu'il avait trouvé en Mary Louise et sa mère deux victimes « idéales », dont l'adresse et le patronyme montraient du doigt l'affaire des meurtres au Tylenol. Mais Maggie savait que ces mots particuliers ne lui appartenaient pas. Et elle le suspectait de les avoir empruntés, eux aussi. Mais où ? Et à qui ?

Retournant à son ordinateur, elle s'assit. Puis hésita. Passant une main dans ses cheveux, elle remarqua qu'elle tremblait. Elle prit une brève inspiration et attendit que les tremblements s'apaisent, que la soudaine nausée retombe, que les pulsations se calment. Mais rien de tel ne se produisit. Il lui fallait passer outre, laisser sa panique croissante de côté, compartimenter une fois de plus. Ce ne serait pas la première fois. Et elle pouvait le faire. Au moins le temps nécessaire pour se retirer, s'échapper, travailler.

Elle retourna sur Google et, malgré ses doigts fébriles, saisit la phrase telle qu'elle se la rappelait. « Vos enfants ne sont en sécurité nulle part… »

Aussitôt, les occurrences surgirent, sur une douzaine de titres différents. Elle demeura un instant incrédule. Là, sur l'écran, lui renvoyant son regard interdit, la même phrase s'affichait. Elle avait été rédigée en post-scriptum à un autre message. Pourquoi ne l'avait-elle pas identifiée plus tôt ?

Il y avait d'autres expressions, d'autres emprunts. « Je suis Dieu. » Et « Appelez-moi Dieu ». Quant au « monsieur F.B.I. », il ressemblait de très près à « pour vous, monsieur Police ».

Et toutes ces expressions qui s'étalaient sur son écran étaient extraites de petits mots et de messages d'un autre tueur — de deux autres tueurs, plus exactement : les Beltway Snipers ou tireurs du périphérique, John Muhammad et Lee Malvo, en octobre 2002.

43.

USAMRIID

Platt aurait préféré attendre lundi avant de parler à Janklow. Le commandant lui avait confié la responsabilité de la mission. Mais il avait l'impression que Janklow le surveillait sans cesse par-dessus l'épaule. Comment expliquer, autrement, ce nouveau message, cette nouvelle convocation ? Il avait à peine eu le temps de voir ses quatre patients et déjà le commandant le réclamait dans son bureau. Il suspectait McCathy d'avoir alerté Janklow à la minute même où il avait reconnu le filovirus sous son microscope. Il était même prêt à parier que le virologue s'était entretenu d'abord avec le commandant et qu'il ne l'avait averti qu'ensuite.

La porte du bureau du commandant était restée ouverte. Platt se souvint qu'on était samedi et qu'il n'y avait pas de secrétaire. Il trouva son supérieur debout dans le fond de la pièce, le regard rivé sur le paysage noyé. Alors seulement, Platt s'aperçut qu'il pleuvait. Dans le cadre formé par la fenêtre se découpait un rectangle gris et morne éclaboussé d'ors et de rouges. Quand les feuilles avaient-elles commencé à prendre leurs couleurs d'automne ? Au cours des dernières vingt-quatre heures, il avait perdu le sens du temps, de la saison.

— Colonel Platt ?

— Mon commandant.

Janklow glissa un regard dans sa direction puis tourna de nouveau les yeux vers la fenêtre, comme s'il n'était pas encore tout à fait prêt à lui accorder son attention. Platt attendit en silence. Depuis la veille au matin, il fonctionnait à l'adrénaline. Alors que Janklow avait bénéficié d'une nuit de sommeil. Ce n'était pas la première fois que Platt se trouvait dans ce type de situation asymétrique avec l'un de ses officiers supérieurs. Il s'attendait à ce que Janklow lui rappelle qu'il lui avait confié une mission de haute importance et qu'il comptait sur lui, non seulement pour s'en acquitter au mieux, mais également pour en prendre l'entière responsabilité sur lui. En d'autres termes, s'il y avait un dérapage ou une fuite, sa hiérarchie se défausserait sur lui.

Il garda les bras ballants, luttant contre la tentation de se passer la main sur les yeux pour soulager ses paupières. Il se frotta la mâchoire pour s'assurer qu'il n'avait plus de traces de lait. Il n'avait pu convaincre Mary Louise Kellerman de s'alimenter qu'après avoir transformé le petit déjeuner en concours. Pour cela, il avait dû se prêter au jeu et avaler ses céréales « fruit loop » multicolores en même temps qu'elle. Malgré la cloison de verre qui les séparait, la petite fille avait exigé qu'ils sortent tous les jaunes un à un et les comptent avant de les manger. Cette joyeuse séance matinale lui avait finalement apporté un répit bienvenu, même si la scène avait eu quelque chose d'irréel. Un moment, il se trouvait dans une zone à haut risque biologique, scrutant les boucles, les crochets et les fils d'un virus mortel, et le moment suivant, il mangeait des céréales de couleur en pouffant avec une gamine de cinq ans. Il n'avait pu s'empêcher de penser à Alice dans son pays des merveilles, s'asseyant pour prendre le thé avec le chapelier fou.

— C'est donc pire que tout ce que nous pouvions penser, observa soudain Janklow.

Le commandant avait parlé sans tourner la tête dans sa direction. Une bonne chose. Platt sursauta au son de sa voix et revint à l'instant présent. Etrangement, il aurait tout donné pour se retrouver de nouveau avec Mary Louise, à jouer le chapelier fou, au lieu d'avoir à expliquer quoi que ce soit à Janklow.

Estimant que son supérieur attendait qu'il lui expose sa stratégie, il décida de commencer par le début.

— Nous avons la maison Kellerman confinée et sous bonne garde.

— Des gardes en civil ?

Platt hocha la tête.

— Une équipe de chantier avec des véhicules de service public. Le Centre de contrôle des maladies se chargera de retracer qui a été récemment en contact avec les Kellerman. Nous pouvons commencer à administrer le vaccin tout de suite. J'ai commandé…

Pour la première fois depuis le début de l'entretien, Janklow tourna les yeux vers lui.

— Avez-vous déjà pris contact avec le CDC ?

— Pas encore, non.

Le commandant hocha la tête et noua les mains dans son dos. Platt vit dans son geste la marque d'une discrète satisfaction. Janklow se dirigea vers son bureau situé au centre de la pièce, le menton reposant sur la poitrine — sans doute sa version personnalisée du *Penseur* de Rodin. D'après ce que Platt savait de la carrière de Janklow, ce dernier n'avait encore jamais fait face à une crise de cette envergure. Mais il n'avait l'air ni paniqué ni tourmenté par la gravité des décisions à prendre. Il paraissait calme, au contraire. Trop calme, même, comme un homme qui calcule s'il doit vendre, acheter ou garder ses actifs boursiers.

— McCathy m'a expliqué que ce virus passe d'hôte en hôte avec une effarante facilité, observa Janklow en continuant à aller et à venir d'un pas tranquille, comme s'il faisait une conférence sur le sujet. En Afrique, il aurait décimé des villages entiers.

Platt accusa le coup. C'était bien ce qu'il pensait. McCathy avait fait directement son rapport à Janklow. Sans se soucier de la hiérarchie de commandement.

— McCathy prétend qu'il suffit d'une quantité minuscule, conservée, scellée et déposée — éventuellement même expédiée par la poste — pour déclencher une épidémie. Autant dire qu'une affaire comme celle-ci pourrait facilement provoquer une psychose de masse.

Platt ne pouvait qu'acquiescer. Il se tut et attendit, se préparant à recevoir des instructions sur la façon de tenir les médias à distance. Mais la question suivante de Janklow le prit de court :

— Et s'ils disparaissaient, tous ?

Il crut avoir mal compris.

— Excusez-moi ?

Janklow s'immobilisa devant lui.

— Ils ne sont que quatre, pour l'instant. Et deux sont déjà perdues, de toute façon. Vous m'avez dit vous-même que la mère était au stade terminal de la maladie. Et la fille l'a forcément contractée aussi, après ce contact prolongé avec un sujet infecté.

Platt s'efforça de dissimuler sa surprise. Janklow dut le croire simplement perplexe, car il poursuivit calmement :

— Nous leur procurerons des traitements de confort, des soins palliatifs. Laissons le virus s'éteindre de lui-même.

— Et le vaccin ?

— Il n'est pas prouvé qu'il protège de la fièvre hémorragique. Et encore moins qu'il la soigne. Pourquoi prendre le risque ?

— Comment pourriez-vous ne pas le prendre, mon commandant ?

— Vous raisonnez en médecin, colonel Platt. Mais c'est en militaire qu'il vous faut agir. Dois-je vous rappeler que votre mission est de contenir et d'isoler ? Si on laisse ce virus s'éteindre ici, nous éviterons qu'il reste dormant, momentanément freiné par un vaccin pour lequel nous n'avons pratiquement pas de données cliniques.

Janklow détourna les yeux lorsqu'il précisa :

— Personne ne sait que ces quatre personnes sont ici.

Platt déglutit avec difficulté.

— Et que faites-vous des deux agents du FBI ?

Il n'était toujours pas certain d'avoir bien compris. Sa nuit blanche l'avait laissé épuisé, avec du coton dans la tête. Il avait dû comprendre de travers les propos du commandant.

Janklow reprit sa position, les mains dans le dos et la tête pensivement inclinée.

— Les agents du FBI sont des serviteurs de l'Etat, comme nous. Il arrive que l'on ait à consentir à certains sacrifices pour le bien de la nation. En temps de guerre comme en temps de risque biologique.

Sur cette conclusion, Janklow reprit sa position devant la fenêtre. Platt attendit en silence, dans l'espoir qu'il se rétracterait après réflexion. La suggestion du commandant était aussi simple que terrifiante : laisser le virus se répliquer librement dans les organismes de Mme Kellerman et de sa fille, du directeur assistant Cunningham et de l'agent O'Dell.

En d'autres termes, le commandant Janklow proposait de les condamner tous les quatre au choc hémorragique et à la mort par exsanguination.

44.

Hôpital Saint-Francis
Chicago

Il y avait des années que le Dr Claire Antonelli n'avait pas opéré au côté de son ancien chirurgien chef. Depuis qu'elle avait ouvert son cabinet privé, ses visites à l'hôpital se limitaient à quelques visites et à un accouchement occasionnel. Elle n'avait jamais eu l'ambition de devenir chirurgien. En tant que médecin, elle connaissait ses défauts et ses qualités. Et une laparotomie exploratrice ne faisait pas partie de ses points forts.

Vera Schroder n'avait pas été ravie d'apprendre qu'ils comptaient opérer son mari. Markus n'avait jamais subi d'intervention chirurgicale de sa vie, avait-elle protesté. C'était même la première fois qu'il séjournait à l'hôpital.

— Markus a toujours pris soin de lui, avait-elle fini par déclarer.

Comme s'il s'agissait d'un argument décisif, prouvant

une fois pour toutes que toute cette histoire n'était qu'une monstrueuse erreur.

— Il présente un état infectieux grave dont nous ne parvenons pas à déterminer l'origine, avait tenté d'expliquer Claire calmement.

Markus, pendant ce temps, était resté allongé, le regard fixe. En deux jours à peine, son visage s'était mué en un masque impassible. Ses muscles faciaux semblaient mous et relâchés, comme si ses tissus se disjoignaient. Rien, aucun signe n'indiquait qu'il entendait leur conversation. Claire s'était demandé s'il ne leur glissait pas déjà entre les doigts.

Le pire, c'est que Vera répondait à toutes les questions concernant son mari sans le consulter. Il lui arrivait de lui parler, de lui effleurer la main, ou de relever les cheveux fins qui lui tombaient sur le front. Mais sans jamais prendre le temps de s'intéresser à la façon dont il réagissait à ses paroles ou à ses caresses. Même lorsque Markus était encore parfaitement lucide, ils avaient eu le même type de relation. Vera parlait, gesticulait, tapotait et caressait. Et Markus laissait faire en silence.

— Il se pourrait qu'il y ait un abcès, avait-elle insisté. Ou une perforation de l'intestin qui n'apparaît pas aux examens.

— Vous pensez au cancer, n'est-ce pas ? avait demandé Vera dans un murmure.

Claire avait toujours eu une politique de franchise avec ses patients. Sans vouloir être alarmiste, elle refusait d'édulcorer pour autant. Elle avait expliqué qu'ils ne pouvaient écarter aucune hypothèse. Vera n'avait plus rien trouvé à répondre. Elle voulait ramener son mari à la maison, et aspirait à un retour à la normale.

En regardant le Dr Miles pratiquer une incision abdominale, Claire espérait, elle, une réponse. Comment un homme de quarante-cinq ans en pleine santé avait-il pu se muer si vite en un zombie vomissant et dévasté par la fièvre ? Elle gardait les yeux rivés sur les mains de Jackson Miles, avec leurs gestes doux, précis, compétents.

— Nous allons procéder à une vérification systématique, annonça Miles sans lever les yeux. En commençant par la vésicule, l'appendice, le pancréas, le foie.

Sa voix était profonde, calme, rassurante. Claire retrouvait l'image qu'elle avait de lui lorsqu'elle était interne, l'image qu'ils avaient tous eue de lui. Une figure paternelle plus grande que nature. Si le Dr Jackson Miles ne trouvait pas ce qui n'allait pas chez Markus Schroder, c'est que personne ne pourrait le faire.

— Le pancréas paraît normal, poursuivit-il. Apparemment, rien de ce côté-là.

Claire épongeait le sang pendant que l'infirmier en chirurgie de Miles, un jeune Asiatique nommé Urie, s'occupait de l'aspiration. Le sang continuait à suinter. Claire tamponna de nouveau et Urie appliqua du gel hémostatique. Une autre infirmière, toute menue, se dressa sur la pointe des pieds pour essuyer le front en sueur de Miles. Il ajouta un clip pour suturer. Puis un autre encore.

Et de nouveau, l'incision se remplit de sang.

En temps normal, pendant une intervention, les vaisseaux sanguins sectionnés coagulaient. Et d'éventuels saignements supplémentaires étaient stoppés avec du gel ou par la pose de clamps. De temps en temps, la blessure ou l'incision avait besoin d'être aspirée. Mais jamais rien de comparable à cela.

Il se passait quelque chose d'absolument anormal.

Miles attendit que Claire tamponne de nouveau, mais ses compresses se gorgeaient de sang si vite qu'elle n'avait pas le temps de les changer. Et Urie était confronté au même phénomène. Chaque fois qu'il appliquait du gel coagulant, le sang le recouvrait aussitôt. La seconde infirmière vint à la rescousse pour éponger et récupérer les compresses saturées. Même l'anesthésiste paraissait sur le point d'intervenir.

Claire et Miles échangèrent un regard en évitant le reste de l'équipe médicale. La lueur d'incertitude dans les yeux du chirurgien lui noua l'estomac. Elle se surprit à penser que c'était comme de voir Dieu douter. Urie continuait à aspirer du sang pendant que Miles s'efforçait de suturer les vaisseaux avec de nouveaux clamps. Claire, de son côté, épongeait sans relâche. Et l'abdomen de Markus Schroder continuait de se remplir de sang. Une image involontaire se présenta à l'esprit de Claire : celle de ces trous qu'on s'amuse à creuser sur la plage et dont les parois de sable s'effondrent sans relâche.

— Ça ne va pas du tout, conclut Miles entre ses dents. Je prélève un échantillon de tissu et je referme…

Il effectua la biopsie en un temps record. Claire n'aurait

pu en faire autant. Sous la quantité de sang, elle ne différenciait plus rien. Miles tendit l'échantillon à l'infirmière. Puis ils entreprirent de recoudre rapidement l'abdomen de Markus pendant qu'Urie aspirait et tamponnait.

Quand ce fut terminé, les six membres de l'équipe chirurgicale se regardèrent sans un mot. Claire sentait de fines gouttes de sueur lui picoter le dos. Miles, lui, transpirait à grosses gouttes. Et dans ses yeux noirs, il y avait une ombre qui ressemblait à de la peur.

Ce fut Urie qui brisa le silence.

— Je ne sais pas ce que c'est, ce truc, mais ce gars-là a un sérieux problème.

45.

La Taule

Lorsque le téléphone sonna, Maggie se boucha mentalement les oreilles et garda la tête penchée, les yeux rivés sur le texte qui s'affichait devant elle. Tant qu'elle vivait à l'intérieur de son écran d'ordinateur, elle n'avait pas besoin de vérifier que la chambre faisait cinq mètres sur quatre. Pas besoin non plus de se souvenir que le virus était peut-être en train de se répliquer au cœur de ses cellules. Se plonger dans son travail l'avait toujours aidée à tenir ses émotions à distance, à juguler le stress, à se détacher des émotions qui faisaient rage dans sa poitrine. Cela pouvait — cela devait marcher. A condition que ce stupide téléphone veuille bien se taire.

Après une demi-douzaine de sonneries, elle finit par lever les yeux, plus agacée que décidée à répondre.

Lorsqu'elle vit la femme de l'autre côté de la vitre, Maggie se renversa contre son dossier et la regarda fixement. Elle mit quelques instants à se rendre compte qu'elle retenait son souffle, de crainte qu'il ne s'agisse d'une hallucination. Si elle tentait de respirer, de bouger, l'image se dissiperait-elle ?

Elle se leva. Et s'essuya rapidement les yeux, comme s'ils étaient fatigués et pas humides de larmes.

Ridicule...

Elle n'avait passé que vingt-quatre heures en quarantaine, et, déjà, elle n'était plus que l'ombre d'elle-même. Quittant le sanctuaire de l'ordinateur, elle saisit le combiné accroché au mur.

— Salut, toi.

Le sourire de Gwen Patterson ne dissimulait qu'imparfaitement son inquiétude. Petite, avec des cheveux blonds dorés, elle portait un ensemble noir strict qui respirait l'autorité. Aux yeux des scientifiques qui peuplaient les couloirs de l'USAMRIID, elle avait dû apparaître comme quelque personnage influent venu des coulisses du pouvoir. A Maggie, Gwen apparaissait comme une bouée de sauvetage. Et elle avait du mal à déglutir. Les émotions qu'elle avait eu tant de mal à contenir lui obstruaient soudain la gorge. Et elle pouvait à peine murmurer trois mots.

— Comment as-tu réussi à entrer dans cette forteresse ?

— Tu plaisantes ? Je suis la psychologue attitrée de la moitié des colonels de Washington DC !

Maggie rit. Haut et fort. Et la sensation lui fit du bien. Même si elle avait conscience que Gwen ne plaisantait qu'à moitié. Sa clientèle comprenait bel et bien des députés, des sénateurs et même des militaires de haut rang.

— Tu ne peux pas imaginer comme ça me fait du bien de te voir.

Le soupir de Maggie se termina sur un appel d'air qui ressemblait à une amorce de sanglot. Mais tant pis si elle avait l'air d'être en demande. Avec Gwen, cela n'avait pas d'importance — seulement avec Gwen.

Son amie posa la main contre la vitre, comme si elle savait que même ce simple geste lui apporterait un peu de réconfort.

— Tu as dormi un peu, au moins ? Tu t'alimentes correctement ?

Maggie sourit.

— Je te pose la question sérieusement, Maggie. Tu as mangé ? Tu as besoin de quelque chose ?

« Toujours aussi mère poule », songea Maggie en secouant la tête. Gwen était son aînée de quinze ans et, parfois, cela se sentait dans leur amitié.

Gwen lui fit signe de s'asseoir et elles prirent place en même temps, chacune sur sa chaise en plastique. Pour la seconde fois, Maggie s'essuya les yeux. Elle ne voulait surtout pas pleurer. C'était étonnant qu'il suffise de quatre murs et d'une porte de sécurité étanche pour vous transformer en loque émotionnelle.

— Tu as eu mon message, c'est ça ? Tu as parlé à Tully ?

— Il aurait dû m'appeler immédiatement, hier soir. Il est impardonnable.

— Ne sois pas trop dure avec lui. Nous avons fait une

très grosse erreur, Cunningham et moi. Nous aurions dû le voir venir.

Gwen se renversa contre son dossier et croisa les jambes avec élégance, comme si elles venaient de se retrouver dans leur restaurant d'élection, le Old Ebbitt Grill, et qu'elles se préparaient pour une conversation entre filles.

— O.K. Raconte-moi tout. Et sans omettre un seul détail.

46.

USAMRIID

Le colonel Platt n'aurait su dire combien de temps il était resté assis sans bouger dans son propre bureau, avec la porte fermée et toutes lumières éteintes. Les yeux rivés sur la fenêtre — une version réduite de celle du commandant —, il regardait le gris liquéfié du jour glisser par imperceptibles degrés vers le bleu du crépuscule. Plus tôt, dans l'après-midi, il avait renversé la tête contre son dossier et fermé les yeux, attendant — espérant — que le bourdonnement constant à l'intérieur de son crâne finisse par faire silence. Il avait besoin de se reposer les yeux, de se délasser le corps et la tête.

L'épuisement lui jouait des tours. Des bribes de souvenirs projetaient des images mouvantes sur l'envers de ses paupières. Alice câlinant son chiot, un petit terrier d'Ecosse blanc. Alice dans sa robe d'été blanche — sa préférée — qui lui donnait l'air d'un ange. Puis, l'image basculait d'un coup et il la revoyait avec un joli sourire de diablotin sur son visage taché de boue alors qu'elle tenait dans ses mains tendues le plus horrible petit crapaud qu'il ait jamais vu.

— Papa, papa ! Regarde ce qu'on a trouvé, Digger et moi !

La pression douloureuse dans sa poitrine lui fit ouvrir les yeux et se redresser en sursaut. Il vit ses mains crispées sur le bord du bureau, des mains aux jointures blanches, comme s'il se raccrochait à ses dernières forces pour ne pas sombrer dans le vide.

Il était devenu médecin militaire parce que l'armée avait financé ses études. Mais il croyait sincèrement en chacune de ses missions. La patrie n'était pas un vain mot pour lui. Il respectait l'autorité. Il savait ce qu'était l'honneur. Il appréciait la discipline. Et il n'avait jamais désobéi à un ordre direct. L'idée ne lui en avait même jamais traversé l'esprit.

Jusqu'à aujourd'hui, du moins.

Platt se leva et arpenta la pièce, son énergie nerveuse prenant de nouveau le pas sur l'épuisement. A l'occasion d'un passage devant son bureau, il alluma une lampe et poursuivit ses déambulations. Il lui fallut réfléchir un moment pour retrouver le jour et la date. Combien d'heures s'étaient écoulées depuis que McCathy et lui avaient évacué les Kellerman de leur maison ?

Vingt-quatre ? Trente-six ?

Il avait l'impression que cela faisait une semaine. D'où l'urgence de se ressaisir, de mettre un peu de clarté dans son esprit. Et de se concentrer, surtout.

Quelles avaient été les paroles de Janklow… exactement ? Il se creusa la cervelle pour retrouver les mots précis qu'il avait prononcés. « Et si… », avait-il dit. Platt en était certain.

Or une phrase qui commençait par « Et si… » ne saurait être considérée comme un ordre. Il s'agissait tout au plus d'une suggestion. En sachant que, lorsque l'heure serait venue de rendre des comptes, tout retomberait sur ses seules épaules. Qu'il suive ou non les ordres — ou les recommandations — de Janklow. Si l'affaire se terminait devant une cour martiale, c'était sa tête qui tomberait. Le vieil argument de toujours : « Je n'ai fait que suivre les ordres » ne sauvait plus beaucoup de militaires, ces temps-ci.

C'était donc à lui de prendre une décision. Et s'il s'y prenait bien, il pourrait neutraliser Janklow avant même que le commandant ne s'en aperçoive. Pour cela, il devrait trouver un moyen de rendre impossible pour Janklow de révéler quelles avaient été ses « recommandations ».

Platt réfléchit à ce qu'il savait au sujet du vaccin. Il avait mémorisé l'essentiel du rapport, même si une petite année s'était écoulée depuis qu'il l'avait eu entre les mains. Le vaccin n'avait été testé que sur des singes macaques. Et son efficacité variait beaucoup selon la rapidité avec laquelle il était administré, suite à l'exposition virale. Quatre-vingt-dix pour cent des singes vaccinés une demi-heure après l'inoculation du virus avaient été protégés de la maladie. Si on attendait vingt-quatre heures avant de vacciner, en revanche, le taux de survie tombait à cinquante pour cent.

Le vaccin n'avait pas encore reçu l'approbation de la FDA. Et son usage n'était autorisé qu'en cas d'accident frappant des chercheurs de laboratoire. Heureusement, les accidents avec le virus Ebola étaient rares. Mais les statistiques cliniques concernant l'action du vaccin sur les humains étaient, pour le coup, quasi inexistantes. S'il décidait de vacciner maintenant, et tout particulièrement des civils, il lui faudrait demander une autorisation spéciale, dite « à usage compassionnel » auprès de la FDA.

Platt consulta sa montre.

Trente-six heures déjà s'étaient écoulées depuis l'exposition virale de deux de ses patients. Plusieurs jours pour les deux autres. Il ne pouvait se permettre d'attendre que la FDA se penche sur le problème et prenne une décision.

Cessant d'aller et venir, il s'immobilisa devant la fenêtre. Mais il ne prêta qu'une attention distraite à la nuit bleue qui descendait, avalant les derniers fragments du jour finissant.

Accéder au vaccin ne serait pas un problème. Il en disposait sur place, à quelques étages au-dessus de sa tête. Et ils en avaient en quantité. L'USAMRIID faisait partie des instituts de recherche qui avaient participé à sa mise au point.

Platt se rassit, écrasé par le poids de la fatigue. Les coudes en appui sur son bureau, il se frotta les tempes avant de placer les doigts sur ses paupières. Le vrombissement était toujours là, dans sa tête.

De nouveau, il regarda sa montre. Puis sa décision tomba d'elle-même. « Et si… » ne constituait en aucun cas un ordre direct. Et Janklow n'avait pas utilisé cette forme suggestive par hasard. Il avait voulu le mettre en position de trancher par lui-même.

De prendre « sa » décision.

Pour Platt, la voie à suivre était limpide. Et il était clair également qu'il n'inclurait, ne consulterait ni n'informerait McCathy.

47.

La Taule

Maggie fut horrifiée de voir la peur s'insinuer petit à petit dans le regard de Gwen. Elle connaissait son amie depuis trop longtemps pour être dupe de ses petites ruses de thérapeute.

— Tu n'as aucune raison de t'alarmer pour l'instant, Maggie ! Ton colonel Platt t'a dit que le virus n'était pas présent dans ton sang.

La voix de Gwen restait calme, son expression enthousiaste. Elle ne semblait pas avoir conscience que ses yeux la trahissaient.

Maggie secoua la tête.

— Pas encore. Il a dit qu'il n'était pas « encore » présent dans mon sang.

— Si mes souvenirs sont bons, ce type de virus frappe vite.

— Mais il peut aussi rester dormant à l'intérieur de l'hôte.

— Tu es jeune et en parfaite condition physique. Et tu dis que tu ne ressens aucun symptôme.

— Les premiers symptômes peuvent être très subtils. Un peu comme pour une grippe.

— La petite fille ne t'a pas vomi dessus, n'est-ce pas ?

— Sur la manche de ma veste, si. Je crois qu'il y a eu quelques projections.

Maggie tenta de sourire en tirant sur sa chemise d'hôpital bleue.

— J'ai dû ôter mes vêtements pour adopter la dernière tenue à la mode, *made in* « la Taule ».

— Je ne vois pas en quoi des projections sur une manche pourraient être dangereuses.

La voix de Gwen s'étrangla. Elle remua sur sa chaise en plastique. Recroisa les jambes, lissa sa jupe, passa le combiné du téléphone de gauche à droite, comme si le changement de position pouvait la rendre plus convaincante.

— Il n'y a donc aucune raison pour qu'il y ait eu transmission, dans ton cas. Le virus passe par le sang.

— Par tous les liquides corporels, rectifia Maggie.

— O.K. Par les liquides biologiques. Mais pas par voie aérienne.

— En principe, non. Mais des tests de laboratoire ont mis en évidence une potentialité de…

— Arrête !

Gwen avait crié de façon si soudaine que Maggie tressaillit. La panique dans les yeux de son amie menaçait de se muer en larmes. Maggie ne savait pas au juste pourquoi elle s'était mise à lui débiter mécaniquement un cours technique sur le virus. De fait, elle avait restitué à voix haute les détails terrifiants qui lui tournoyaient dans la tête depuis son entrevue avec Platt. Parce que Gwen avait toujours été son soutien, sa béquille. Mais elle avait eu tort. C'était injuste de charger son amie du poids de ses terreurs. Elle n'avait pas l'habitude de voir Gwen ainsi, à se mordre la lèvre, sa main serrée en poing sur ses genoux. Gwen avait toujours été son guide, son défenseur, son rocher dans la tempête. Dans la paire qu'elles formaient, elle était l'élément stable, logique, optimiste. Ce n'était pas une raison pour faire peser ses angoisses sur elle.

Pas maintenant.

Gwen se renversa contre son dossier et prit une profonde inspiration. Maggie attendit, consciente d'une douleur croissante dans sa poitrine. La peur de Gwen était contagieuse. Elle la sentait qui lui broyait les poumons.

— Tout se passera bien pour toi, décréta Gwen comme si elle venait de lire dans ses pensées.

A son tour, Maggie changea de position sur sa chaise en tirant sa chemise autour d'elle. La panique de Gwen semblait s'être transférée sur elle, car le calme de son amie paraissait à présent authentique. Avait-elle eu un moment de faiblesse et s'était-elle rattrapée ensuite, en décidant d'être forte pour deux ?

Gwen soutint son regard.

— Y a-t-il quelqu'un que tu aimerais que je prévienne pour toi ?

— Je t'ai déjà appelée, toi.

— Et ta mère ?

— Elle serait folle d'angoisse.

— Elle n'en reste pas moins ta mère.

— Ma mère, peut-être. Mais elle n'a jamais été maternelle. Je ne me sens pas la force de la porter à bout de bras en ce moment. Et crois-moi, c'est ce qui se passerait. Ce serait à moi de la soutenir et non l'inverse.

Gwen hocha la tête et lui sourit. Il ne restait presque plus de trace de rouge sur sa lèvre inférieure.

— Tu ne tomberas pas malade. Le cas aurait été différent si les vomissures de la petite fille t'avaient atteinte au niveau des yeux ou de la bouche. Heureusement, ça n'est pas arrivé.

Une image de ce qui s'était passé chez les Kellerman noua l'estomac de Maggie.

— C'est arrivé, si. A Cunningham.

48.

Reston, Virginie

Emma envoya du pop-corn à Harvey. Un pour elle, un pour lui. Ils étaient assis côte à côte sur le tapis du séjour, entourés par les dernières parutions de ses magazines préférés. Dans *Mariée,* un article intitulé « Belle en rose » saluait une action spéciale mise en place dans le cadre du mois de la prévention du cancer du sein. Emma n'en revenait toujours pas que sa mère ait choisi de porter une robe rose le jour de son mariage.

Bon, d'accord, l'idée avait un côté sympa. Ça lui faisait bizarre, quand même, une mariée sans robe blanche. S'il n'y avait pas eu cet article, elle aurait soupçonné sa mère — la *fashion victim* par excellence — de raconter des craques lorsqu'elle affirmait avoir choisi le rose uniquement pour la bonne cause. Mais même ainsi, cela paraissait suspect. Quelle femme serait politiquement correcte au point de transformer son propre mariage en geste militant ?

Emma avala son pop-corn en songeant que sa mère, en bonne publicitaire, avait dû se servir de cette histoire de robe rose comme d'un prétexte pour échapper au blanc. Sa mère était une grande experte en messages subliminaux. « Tu es ce que les autres pensent que tu es. » C'était un des slogans préférés de Caroline. Et il fonctionnait à la perfection pour elle. Sans compter que le coup de la robe blanche, elle l'avait déjà fait pour son premier mariage. Rien ne servait de rappeler ce « détail ». Et en même temps, pourquoi ne pas faire mine de s'investir dans la prévention du cancer du sein ?

Emma était sûre d'une chose : quand son tour viendrait, elle opterait pour le blanc. Mais bon… Il n'y avait pas vraiment péril en la demeure. Son père n'arrêtait pas de la harceler pour qu'elle s'occupe de ses inscriptions universitaires et qu'elle planche sur ses cours pour réussir son bac. Elle n'avait même pas une minute à consacrer aux garçons. Tout ce qui l'intéressait, en ce moment, en fait, c'était les escarpins à talons hyper classe assortis à sa robe de demoiselle d'honneur. Même si le rose n'était pas sa couleur, elle savait qu'elle aurait le *style* avec ses chaussures.

Elle jeta un coup d'œil aux autres magazines étalés autour d'elle, tous ouverts sur des articles qu'elle brûlait d'envie de lire. Dans *Cosmo,* il y avait « Les quatre choses qu'il n'ose pas vous dire ». *Loisirs hebdomadaires* consacrait deux pages entières à son émission de télé-réalité préférée. Et *People* s'intéressait à une Jennifer Lopez plus rayonnante et plus sex-symbol que jamais. Rien que des lectures qui excitaient sa curiosité. Et pourtant, Emma choisit de continuer à déchiffrer les lettres d'amour jadis écrites par son père à sa mère.

16 septembre 1982

Chère Liney,

Ça a été tellement super de te voir ! Je voudrais que tu sois encore là. Je n'en reviens pas à quel point tu me manques.

J.B. n'arrête pas de me parler des Jelly Beans goût raisin que tu lui as apportés. Il est jaloux comme une teigne, je ne te dis que ça. Il sait qu'il ne sera jamais comme moi et qu'il ne pourra pas avoir une fille comme toi. Tu sais, c'est drôle, je ne me souvenais même pas d'avoir su — et encore moins de t'avoir répété — que les Jelly Beans au raisin étaient ses préférés. Mais tu as toujours eu le feeling.

Tu as mis le T-shirt que je t'ai donné, alors ? Je savais que tu l'adorerais. Il a fallu que je me fasse violence pour ne pas te l'offrir dès cet été. Je l'ai acheté le jour où nous sommes allés à l'Art Institute. Tu te souviens qu'il a fallu que tu m'y traînes presque de force ? « L'art du Vatican ? Arrête ! Qui peut bien s'intéresser à ces vieux trucs ? » Mais tu as su transformer cette journée en aventure et j'avais envie de te retourner la faveur. C'est un de mes grands trucs, en fait. Je rends toujours ce que l'on m'a donné. Et puis, ça n'a pas été bien difficile de m'éclipser pour aller acheter le T-shirt. Tu étais plantée là, complètement fascinée. Tu regardais un tableau de ce type. Le Caravage, c'est ça ? Une Déposition de la Croix, *il me semble. Tu vois, je me souviens. Je t'avais bien dit que j'avais une supermémoire des détails.*

Je voulais m'excuser aussi d'avoir dû te laisser un instant alors que la pizza venait juste d'arriver. Bon d'accord, ça a juste duré une heure. Mais ma sœur est la reine des cruches. C'est bien d'elle de choisir un samedi soir pour m'appeler. Elle a essayé de me culpabiliser pour me forcer à rentrer à la maison. Mais, comme je te le disais, je considère « qu'à la maison » pour moi, ce n'est plus chez eux. Tu m'as dit que ce n'était pas grave, et je sais que tu n'es pas en colère ni rien. Mon rêve, des fois, ce serait que ma famille disparaisse, tu vois ?

Emma entendit une portière claquer. Elle replia les lettres en hâte et les mit en sécurité en les dissimulant sous son sweat-shirt. Choisissant un magazine au hasard, elle s'y plongea juste au moment où son père poussa la porte.

49.

USAMRIID

Platt annexa la petite salle de conférences attenante à son bureau. Il se prépara une cafetière pleine et avala une pomme qu'il trouva dans un tiroir de bureau. Puis il entreprit de trier et de rassembler sa documentation. En l'espace de quelques minutes, le contenu des dossiers était répandu sur la table. Sur son ordinateur portable, il accéda à des fichiers, parcourut et imprima des pages dont il fit une pile séparée. Puis, sur un calepin, il griffonna des listes. En commençant par l'évolution des symptômes en cas de fièvre hémorragique à virus Ebola Zaïre.

Premier stade (1-2 jours après infection) :

Fièvre, céphalées sévères, mal de gorge, myalgies, faiblesse, épistaxis.

Stade suivant (entre 3 jours et une semaine) :

Vomissements, douleurs abdominales, jaunisse, diarrhées, conjonctivite (yeux rouges).

Stade final (7-21 jours) :

Destruction tissulaire, multidéfaillance organique, hémorragies massives, état de choc, arrêt respiratoire, décès.

Sur une autre pile encore, il avait rassemblé toute la documentation qu'il avait trouvée sur le vaccin, avec une copie du rapport d'origine, d'abord paru en janvier 2007 dans *PLoS, Public Library of Science*, une revue scientifique indépendante en ligne. L'équipe de chercheurs qui avait mis au point le vaccin avait rassemblé des virologistes du Laboratoire national canadien de microbiologie, situé à Winnipeg, et des chercheurs de l'USAMRIID, ici même, à Fort Detrick.

Sur une seconde page, donc, Platt nota les informations essentielles concernant le vaccin :

Efficacité maximale quand injections faites en série (comme les piqûres contre la rage).

Si administré vingt-quatre heures après l'infection : taux de survie de 50 %.

Administré avant l'exposition virale : le vaccin serait potentiellement protecteur, mais pas de preuves cliniques à ce jour.

Tous les tests cliniques jusqu'à présent ont été effectués sur une population de singes macaques.

Essais humains limités. Données insuffisantes pour établir un taux de survie.

Non approuvé par la FDA.

Nécessiterait une permission d'urgence à « usage compassionnel ».

Platt souligna à « usage compassionnel ». Il n'aurait pas le temps de se mettre en rapport avec la FDA et de plaider sa cause. Mais en tant que membre d'un institut de recherche scientifique militaire, il trouverait le moyen de contourner les règles. Il ferait le nécessaire. Janklow avait dit qu'en temps de guerre comme en cas de risque biologique, certains sacrifices s'imposaient. Des dérogations au règlement ne s'imposeraient-elles pas également ?

Il se revit en Afghanistan, dans une unité de soins improvisée, installée à l'arrière d'un camion. Le règlement exigeait un retrait immédiat en cas d'attaque. Mais il était hors de question de s'en aller au beau milieu d'une amputation. Alors, on restait sur la ligne de tir à lutter pour la survie du blessé, même si on était conscient que tout pouvait sauter d'un instant à l'autre.

Personne, dans ces cas-là, ne cherchait à savoir s'il y avait ou non respect du règlement. A circonstances exceptionnelles, mesures exceptionnelles. Un soldat était censé protéger et servir. Pas plus qu'il ne prendrait la fuite en abandonnant un camarade blessé, il ne se croiserait les bras devant quatre patients confiés à ses soins en les laissant mourir par exsanguination.

En peu de temps, Platt acheva de rassembler les informations dont il avait besoin. Il prit son carnet de notes, laissa tout le bazar sur la table en se promettant de revenir ranger plus tard et ferma la porte à clé derrière lui. Lorsqu'il se dirigea vers les labos, il avait retrouvé son pas confiant habituel. Sa position dans la hiérarchie lui permettait d'agir de sa propre autorité. Il n'avait pas besoin de la signature de Janklow. Pas besoin de celle de McCathy. Tout ce dont il avait besoin, c'était le vaccin.

50.

Reston, Virginie

Tully fourrageait dans ses placards de cuisine. Ils devaient avoir des assiettes en carton quelque part. Comment pourraient-ils ne pas en avoir ? Appuyée sur le bar, Emma le regardait faire. Elle ne l'aidait pas, bien sûr. Elle se contentait de regarder, avant de le questionner sans crier gare.

— Vous vous êtes rencontrés comment, maman et toi ?

Il sursauta si violemment qu'il se cogna la tête contre une porte de placard suspendu.

— Pardon ?

— Maman. Vous vous êtes connus où ?

— Je crois que c'était à une fête ou quelque chose comme ça.

Il avait répondu avec désinvolture, au lieu de préciser que Caroline portait un pull d'un bleu très doux et un collier de perles. Et qu'il se souvenait avoir pensé qu'il n'avait encore jamais vu de fille aussi classe.

— Elle était avec un pote à moi.

— Tu lui as piqué sa copine ?

Il trouva un paquet fermé d'assiettes en carton.

— Pas vraiment piqué, non. Il me semble me souvenir que ta mère me trouvait « charmant ».

Tully sortit la bouteille d'huile piquante et un sachet de parmesan râpé. Il se souvint tout à coup que Caroline avait toujours détesté qu'il mette de l'huile pimentée sur sa moitié de pizza. Et qu'il n'avait pas la moindre idée des goûts de Gwen en la matière.

— Et quand as-tu arrêté ? voulut savoir Emma.

— Arrêté quoi ?

— D'être charmant.

— C'est une question qu'il faudra poser à ta mère.

Abandonnant son exploration du réfrigérateur, il se tourna vers sa fille.

— Pourquoi cette soudaine curiosité ? Je croyais que tu étais ravie que Caroline se marie ?

— Ça me fait plaisir qu'elle soit heureuse. C'est juste que… je ne sais pas. Il ne te ressemble vraiment pas, quoi.

— Ta mère voulait du différent, à l'évidence.

— Mais il est tellement ringard.

Le commentaire fit sourire Tully.

— Et moi, je ne suis pas ringard ?

— Bien sûr que non. Toi, tu fais un peu… je ne sais pas, moi. Indiana Jones.

— Indiana Jones ?

Un peu datée, comme référence, pour sa fille adolescente. Cela dit, un nouveau film venait de sortir dans la série. Etrange qu'Emma fasse allusion à quelqu'un qu'il connaissait, même si c'était un personnage de film. Indiana Jones… Un peu rude, mais sympa. Pas très enjôleur, mais avec un certain sens de l'humour.

— Conrad rend ta mère heureuse. C'est l'essentiel.

— Si tu le dis…

Emma contourna le bar et entreprit spontanément de l'aider, sortant des serviettes et des couverts.

— Et cette Gwen Patterson ? Elle te rend heureux ?

Tully hésita en la regardant glisser une mèche blonde derrière une oreille.

— Oui, elle me rend heureux.

— Et Maggie ?

— Comment cela, Maggie ?

Emma haussa les épaules en évitant son regard.

— Je ne pense pas qu'elle s'intéresse à ce Nick Morrelli.

— Qu'est-ce qui te fait dire cela ?

— Eh ben… Il ne savait même pas qu'elle ne rentrait pas chez elle ce soir-là. Elle l'aurait appelé pour le prévenir, s'il avait compté pour elle.

Tully hocha la tête.

— Bien vu.

Il était parvenu aux mêmes conclusions de son côté, et n'avait fourni aucune précision à Morrelli sur les raisons de l'absence de Maggie.

— Tu l'aimes bien, non ?

— Maggie ? Absolument. C'est ma coéquipière.

— Maman a travaillé avec Conrad avant qu'ils ne se mettent ensemble.

Tully ne voyait toujours pas où elle voulait en venir.

— C'était différent. Ta mère a son agence de pub. Et lui, il est… quoi, déjà ? Vice-président d'une compagnie pharmaceutique, non ? Ils ont peut-être collaboré, mais ils ne sont pas collègues.

Il vérifia dans le réfrigérateur s'il avait de l'eau gazeuse. Alors qu'il aurait voulu prendre Emma par les épaules, la faire asseoir et lui demander de but en blanc de quoi il retournait. Mais il savait que c'était la dernière chose à faire. S'il faisait trop de cas de ses questions et qu'il lui demandait des explications, elle ne lui en poserait plus jamais. Et il ne voulait surtout pas qu'elle se referme de nouveau comme une huître.

— Maggie et moi sommes simplement amis, dit-il en préparant des glaçons. Et je suis sûr que Gwen te plaira.

Elle haussa les épaules, rejetant même les cheveux dans son dos pour montrer à quel point le Dr Gwen Patterson était le cadet de ses soucis. Comme par hasard, le carillon de la porte d'entrée tinta à ce moment précis. Harvey poussa un grognement sourd et se mit à décrire des cercles autour d'Emma, prêt à la protéger contre tout danger qui se présenterait. Sa fille sourit. Mais Tully savait que ce sourire avait été provoqué par le chien de Maggie. Et qu'il ne s'adressait pas à lui. Il alla ouvrir et prit une profonde inspiration. Tout se passerait bien. Forcément, les deux femmes à qui il tenait le plus au monde ne pourraient que s'entendre.

51.

Razzy's
Pensacola, Floride

Rick Ragazzi était gâté par la chance. Juste au moment où le réfrigérateur était enfin réparé — pour la modique somme de sept cent soixante-dix-huit dollars, tout de même —, il avait reçu un appel de son meilleur serveur en provenance des urgences de l'hôpital baptiste. Un accident de scooter des mers, semblait-il. Le tout sur fond de sirènes d'ambulance.

Et inutile d'espérer trouver un remplaçant au pied levé un samedi soir, une heure à peine avant le début du service. A lui, donc, de prendre la relève. Alors qu'il était mal fichu, avec tous les symptômes d'une grippe carabinée. Fièvre, mal de tête, douleurs musculaires. Et son nez qui pissait le sang à tout bout de champ. Le saignement s'arrêtait le temps de prendre les commandes, mais recommençait dès qu'il revenait souffler un peu en cuisine.

Et Joey qui s'amusait à le chambrer en le traitant de cocaïnomane. Son cousin savait qu'il pouvait se le permettre. Il n'était pas plus consommateur de drogues que Joey n'était enfant de chœur. Ce fut drôle jusqu'à la quatrième ou la cinquième fois. Puis son cousin commença à montrer des signes d'inquiétude. Il lui prit le bras pour l'attirer à part.

— Qu'est-ce qui se passe, mec ? Tu n'as pas l'air en forme ?

— Rien. J'ai dû attraper un rhume.

Rick réalisa soudain qu'il avait dû contaminer la moitié de sa clientèle. Il faudrait qu'il se montre plus attentif. Sans y prendre garde, il avait déjà trempé le doigt dans la soupe d'un client. Un petit garçon à la table 5 n'arrêtait pas de lui enfoncer ses frites dans l'oreille lorsqu'il se penchait pour servir le reste de la famille. Et il se pouvait qu'il ait commis d'autres imprudences. Il était trop groggy pour surveiller vraiment ses gestes.

En fin de soirée, Rick n'était même plus en état de s'inquiéter tellement du problème. Joey le prit de nouveau à part et lui fit boire un mélange sirupeux aux saveurs de réglisse et de café.

— Mon père ne jure que par cette mixture. D'après lui, ce truc-là guérit tout, que ce soit une banale gueule de bois ou la maladie du charbon. Je peux te garantir que ça marche pour la gueule de bois. Pour l'anthrax, c'est plus difficile d'en juger.

— C'est un vieux remède d'oncle Vic ? Mais il n'a jamais été ni soûl ni malade de sa vie !

— D'après maman, c'était un grand fêtard, avant d'entrer au FBI.

Rick se dit que Joey avait l'air, sinon fier, du moins plutôt satisfait.

— Nous, on ne le connaît que sous son aspect rigide. Aujourd'hui, c'est « Monsieur FBI » par excellence — macho, intransigeant, intolérant à l'extrême. Il n'admet plus qu'une vérité : la sienne.

— Tu as l'air déçu ?

— Déçu, non. Mais j'aimerais bien qu'il se souvienne de temps en temps qu'il n'a pas toujours été exemplaire.

Rick vit Joey se détourner pour retourner à ses fourneaux. Et se sentit moins que jamais capable de parler à son cousin des mille dollars de son père, qu'il avait dépensés le matin même.

52.

Reston, Virginie

— Comme centre de table, ils ont choisi des arums blancs et roses, expliqua Emma à Gwen.

Pitoyablement assis face à son amie et à sa fille, Tully désespérait d'entendre Emma parler d'autre chose que du mariage imminent de Caroline. Il avait même envisagé un instant de lui envoyer un coup de pied dans les tibias pour la faire taire. Mais Gwen restait polie, hochant la tête de temps en temps, comme elle devait le faire avec ses patients, tout particulièrement avec ses cas les plus désespérément narcissiques. Mais quoi de plus narcissique au monde qu'une adolescente ?

Il avait fallu qu'il arrive à sa seconde part de pizza pour se rendre compte que Gwen connaissait non seulement ses goûts mais aussi ceux d'Emma. Qu'elle ait retenu les siens, soit. Ils avaient déjà mangé des pizzas ensemble. Mais avait-il jamais mentionné ceux d'Emma ? Peut-être s'agissait-il d'une banale coïncidence. Des tas de gens aimaient la pizza quatre-saisons, après tout.

Tully observa le sourire que Gwen adressa à Emma. Dieu qu'il aimait le sourire de cette femme ! Il lui plissait le nez et soulignait ses minuscules taches de rousseur. Mais ce soir, il y avait quelque chose de tendu dans le visage de Gwen. Et elle avait précisé, en arrivant, qu'elle venait de rendre visite à Maggie.

— Comment va-t-elle ? avait-il demandé tout bas.

— Je t'expliquerai plus tard.

Elle avait répondu très vite, refusant visiblement d'aborder le sujet devant Emma.

A présent, il l'entendait interroger Emma sur les escarpins à brides que porteraient les demoiselles d'honneur. Il se demanda si elle n'avait pas des tendances masochistes. Mais Gwen réussit même à créer l'impression qu'elle s'intéressait à la réponse.

Tully sut alors que ce n'était pas par hasard que Gwen avait apporté la pizza préférée d'Emma. « Elle est psychologue, bon sang… Ça ne peut pas être une coïncidence. » Les questions qu'Emma lui avait posées avant le dîner au sujet de sa rencontre avec Caroline avaient réveillé en lui une secrète nostalgie. Le fait que Gwen ait pensé à apporter leurs pizzas favorites lui fit penser aux Jelly Beans que lui offrait Caroline dans le temps. A l'époque, il ne savait jamais si elle les lui apportait parce qu'il lui plaisait, ou si elle cherchait juste à exciter la jalousie de son ancien petit ami. Avec Caroline, il semblait toujours y avoir une intention cachée ou une manœuvre sous-jacente, lorsqu'elle faisait quelque chose.

— Ils ont invité plus de deux cents personnes, annonça

Emma, comme s'il s'agissait d'une compétition dont sa mère serait sortie gagnante haut la main.

Tully songea que Caroline n'avait pas beaucoup changé. Même son mariage semblait avoir été instrumentalisé pour impressionner ses collègues et amis. Plus d'une fois, au temps où ils étaient mariés, il s'était demandé si elle regrettait d'avoir fini par porter son choix sur lui. Surtout lorsqu'il avait décidé de se contenter d'un poste sans gloire à Cleveland. Il n'avait pas fait une carrière fulgurante à Washington, n'avait jamais été interviewé aux infos du soir pour avoir élucidé des cas célèbres comme l'Unabomber, ou les Beltway Snipers. Ou pour avoir retrouvé Eric Rudolph dans la forêt.

Même aujourd'hui, avec le succès qu'elle remportait à la tête de son agence de publicité, Caroline semblait encore être à la recherche de quelqu'un ou de quelque chose qui renforcerait son image et ajouterait à son prestige. Mais il se montrait injuste. Elle l'aimait peut-être sincèrement, son vice-président en herbe. Tully réalisa que malgré le moment de nostalgie, il n'éprouvait plus le sentiment de perte qu'il avait connu tout de suite après leur divorce. Il n'aurait su dire quand la tristesse avait disparu. Peut-être même était-ce la première fois qu'il prenait conscience qu'il en était libéré. Il était guéri, et c'était l'essentiel.

Emma avait fini par reprendre son souffle suffisamment longtemps pour que Gwen puisse placer trois mots. Lorsqu'il se concentra de nouveau sur la conversation, il eut la surprise de sa vie : des escarpins à bride et de la robe de mariée rose, Gwen était passée à une université à

New York spécialisée dans le stylisme de mode. Et Emma écoutait avec attention.

Comme il aimait cette femme ! Le cœur de Tully fit un bond dans sa poitrine. C'était la soirée de toutes les révélations, apparemment. Car il prenait conscience, pour la première fois, de la force de son affection pour Gwen. De son amour, même, peut-être.

Se renversant contre son dossier, il les observa l'une et l'autre. Il eut d'autant plus le loisir de le faire qu'elles semblaient avoir oublié son existence. Harvey s'approcha pour poser sa grosse tête sur ses genoux. Il flatta le chien. Un élan de solidarité masculine les rapprochait, à présent que leurs femmes préférées les abandonnaient. A bien regarder, c'était surtout la croûte de pizza sur son assiette qui semblait intéresser Harvey.

Le téléphone portable d'Emma sonna à l'autre bout de la pièce. Elle voulut se lever puis suspendit son geste.

— C'est Andrea. On doit bosser ensemble sur une disserte...

Tully comprit immédiatement qu'Emma avait passé un arrangement avec son amie pour se ménager une voie de sortie éventuelle. Mais sa fille hésitait, attendant son autorisation pour se lever. Et il vit une lueur contrite dans son regard. A sa grande surprise, Emma semblait apprécier la compagnie de Gwen.

Il lui fit signe qu'elle pouvait quitter la table.

— C'est bon. Va répondre.

— Je n'en ai pas pour longtemps, annonça Emma à Gwen.

Tully attendit que sa fille ait disparu dans sa chambre.

— Elle t'aime bien, dit-il, avec la pénible impression de s'exprimer comme un enfant de douze ans.

— Et cela fait une différence ?

Tully ne s'attendait pas à cette question. Naturellement que cela faisait une différence ! Mais ce n'était pas, à l'évidence, ce que Gwen souhaitait entendre.

— Est-ce forcément un tort d'avoir envie que les deux femmes les plus importantes de ma vie s'apprécient mutuellement ?

— Et si ce n'était pas le cas ?

C'était une bonne question. Une question légitime. Une question qu'il avait évité de se poser jusqu'ici.

Gwen reprit la parole avant qu'il puisse répondre.

— Je suis désolée.

Les coudes sur la table, elle plaça son menton sur ses mains croisées. Elle avait l'air épuisée, tout à coup.

— Ils disent que Maggie et Cunningham ont été exposés à un virus.

— Ce n'était ni du ricin ni de l'anthrax, alors ?

A priori, il aurait dû s'agir d'une bonne nouvelle. Mais ce n'était pas du soulagement qu'il lisait sur le visage de Gwen.

— C'est Ebola.

Il jura avec force.

— Mais comment ce type a-t-il pu mettre la main sur cette saloperie ? On n'a pas d'épidémies de fièvres hémorragiques virales, par ici.

Gwen haussa les épaules.

— Nous avons eu une flambée ici même, à Reston. Dans les années 1980. Le gouvernement a très peu ébruité l'affaire. Un laboratoire privé a reçu une cargaison de singes. Et ils ont commencé à tomber malades. Puis à mourir. C'était en 1989. Il y a vingt ans.

Tully haussa les sourcils, se demandant d'où elle tirait sa science. Gwen répondit à sa question muette :

— J'ai fait des recherches après avoir vu Maggie. C'était une souche du virus Ebola, mais cette forme de la maladie n'a pas franchi la barrière des espèces et elle n'est pas passée du singe à l'homme. Ce virus particulier a été baptisé « Ebola Reston ». Ils nomment les différentes souches d'après l'endroit où elles ont été identifiées pour la première fois.

— Et Maggie et Cunningham… C'est à cet Ebola Reston qu'ils ont été exposés ?

— Non. C'est au sous-type Ebola Zaïre.

— Ah, merde… Et il est mauvais, celui-là ?

— C'est la plus létale des cinq souches identifiées jusqu'ici.

Tully tressaillit. Notant sa réaction, Gwen regarda ailleurs. Mais il était déjà trop tard. Il avait vu la peur dans ses yeux. Il joua avec les miettes de pizza sur son assiette en carton.

— Cela nous donne peut-être une indication quant à la profession de ce type. A moins qu'il n'ait voyagé en Afrique au cours des six derniers mois, il n'a pu trouver le virus qu'en laboratoire. Peut-être même dans un laboratoire gouvernemental. Ou une université. Ce n'est pas le genre de marchandise qu'on commande sur catalogue.

Il pianota du bout des doigts sur la table. C'était encore pire que ce qu'il avait cru. Et cela rendait leur tueur d'autant plus dangereux. Il n'avait pas seulement le mobile et les moyens d'agir. Il avait aussi le libre accès.

Tully attendit que le regard de Gwen croise de nouveau le sien.

— Les meurtres à l'anthrax, tu t'en souviens ? C'était en 2001.

Elle fronça les sourcils.

— Pas en détail, non. Je me rappelle que les lettres avaient un aspect très ordinaire. Et qu'elles étaient envoyées par la poste. L'une d'elles a atterri dans le bureau de Tom Brokaw. Deux autres étaient destinées à des parlementaires, je crois ? Ça s'est passé tout de suite après les attentats du 11 septembre. Et j'étais trop sonnée pour prêter une grande attention à cette affaire.

— Il y a eu vingt-deux incidents. Cinq morts. Et personne n'a été mis en examen ou reconnu coupable.

Ce fut au tour de Gwen de hausser des sourcils interrogateurs.

— George Sloane, précisa-t-il. Notre expert en documents. C'est lui qui a évoqué cette affaire, ce matin. Je me suis penché dessus, du coup.

Il cessa de pianoter pour se frotter la joue. Et sentit la crispation dans sa mâchoire.

— L'un des rares suspects était un scientifique qui avait

travaillé pour l'USAMRIID. Il a été accusé d'avoir sorti des échantillons d'anthrax des labos de Fort Detrick.

Une pensée terrifiante traversa alors l'esprit de Tully.

— J'imagine qu'ils ont également des échantillons d'Ebola en stock.

53.

Chicago

Le Dr Claire Antonelli était désolée d'avoir trahi l'espoir que Vera Schroder avait placé en elle. L'expression de l'épouse était désormais à l'image de celle du mari : elle avait l'air d'un zombie hagard. Mais dans le cas de Vera, c'était le choc et non la douleur qui avait provoqué la transformation.

Elle fit sortir Vera de la salle d'attente en chirurgie et la conduisit dans une chambre, au même étage, qu'ils réservaient aux familles. Elle voulait que Vera se repose en attendant qu'ils puissent lui en dire plus sur le mal qui ravageait Markus. Même si elle n'avait aucune idée de ce qu'ils lui annonceraient. Ils avaient stabilisé l'état de Markus pour le moment. Mais après ce qu'elle venait de voir, elle avait la quasi-certitude qu'il ne passerait pas la nuit. Et le pire, c'est qu'ils ne savaient toujours pas de quoi il mourait.

Claire s'accorda quelques minutes de pause pour téléphoner à son fils. Elle l'interrogea sur ses projets pour ce samedi soir. Il aurait pu lui répondre n'importe quoi, en cet instant. Elle voulait simplement entendre le son de sa voix, s'assurer que tout allait bien, se souvenir qu'elle avait de la chance.

Il lui demanda s'il pouvait passer la soirée chez un ami pour regarder un match de foot. Ils commanderaient des sandwichs géants chez Chicago Dog. Non, non. Pas de bière, bien sûr. Aucun souci.

Une fausse promesse, mais Claire savait qu'elle n'avait pas à s'inquiéter à son sujet. Ils tombèrent d'accord sur l'heure à laquelle il rentrerait à la maison. Puis il voulut savoir quand elle pensait revenir de son côté. Avait-elle passé une bonne journée ? Et voulait-il qu'il lui commande aussi un sandwich ?

De la chance, oui. Elle avait beaucoup de chance.

Claire mit fin à la communication et rejoignit le Dr Miles dans son petit bureau au fond du couloir, au service chirurgie. Il était assis à sa table de travail, très calme, les mains croisées devant lui. A son entrée, il ne dit rien et se contenta de hocher la tête. Elle prit place en face de lui et ils restèrent ainsi, en vis-à-vis, dans un silence qui lui parut interminable.

La chaise de Miles craqua lorsqu'il se renversa en arrière. Il frotta sa mâchoire qu'une barbe d'un jour rendait râpeuse. Et ne prononça toujours pas un mot.

Claire jeta un rapide regard à la montre à son poignet. Miles s'en aperçut. Elle s'éclaircit la voix, mais seules des banalités ou des évidences lui venaient à l'esprit. Plusieurs heures s'étaient écoulées depuis qu'ils avaient refermé l'abdomen de Markus Schroder et fait porter un prélèvement aux laboratoires en sous-sol. Il ne leur restait rien d'autre à faire qu'à attendre.

Le téléphone sonna sur le bureau du Dr Miles et ils tressaillirent l'un et l'autre. La grande main de Miles attrapa le combiné.

— Allô, oui ?

Scrutant ses traits, Claire cherchait à lire une indication dans son regard. Mais les yeux du chirurgien ne se fixaient nulle part, se focalisant tantôt sur elle, tantôt sur la porte ou sur sa table de travail tandis qu'il écoutait sans rien dire. Et jamais son regard ne s'immobilisait assez longtemps pour qu'elle puisse détecter s'il reflétait le calme, la panique ou la perplexité. Elle vit le dos du chirurgien se voûter et les plis se creuser entre ses sourcils.

— Quel genre de confirmation ? demanda-t-il.

Et cette fois, son regard vint se river au sien. L'homme qu'elle n'avait jamais vu faiblir était en proie à une émotion brutale qui ressemblait à de la peur.

— Ils veulent envoyer un échantillon au CDC pour obtenir confirmation, expliqua Miles après avoir raccroché.

— C'est un MRSA ? demanda-t-elle.

Les infections au staphylocoque n'étaient pas rares dans les hôpitaux. Mais le MRSA était la pire forme de toutes. Car il s'agissait d'un staphylocoque doré résistant à presque tous les antibiotiques. Un cas avait été détecté récemment dans une école de Virginie. Et tout le quartier avait dû être fermé pendant que gestionnaires et travailleurs sociaux s'employaient à récurer et à aseptiser les installations.

— Pire que ça encore.

— Je ne comprends pas ? Pire que le MRSA ?

— Ils pensent qu'il s'agirait d'un virus.

Claire l'interrogea des yeux, attendant la suite des explications. S'ils envoyaient le prélèvement au CDC, il devait s'agir d'un agent hautement pathogène.

— Nous n'avons encore jamais rien vu de la sorte, ici.

Elle réfléchit à voix haute.

— Des hémorragies profuses, des marques violacées, de la fièvre… La peste ? La variole ?

— Possible. Cela n'avance à rien de se perdre en conjectures.

Jackson Miles se leva — façon de mettre fin à la conversation.

— D'ailleurs, nous n'en avons pas le temps. Ils m'ont dit de fermer tout l'étage ainsi que le centre de chirurgie.

— Une quarantaine ?

Il hocha la tête.

— Personne ne sort plus d'ici.

54.

Dimanche 30 septembre 2007
La Taule

A l'abri des regards, dans sa petite cabine de douche, Maggie laissa l'eau chaude chasser le froid insidieux qui s'était insinué en elle, la glaçant jusqu'aux os. Puis elle enfila une chemise d'hôpital propre. Il y en avait toute une pile dans sa salle de bains. Elle se fit violence pour ne pas les compter, ne pas essayer de deviner combien de temps ils avaient l'intention de la garder.

Les cheveux encore humides, elle s'allongea sur le lit et réussit à somnoler entre les draps rêches.

Combien de temps elle avait dormi, elle n'aurait su le dire. Elle avait réussi à se persuader de fermer les yeux. Juste une minute ou deux. Passer la journée à scruter un écran d'ordinateur avait fini par lui donner mal à la tête. Ce n'était pas plus méchant que cela. Juste une banale tension oculaire conjuguée au stress et au manque de sommeil. Rien à voir avec des virus-parasites grouillant en rangs serrés dans ses vaisseaux sanguins.

Maggie s'interdisait de laisser son imagination s'emballer. Et pourtant des visions vinrent envahir son sommeil. C'étaient comme ces amorces tremblantes des films dans les vieux projecteurs : des images saccadées où des amibes roses et violettes glissaient d'un côté à l'autre, se heurtaient, se scindaient en deux. Un autre heurt. Une autre division. Et ainsi de suite. Juqu'à la nausée. Les dizaines devenant des centaines.

Ses paupières battirent à plusieurs reprises avant qu'elle ne remarque sa présence. Il se tenait de l'autre côté de la cloison de verre. Et il la regardait. Il veillait sur elle. Telle fut son impression première. Des yeux bruns au regard chaud, sérieux et mélancolique, l'examinaient. Pendant quelques secondes, dans son état de demi-sommeil, elle réussit à se convaincre que cet homme avait le pouvoir de la protéger.

Il sourit en la voyant éveillée, mais il ne bougea pas, ne changea pas de position, ne lui fit pas signe de se lever. Il se tenait là, simplement, les bras croisé sur la poitrine. Et le seul mouvement qui l'animait était le sourire sur ses lèvres. Son sourire et ses yeux.

Maggie s'assit sur le bord du lit et eut la déception de sentir de nouveau le martèlement à l'arrière de sa tête. Le tout accompagné des battements cardiaques accélérés causés par la vue des amibes. Dormir ne l'avait pas soulagée.

Ils prirent le téléphone en même temps. Déjà un rituel synchronisé entre eux.

— Je ne pensais pas vous revoir si vite.

— Vous plaisantez ? Vous êtes ma patiente préférée.

Pour un officier de haut rang, il savait déployer une bonne dose de charme. Et les fossettes contribuaient à l'effet d'ensemble.

— Comment vous sentez-vous ?

Elle l'examina : visage sérieux. Toujours de la douceur dans le regard. Authenticité. Sollicitude. Fini, le moment de légèreté. C'était le médecin qui s'exprimait, à présent.

— J'ai une migraine.

En temps normal, elle ne s'en serait jamais plainte. Mais elle savait qu'il avait besoin de connaître tous ses symptômes. De les cocher sur sa liste.

— Situez-moi l'endroit exact.

Elle s'assit et il suivit son exemple. Fermant les yeux, elle écouta les pulsations sourdes qui résonnaient sous son crâne.

— A l'arrière de la tête, dit-elle, paupières toujours closes. Juste au-dessus de la nuque. C'est lancinant plus que cela ne fait mal, en fait.

Maggie ouvrit les yeux et rencontra les siens. Mais ne put pour autant déchiffrer son expression. Elle se souvint qu'il avait été formé pour garder une façade de calme. Il était à la fois médecin et soldat, deux vocations qui exigeaient de savoir déguiser et dissuader l'émotion. Seul un petit quelque chose dans son regard indiquait que le visage impassible exigeait un effort de sa part.

— Nous n'avons toujours pas détecté le virus dans votre sang. Et vous ne présentez aucun des symptômes caractéristiques. Normalement, les céphalées liées au virus sont localisées juste derrière les yeux et tournent dans la tête comme si quelque chose frappait à l'intérieur de votre front. Le mal de tête que vous ressentez est vraisemblablement dû au stress et à la fatigue. Vous n'avez pas mangé grand-chose non plus. Vous me direz de quoi vous avez envie et je vous le ferai porter. Vous avez besoin de vous alimenter pour maintenir le bon fonctionnement de votre système immunitaire. Et je demanderai au Dr Drummond de vous apporter quelques comprimés de paracétamol.

Le Dr Drummond… C'était la première fois qu'elle entendait le nom de la femme cosmonaute en bleu. Maintenant seulement, après deux jours d'isolement ou presque, elle songea qu'elle aurait pu poser la question à sa soignante et gardienne.

En bonne cynique professionnelle, Maggie examina Platt, cherchant des failles dans son armure, un signe indiquant qu'il ne lui disait pas toute la vérité.

— Vous ne me croyez pas, n'est-ce pas ?

La question de Platt la fit tressaillir. Ainsi son scepticisme ne lui avait pas échappé. Elle le regarda sans ciller.

— J'ai lu que le virus pouvait rester dormant dans l'hôte.

Autant frapper directement avec son arme la plus percutante. Elle n'avait pas à lui présenter d'excuses. C'était au sujet de sa vie qu'ils croisaient le fer. Platt hésita. En savait-elle un peu trop à son goût ? Regrettait-il d'avoir été aussi franc avec elle au début ?

— Le virus vit quelque part en Afrique, oui. Et nous pensons, en effet, qu'il reste dormant dans un hôte idéal, même si nous ne savons pas encore avec certitude quel est le réservoir naturel en question. L'hypothèse de la chauve-souris semble prévaloir depuis quelque temps. Des scientifiques ont balayé quasiment chaque centimètre carré dans des endroits comme la grotte de Kitum ou la base du mont Elgon, au Kenya et en Ouganda, pour essayer de déterminer où subsiste le virus lorsqu'il ne s'en prend pas aux primates ou aux humains. Mais voilà…

Il marqua une pause pour être certain qu'elle l'écoutait avec attention. Ou pour s'assurer qu'elle le croyait, peut-être ?

— Le virus Ebola ne reste pas dormant chez les humains et les primates. Il les dévaste. Et les dévaste rapidement.

— Et que faites-vous de la période d'incubation ? J'ai vu que la fourchette se situait entre deux et vingt et un jours. Cela veut-il dire que j'ai pu être infectée sans que rien ne se passe avant le vingt et unième jour ?

— Généralement, les symptômes se déclarent entre un et trois jours après l'exposition. La période d'incubation correspond au temps que met le virus pour accomplir son parcours qui va des premiers symptômes à la maladie puis à la défaillance organique et…

— Et l'exsanguination et la mort, compléta-t-elle pour lui.

Il hocha la tête.

— Ne me faites pas dire ce que je n'ai pas dit. Il n'est pas impossible d'être exposé, de ne développer aucun symptôme et de voir la maladie se déclarer le vingt et unième jour. Je vous parle en termes de probabilités statistiques. Des statistiques établies à la fois d'après les données cliniques et d'après ce que j'ai pu moi-même observer. Ce virus ne peut pas simplement rester au repos dans un hôte humain. Son instinct est de se répliquer et de le faire rapidement.

Maggie acquiesça d'un signe de tête. Malgré elle, son regard glissa sur le visage de Platt. Et elle comprit qu'il savait ne pas l'avoir convaincue. Son parler franc ne lui apportait aucun soulagement. Et elle commençait à se demander si les pulsations dans sa tête ne s'étaient pas déplacées juste derrière ses yeux. Sa vision se brouilla légèrement. Et tant pis s'il la regardait fixement.

Platt se pencha en avant et tira sur l'encolure de son sweat-shirt comme s'il avait soudain trop chaud. Il prit une profonde inspiration et rejeta l'air sans le laisser vibrer dans l'écouteur.

— Même si des symptômes se déclarent, vous n'êtes pas nécessairement condamnée.

Maggie haussa un sourcil ironique pour lui montrer qu'elle n'était pas dupe. Elle avait fait des recherches de son côté. Et Platt ne gagnait pas beaucoup de points dans leur débat.

— Pas fatal ? Nous parlons bien du sous-type Ebola Zaïre et de son taux de mortalité qui frôle les quatre-vingt-dix pour cent ? Un virus qu'on appelle le « Grand Faucheur » ?

Pourquoi, au juste, affichait-elle ce cynisme à tout-va ? Avec Gwen, d'abord, et maintenant avec Platt. C'était son instinct de survie qui prenait la relève, peut-être ?

En situation de danger, elle avait tendance à regarder par-dessus l'épaule et à scruter chaque coin d'ombre. Pas à attendre passivement qu'on veuille bien lui lancer une bouée de sauvetage. Et dans cette pièce étanche, scellée et dépressurisée, elle n'avait rien d'autre à faire qu'à scruter inlassablement les zones d'ombre.

Platt laissa échapper un nouveau soupir. D'épuisement, cependant. Et pas d'impatience. Maggie remarqua les doigts longs, les ongles soignés, la tension dans le réseau de veines et de tendons. Ses mains dégageaient de la force. Mais elles pouvaient se faire douces lorsqu'il se massait la tempe comme il le faisait en cet instant. Voyant son regard scrutateur, il crut sans doute qu'il avait enfin réussi à rétablir un vrai contact. Ses yeux intenses retinrent les siens un long moment.

— Je vous demande de me faire confiance.

Il laissa passer un temps de silence. Comme elle ne réagissait ni pour acquiescer ni pour refuser, il ajouta :

— Il existe un vaccin, même s'il n'a pas encore été approuvé par la FDA. Son efficacité et son innocuité ont été établies pour les primates, mais nous n'avons eu que très peu d'occasions de l'utiliser chez l'être humain. Il n'a été administré jusqu'ici qu'à des chercheurs travaillant en labo P4, victimes d'accidents de manipulation.

Cette fois, Maggie se redressa. Elle n'avait rien trouvé sur internet au sujet d'un vaccin. Dans les articles auxquels elle avait eu accès, il n'était question que de traitement de soutien et de soins palliatifs pour assurer le confort du patient dans l'attente du dénouement inéluctable.

— Il est efficace en post exposition lorsqu'il est fait sous la forme d'une série d'injections. Un peu comme pour la rage. Comme il se développe avant la maladie, il aide le système immunitaire à résister à l'envahissement viral. Mais son efficacité est liée aussi à la rapidité d'administration. Je ne vous cache pas que, même avec le vaccin, le taux de survie ne s'élève qu'à cinquante pour cent si l'immunité est effondrée ou si les symptômes se sont déjà déclarés. Mais vous n'en êtes pas là.

Maggie n'avait pas besoin de poser la question pour savoir que c'était le cas pour Mme Kellerman. Mais où en était Mary Louise ? Et Cunningham ?

— Je veux vous administrer le vaccin. Mais je n'ai pas le feu vert de la FDA pour un usage civil. Je ne peux donc le faire que si vous signez une décharge qui…

Elle l'interrompit sans hésiter. Aucun temps de réflexion ne lui était nécessaire.

— Je signerai tout ce que vous voudrez.

Il parut surpris par la facilité avec laquelle elle avait accepté. Mais il ne remit pas sa décision en cause. Et ne lui proposa pas de prendre un temps de réflexion. Ils n'avaient pas une seconde à perdre, en l'occurrence.

Platt se leva.

— Le Dr Drummond viendra sous peu pour vous donner votre première injection. Quelqu'un vous apportera également un plateau repas. Il faut que vous mangiez. Vous avez des préférences ?

— J'ai quelque chose à vous demander, mais c'est sans

rapport avec l'alimentation. J'aimerais voir le directeur assistant Cunningham.

— C'est impossible.

— Pourquoi ? Il ne se trouve pas dans ce service ?

— Si, il est ici. Qu'est-ce qui vous fait penser qu'il pourrait avoir été hospitalisé ailleurs ?

— Je ne demande pas à lui parler. Je veux juste... le voir.

Elle lut dans le regard de Platt qu'il ne céderait pas.

— J'ai besoin de m'assurer qu'il va bien. C'est tout ce que je demande.

Il passa son poids d'un pied sur l'autre, et Maggie nota que ses mâchoires se durcissaient. Elle connaissait l'argument : le secret médical. Il n'avait pas le droit de divulguer quoi que ce soit au sujet de ses patients. D'autant plus qu'il devait s'agir de cas classés. Elle n'était même pas autorisée à révéler l'endroit où elle se trouvait.

Tel était le débat intérieur qu'elle attribuait au colonel. Avait-il le droit de déroger au règlement intérieur et de laisser deux de ses patients communiquer ?

Puis la réponse de Platt tomba.

— Je ne peux pas vous laisser voir Cunningham. Car il ne va pas bien, justement.

55.

Chicago

Claire Antonelli appuya le front contre la grande vitre qui entourait l'unité de néonatalogie. Les bébés — y compris « le Beuglant » — n'avaient pas changé en vingt-quatre heures. Ils étaient toujours roses, fragiles et gesticulants. Mais maintenant, à cause d'elle, le service entier était placé en quarantaine.

Claire avait passé une partie de la nuit avec une équipe improvisée, à prélever des échantillons sanguins aux membres du personnel ayant été en contact avec Markus Schroder. Le rapport du CDC avait laissé en état de choc les quelques administrateurs et médecins qui en avaient été informés. Le Dr Miles réclamait la tenue d'une conférence de presse afin d'alerter toutes les personnes passées par l'hôpital au cours des trois derniers jours. L'administration, elle, voulait attendre. Même chose pour le CDC. Il fallait éviter, disait-on, de créer un mouvement de panique. Mais la panique couvait déjà, et Claire en voyait partout les premiers frémissements. Elle était présente dans les regards muets, dans les épaules qui se haussaient en guise de réponse, dans la tension nerveuse qui jouait déjà sur les humeurs. Et son éclosion était imminente. Bientôt, certains membres du personnel hospitalier appelleraient leurs conjoints pour leur annoncer qu'ils ne rentreraient pas après leur service. Des familles exigeraient de comprendre pourquoi il leur était interdit de rendre visite à leurs proches. Des parents réclameraient avec insistance de voir leurs nouveau-nés.

Claire savait que ce n'était qu'une question d'heures avant que la fameuse panique ne commence à se répandre.

Un représentant du CDC, Roger Bix, avait fait irruption en chirurgie à 4 heures du matin, vêtu d'un blouson aux couleurs de l'équipe de base-ball d'Atlanta et équipé de bottes de cow-boy à bouts effilés. Il ressemblait davantage à un agent sportif qu'à un spécialiste des maladies infectieuses. Et il était jeune. Trop jeune, songea Claire. Jeune et arrogant, distribuant des ordres avant même de s'être présenté. Jeunesse et arrogance ne formaient pas une combinaison favorable, vu les circonstances.

Elle était descendue en néonatologie à l'occasion d'une courte pause. Pas pour se rappeler que ces toutes jeunes vies avaient peut-être été exposées à un virus mortel, mais pour retrouver le souvenir de ce qui était bon et innocent. Le Dr Miles lui avait demandé d'essayer de retracer les circonstances dans lesquelles Markus Schroder avait pu contracter le virus. Le CDC ne confirmerait que lundi la nature exacte de l'agent pathogène. Mais d'après Miles, on avait déjà la quasi-certitude qu'il s'agissait du virus Ebola.

Markus était comptable dans un cabinet de juristes à Chicago. Alors qu'elle cherchait des pistes diagnostiques, quelques jours plus tôt, elle avait longuement questionné Vera sur d'éventuels déplacements susceptibles d'expliquer la soudaine maladie de Markus. Mais le couple n'était allé nulle part, à l'exception des quelques voyages faits à Terre Haute, dans l'Indiana, pour s'assurer de la bonne marche d'une petite entreprise commerciale qui appartenait depuis longtemps à la famille de Vera. Il n'y avait eu ni safari en Afrique ni contact de près ou de loin avec un laboratoire de recherche. Rien n'expliquait que Markus ait pu être exposé à un virus de la fièvre hémorragique.

A cette heure, Vera était assise en silence au chevet de son mari. Markus avait glissé dans le coma et Vera affichait toujours le même masque dépourvu d'expression. Elle ne réagissait pas aux stimuli extérieurs, et encore moins aux questions qu'on lui posait.

Mais Claire avait été prompte à remarquer que Vera ne semblait pas avoir contracté le virus. Elle ne présentait en tout cas aucun symptôme. Quoi qu'il en soit, ils auraient la réponse bien assez vite, avec les résultats des analyses sériques. Prélever le sang de Vera avait été de loin le geste médical le plus difficile qu'elle avait eu à effectuer cette nuit-là. Au début, Vera l'avait repoussée avec horreur, en lui disant qu'elle refusait qu'elle les touche encore, elle et son mari. Puis, de guerre lasse, elle avait fini par céder. Alors qu'elle tendait le bras pour se faire piquer, son masque indifférent était tombé quelques instants, et elle avait murmuré qu'elle ne voulait pas traverser ce que son mari venait d'endurer.

— Ça va, Claire ?

La voix du Dr Miles la fit tressaillir. Elle ne l'avait pas entendu approcher dans le couloir. Elle n'avait même pas réagi à son reflet dans la vitre. Elle se massa la nuque en tournant la tête vers lui.

— Un peu fatiguée, mais je tiens bon. Et vous ?

— Ça va.

D'un signe, il lui proposa de faire quelques pas avec lui. L'étage était paisible. Seuls quelques cris de bébé ponctuaient le silence. Le tout en contraste total avec le chaos larvé qui régnait dans le service chirurgie comme dans l'unité de soins intensifs.

— A priori, les normes de sécurité en vigueur à l'hôpital devraient suffire à protéger d'une éventuelle exposition au virus. Si le personnel soignant a travaillé avec des gants, si les liquides biologiques de Schroder ont été traités et évacués correctement et que le protocole habituel a été suivi, personne ne devrait être infecté. Bix a confirmé que le virus, en principe, ne se transmet pas par voie aérienne.

— Cela paraît rassurant. Mais nous savons que certains jouent avec les consignes et que les protocoles sont parfois écourtés.

— C'est vrai. Mais s'il y a eu négligence, il ne sera pas question de le nier, cette fois. La secrétaire du service est chargée d'appeler toute personne ayant pénétré dans la chambre de Schroder, ne serait-ce que pour changer une ampoule.

Claire nota que Miles les entraînait dans un tour complet du service des prématurés, comme si les bébés endormis formaient une zone tampon entre le chaos de l'hôpital et eux. Sans interrompre ses déambulations, il fixa son regard sur elle.

— En chirurgie, c'est une autre histoire, en revanche. En ouvrant Schroder, nous avons constaté l'un et l'autre les ravages que ce virus opère. Du sang, il y en a eu en abondance. Et nous avons tous baigné dedans. Espérons qu'il n'y ait pas eu de gants déchirés, pas de coupures, pas de démangeaisons auxquelles on remédie d'un revers distrait de la main.

Il sourit et secoua la tête.

— Drôle de façon de vérifier que nous respectons tous les consignes, pas vrai ?

— Vous avez dit « liquides biologiques » ?

Claire avait ausculté Markus à plusieurs reprises. Avait-elle porté des gants de façon systématique ? Brusquement, elle revit le vomi noir répandu sur elle. Son inquiétude dut se lire sur son visage, car Jackson Miles s'en aperçut.

— Ecoute, Claire, la direction de l'hôpital a abdiqué et laissé le CDC prendre les rênes. C'est leur problème.

Il baissa la voix.

— De nous tous, c'est toi qui as passé le plus de temps avec Schroder. Ils sont en train de mettre sur pied un service d’urgence pour permettre aux familles du personnel hospitalier de venir faire des analyses sanguines. Si j’étais toi, j’appellerais mon fils et je lui dirais de venir se faire dépister sans tarder.

56.

USAMRIID

Tully trouva Maggie amaigrie. Mais elle lui assura que c'était un effet de son imagination.

— Cela ne fait que deux jours que je suis ici.

Il leva une boîte en carton blanche qu'il lui montra à travers la vitre.

— Avec les compliments de Ganza.

Tully cala le combiné sous son menton pour avoir les deux mains libres et souleva le couvercle de la boîte.

— Voilà. Il m'a assuré que tu apprécierais l'humour.

Le clin d'œil fonctionna. Au moins le temps d'un sourire.

— Des beignets ! Et au chocolat, en plus. Mais c'est toi, l'adepte absolu des *chocolate donuts* !

— Ceux-là te sont destinés en exclusivité.

— Je suis étonnée qu'ils t'aient laissé entrer avec ça.

— Ils ont dû imaginer qu'un agent spécial du FBI n'introduirait pas des gâteaux trafiqués. Le Dr Drummond s'est même engagée à te les apporter. Mais elle en a testé un au préalable.

— Sérieux ? Sous le microscope ?

— Par la bouche ! Il t'en manquera un sur les douze.

Malgré l'incommodité du cadre, ils firent leur briefing habituel. Connaissant Maggie, Tully savait qu'elle était pressée d'en finir avec les considérations personnelles et qu'elle ne demandait qu'à s'immerger dans le travail. Un mode de fonctionnement qu'ils partageaient depuis le premier jour.

Maggie lui parla de l'enveloppe trouvée chez les Kellerman et du lien qu'elle avait établi, à travers ce nom de famille et l'adresse de l'expéditeur, avec une affaire classée pour manque de preuves : les empoisonnements au Tylenol, à Chicago, en 1982. Puis elle précisa que le message trouvé dans la boîte de beignets reprenait textuellement des extraits de la prose des Beltway Snipers.

— Tiens, c'est drôle... George Sloane a mentionné cette affaire, justement. Et n'a pas manqué de souligner que nous autres, au FBI, avions méchamment foiré l'enquête.

— Vous avez fait intervenir Sloane ?

— Cunningham a demandé qu'il jette un coup d'œil sur le message qui se trouvait dans la boîte de beignets.

— Sloane a dû reconnaître certaines expressions, s'il a travaillé sur les tueries des Beltway Snipers.

— Je n'ai pas l'impression qu'il ait été sollicité pour cette enquête. C'était juste une occasion, pour lui, de nous sortir une vacherie. Il est intervenu pour les meurtres à l'anthrax, en revanche. Et il a reconnu le pliage pharmaceutique. Mais pour en revenir à notre homme, cela fait trois affaires de meurtres en série auxquelles il se réfère : les empoisonnements au Tylenol, les meurtres à l'anthrax et les Beltway Snipers. Mais dans quel but ? Veut-il simplement faire étalage de son savoir ? Nous montrer qu'il est brillant ? Ou nous dit-il qui il est et où il compte frapper son prochain coup ?

— Les deux, je crois. D'après ce que nous avons appris de lui jusqu'à présent, il a le profil type du psychopathe narcissique. C'est quasiment un cas d'école.

— Il a besoin d'être reconnu. Et il cherche à impressionner par son intelligence.

Maggie acquiesça.

— Tout semble indiquer qu'il préparait son coup depuis longtemps. Il a sans doute peaufiné le scénario dans sa tête, en méditant chaque aspect de son plan, comme un joueur d'échecs qui explore mentalement ses combinaisons. A présent, il mélange ses cartes et nous les livre dans le désordre pour que nous reconstituions son jeu.

Tully secoua la tête.

— Viser les Kellerman à Elk Grove dans le seul but de reproduire les noms d'une des victimes des empoisonnements au Tylenol… Ce type a du temps à perdre. Crois-tu qu'il soit chômeur ?

— J'en doute.

— Il a peut-être accès à des informations confidentielles ?

Ou même à une banque d'échantillons… Mais Tully

garda cette hypothèse pour lui. Il ne voulait pas parler à Maggie de sa théorie selon laquelle le virus pourrait provenir des labos de l'USAMRIID. Il n'avait aucune preuve, après tout. Et il semblait cruel d'évoquer cette possibilité alors qu'elle était enfermée ici, sans défense. Elle avait l'air épuisée, avec de grands cernes noirs sous les yeux. La blouse d'hôpital et les chaussettes blanches la faisaient paraître plus petite, plus fragile qu'à l'ordinaire.

Il attendrait.

Mais si sa théorie était la bonne, justement ? Si le meurtrier se trouvait à quelques pas, observateur muet et aux aguets, jouissant de voir ses victimes se transformer de leur vivant en une bouillie sanglante d'organes ? Le sadisme silencieux aussi pouvait correspondre au profil.

Tully espérait qu'il se trompait.

— Il a envoyé d'autres enveloppes ?

La question de Maggie le fit légèrement sursauter.

— D'autres enveloppes ? Parce que tu penses qu'il passe par la voie postale pour envoyer le virus ? Pas par un carton de pizza ou une boîte de pâtisseries ?

— Le colonel Platt pourra nous le confirmer, j'imagine. Mais il y avait une poche en plastique zippée dans l'enveloppe des Kellerman.

— Il y aurait donc moyen de faire circuler un virus par lettre ? Pour l'anthrax, je comprends, puisque le bacille du charbon se présente sous forme de poudre. Mais Ebola ? Que faudrait-il pour ça ? Tu as une idée de la façon dont il a pu s'y prendre ?

Maggie hésita, mais Tully comprit qu'elle savait. Il

avait remarqué l'ordinateur portable. Les yeux gonflés n'étaient pas dus à l'insomnie mais à un refus de dormir. Ce n'était pas la première fois qu'elle utilisait son travail et ses recherches comme un filet de sécurité.

— Il doit s'agir de cellules infectées. Des cellules sanguines ou tissulaires. Il suffit d'une quantité infinitésimale. Comme presque tous les virus, Ebola est un virus indigent : il ne peut survivre en dehors d'un hôte plus de quelques jours. Sauf s'il se trouve scellé dans un sac plastique hermétique.

— Il suffit alors d'ouvrir la poche zippée, de respirer le contenu et…

— Non, je ne crois pas. D'après ce que j'ai compris, il n'y a pas de transmission aérienne, contrairement à ce qui s'est produit avec l'anthrax en 2001. Le virus Ebola doit trouver une porte d'entrée dans le corps.

— En pénétrant dans la circulation sanguine ?

— Il peut transiter par d'autres liquides corporels : les sécrétions, le sperme, la salive.

— Ou quand des vomissures vous éclaboussent le visage, les yeux, le nez, compléta-t-il d'un air sombre.

Maggie cligna des yeux et Tully regretta d'avoir parlé trop vite. Avant qu'il puisse se reprendre, elle poursuivit en hâte :

— Une simple coupure fait l'affaire. Une peau fendillée, une cuticule à vif, une éraflure due au rasoir.

— Il n'en faut pas plus ?

Elle fit oui de la tête. Tully songea à l'hypothèse émise par leur patron.

— Cunningham pense à une vendetta personnelle dirigée contre lui. Tu sais s'il a enquêté sur les empoisonnements au Tylenol ?

Maggie haussa les épaules d'un air sceptique. Lui-même avait du mal à imaginer qu'il puisse s'agir d'une simple vengeance.

— Ils m'ont refusé la permission de voir Cunningham. Et il ne répond pas au numéro de téléphone qu'il m'a donné.

Ils se regardèrent en silence. Aucun des deux n'était prêt à formuler ses inquiétudes à voix haute.

— Je devrais peut-être m'intéresser à tous les tueurs qu'il a aidé à coffrer ?

— Ou à ceux qui n'ont jamais été arrêtés, plutôt.

Tully se souvint de l'impression en surface trouvée sur l'enveloppe.

— Notre homme a peut-être commis une erreur. Est-ce que « Appeler Nathan à 19 heures » te dit quelque chose ?

— Dans quel contexte ?

— Il a dû griffonner ça sur un bout de papier posé sur l'enveloppe. Un pense-bête, apparemment. Pas de caractères majuscules. Une écriture normale. Sloane pense que le type n'a pas laissé cette trace intentionnellement.

Tully eut l'impression que Maggie reconnaissait le nom. Elle semblait sur le point de dire quelque chose. Mais elle finit par secouer la tête.

— Je me mets à la recherche d'un Nathan ? demanda-t-il.

— Je ne sais pas, murmura-t-elle. Honnêtement, je ne sais pas.

Tully songea que sa voix paraissait épuisée. Mais elle se redressa sur le bord de sa chaise, comme pour se donner un regain d'adrénaline.

— Ce que je sais, en revanche, c'est que si notre homme recherche l'attention, il ne veut pas se faire prendre pour autant. Rien à voir avec un Dennis Rader, alias le BTK, qui a refait surface après vingt années de silence, seulement parce qu'il ne supportait pas d'être tombé dans l'oubli. L'individu à qui nous avons affaire bout dans son jus depuis des années, et il est probable qu'il remue de vieux griefs, réels ou imaginaires. Il a planifié, défini des stratégies, prévu minutieusement chaque étape. Quelque part dans sa vie, il estime avoir été trahi ou ne pas avoir reçu son dû.

Maggie reprit son souffle.

— Peut-être en veut-il aux forces de l'ordre, ce qui expliquerait qu'il cherche à nous réduire à l'impuissance — voire à nous tourner en ridicule. Il est discipliné. Intelligent. Il prend des risques, mais toujours calculés. Je pense qu'il occupe un emploi à plein temps. Mais c'est un menteur d'exception. Il paraît calme, se comporte de façon maîtrisée et fonctionne adéquatement au quotidien. Mais sous la façade rangée, la haine bout en permanence. Il nous faut garder à l'esprit qu'il ne s'agit pas d'un meurtrier en série qui jouit de l'acte de tuer. La satisfaction qu'il retire est mentale et uniquement de l'ordre de la vengeance. Tout ce qu'il veut, c'est rétablir ce qu'il considère être son bon droit. Savoir que ses victimes tombent malades, qu'elles traînent encore quelques jours et qu'elles finissent par mourir. Il atteint ainsi son idéal perverti de la justice. C'est sa façon à lui de faire tomber une sentence de mort.

Tully se renversa contre son dossier et relâcha son souffle. Elle ne manquait jamais de l'estomaquer quand elle se lançait ainsi. Maggie avait le don de « cracher » soudain un profil qui, neuf fois sur dix, tombait juste. Cela n'avait rien à voir avec la cartomancie améliorée d'un George Sloane, même s'il avait du mal à mettre le doigt sur ce qui les différenciait. Sloane semblait fonctionner à coups d'ego et de statistiques. Alors que Maggie suivait son instinct. Et il se fiait cent fois plus à l'instinct de Maggie qu'à l'ego de Sloane.

Il fit mine de s'essuyer le front et prononça un « ouf! » sarcastique qui lui valut un second sourire de Maggie.

— J'ai demandé à George Sloane si nous devions rechercher notre homme dans une cabane perdue dans la forêt.

Elle secoua la tête.

— Il se cache, mais au vu et au su de tous, Tully. Et je sais qu'il a envoyé d'autres enveloppes.

57.

Platt l'observait de la pièce vitrée, en appui contre le mur, de façon à ce que Mary Louise puisse le voir. Elle coloriait, assise en tailleur sur le tapis, avec des crayons éparpillés autour d'elle. Le regard de la petite fille s'était éclairé lorsqu'il était venu lui apporter la boîte de quatre-vingt-seize crayons. Elle avait murmuré que c'était la première fois qu'elle en voyait autant.

— Je ne les casserai pas, lui avait-elle promis d'un air grave. Pas un seul.

Depuis un quart d'heure qu'il était là, elle tournait régulièrement la tête par-dessus l'épaule et levait le livre de coloriage pour lui montrer où elle en était. Chaque fois, il souriait et approuvait d'un signe de tête. Elle se remettait alors au travail, concentrée, la bouche légèrement entrouverte. Elle était attentive à ne pas déborder, choisissant ses couleurs avec un peu trop d'application.

Platt aurait voulu lui dire qu'elle avait le droit de dépasser la ligne noire, le droit d'inventer d'autres couleurs que le modèle, le droit de « mal faire ». Mais Mary Louise avait déjà intégré la consigne inverse. Quelques heures plus tôt, il l'avait vue jouer aux petits chevaux. Avec deux pions sur le damier qu'elle déplaçait tour à tour, affrontant une camarade de jeu imaginaire. Elle avait appris à jouer seule bien avant son arrivée à l'USAMRIID.

Il aurait dû se réjouir qu'elle sache s'occuper. Mais sa trop grande autonomie d'enfant solitaire jouait sur des cordes sensibles qu'il ignorait posséder encore.

Janklow avait ordonné qu'aucun membre de la famille ne soit prévenu avant lundi. Platt regarda la montre à son poignet. Le lundi, de son point de vue, commençait à minuit et une minute. Il gardait le papier avec le numéro de téléphone de la grand-mère de Mary Louise bien au chaud dans sa poche de chemise.

La petite fille ne présentait encore que des manifestations cliniques légères. Dans ses cellules, on avait détecté des « briques » qui signalaient probablement la présence du virus. Mais il n'y avait pas de filaments. Rien qui ressemblait à une prolifération incontrôlée de particules virales. Et, à la différence de celui de sa mère, le sérum de Mary Louise ne s'éclairait pas en présence du virus Ebola de référence.

Pas encore, en tout cas.

Platt connaissait tous les chiffres, toutes les données par cœur. Entre dix et quinze pour cent des patients infectés par le virus guérissaient. Personne ne comprenait comment ni pourquoi. Le pourcentage était faible, mais il espérait que Mary Louise en ferait partie. Et le vaccin accroîtrait ses chances.

Sa mère étant dans le coma et sa grand-mère absente, il

n'y avait eu personne pour signer une décharge. Il s'était donc résolu à vacciner la petite fille lui-même. Puisque la responsabilité retomberait de toute façon sur ses épaules, il était prêt à l'assumer jusqu'au bout. Il avait prévenu Mary Louise que l'aiguille ferait un petit peu mal. Comme la piqûre d'un « gros vilain moustique ». La comparaison avait beaucoup amusé la petite fille.

Dans sa tête, il ne cessait de calculer les heures, les minutes. Et même s'il l'avait voulu, il n'aurait pu arrêter la mécanique de ses pensées qui jonglaient inlassablement avec les échéances et les statistiques. Le temps filait, inexorable. Et il ne savait même plus quel jour on était.

Dimanche. On était dimanche.

Mary Louise choisit un nouveau crayon de couleur. Elle semblait contente. Totalement inconsciente de la tempête qui couvait autour d'elle. L'idée de « dimanche » avait-elle une signification pour Mary Louise ? Platt n'aurait su le dire. En général, les familles avaient leurs traditions du dimanche. Elles assistaient à des services religieux. Ou lisaient les journaux dominicaux — « Hé ! Tu me montres les dessins, papa ? » Elles jouaient au Frisbee dans le jardin derrière la maison. Et l'après-midi, on allait tous se faire une toile au cinéma du coin. C'était ainsi qu'on passait ses dimanches en famille. Tous ensemble. Ou peut-être pas ? Comment l'aurait-il su ? Il y avait tellement longtemps…

Lorsqu'il lui arrivait d'avoir un dimanche de congé, son rituel de base était simple : il consistait à traîner avec Digger dans la véranda à l'arrière de la maison, en profitant de la vue sur les bois. Ses parents s'occupaient de son chien lorsqu'il était retenu par son travail. Pas une seule fois, ils n'avaient suggéré qu'il trouve un nouveau foyer pour Digger, sachant qu'homme et chien étaient inséparables, unis par l'absence de la petite fille qu'ils aimaient.

Le Dr Drummond entra dans la chambre de Mary Louise et la petite fille se leva pour l'accueillir. Platt fit au revoir de la main et elle lui rendit son salut. Il lui en coûtait de la laisser. C'était ridicule, mais il avait le sentiment que s'il pouvait simplement rester là, à veiller sur elle, il ne lui arriverait peut-être rien de dramatique.

Il quitta la Taule et prit l'escalier.

Dans la zone de niveau 4, il passa de nouveau une tenue chirurgicale et, pour la troisième fois ces derniers jours, se harnacha d'une combinaison pressurisée. Il s'était entouré d'une équipe restreinte, n'incluant que les assistants qui avaient collaboré avec lui sur les missions les plus confidentielles. Un peu plus tôt dans la journée, il avait confié au sergent Hernandez l'enveloppe en papier kraft que l'agent O'Dell avait trouvée chez les Kellerman. Avant même de voir l'étonnement dans ses yeux, il avait su qu'il s'agissait d'une responsabilité effrayante pour une jeune scientifique en herbe. Mais Hernandez l'avait assisté souvent au labo, et il savait qu'elle serait largement à la hauteur. Il savait également qu'elle vérifierait et revérifierait ses résultats avant de les lui présenter. Ce qui constituait un avantage supplémentaire.

La jeune femme était encore occupée à ses manipulations quand il pénétra dans le labo biosécurisé. Et ses mains gantées étaient trop absorbées pour saluer sa présence. Il vint se placer à côté d'elle et attendit, attentif à ne pas la brusquer.

Hernandez avait dû attacher ou relever ses boucles indociles. Mais il les voyait qui voltigeaient malgré tout à l'intérieur du casque. Quelques mèches restaient collées sur son front moite. Elle tourna la tête vers lui, et Platt entrevit ses yeux verts derrière le plastique. Leur expression était intense et même un peu fiévreuse. Elle avait trouvé quelque chose.

— Qu'est-ce que c'est ? demanda-t-il, incapable d'attendre plus longtemps.

La voix d'Hernandez s'éleva, essoufflée sous le casque.

— Dans le sachet en plastique à l'intérieur de l'enveloppe, j'ai des cellules sanguines.

— Assez pour les analyser ?

— Oui.

— Ebola ?

— Sans l'ombre d'un doute. L'échantillon est saturé de particules virales.

Elle interrompit ses manipulations.

— Il y a autre chose encore, mon colonel. Ce ne sont pas des cellules humaines.

— Des cellules de singe, alors ?

— Ça en a tout l'air. De macaque, a priori. Je les teste en les comparant à celles dont nous disposons ici. Elles paraissent très proches.

Une sensation nauséeuse envahit Platt. Il avait

demandé à McCathy s'il était possible que le sérum de Mme Kellerman ait été contaminé ici même, dans leurs labos. Mais le microbiologiste avait repoussé cette suggestion d'un haussement d'épaules. Trop d'enceintes de confinement, avait-il rétorqué. Les procédures à suivre dans un laboratoire P4 étaient strictes. Très strictes. Il était inconcevable qu'un de leurs échantillons tissulaires ait pu se mélanger avec celui de Mme Kellerman ou d'un de leurs trois autres patients. L'USAMRIID était une structure hautement organisée, bénéficiant d'un niveau de sécurité particulièrement complexe.

Mais comment l'expéditeur de l'enveloppe était-il entré en possession du virus Ebola envoyé à Mme Kellerman, pour commencer ? D'où sortaient ces tissus microscopiques prélevés sur des singes macaques ? Des tissus littéralement gorgés de particules virales. Se pouvait-il qu'ils aient disparu de leurs propres congélateurs ? Dans le cadre de leurs recherches, ils utilisaient des macaques. Ils n'étaient certes pas les seuls à le faire. Mais il n'y avait pas trente-six labos qui conservaient de l'Ebola en stock. Un employé de l'USAMRIID avait-il dérobé des échantillons ? Auquel cas le coupable se trouverait ici, parmi eux ?

— Vous avez fait du bon boulot, cria-t-il au sergent Hernandez. Je vous laisse finir.

Sur un signe de sa main gantée, il quitta le labo. Il procéderait personnellement à un inventaire. Il contrôlerait chacun de leurs échantillons un à un. Mais parviendrait-il à déterminer si leurs stocks avaient été entamés ou non ? Il suffisait de prélever une quantité microscopique pour disposer d'une quantité létale de virus. Quelques années plus tôt, un scientifique, ex-employé de l'USAMRIID, avait été accusé d'avoir sorti clandestinement de l'anthrax militaire — celui-là même qui avait causé cinq décès en 2001. Finalement, les poursuites avaient été abandonnées faute de preuves. Mais la simple suspicion avait suffi à soulever de nombreuses questions sur la fiabilité de leur institut.

Platt songea soudain que Janklow devait tenir le même raisonnement de son côté. Le commandant se demandait sans doute, tout comme lui, si le virus venait de leurs propres laboratoires. Redoutait-il de nouvelles accusations ? Peut-être souhaitait-il étouffer l'affaire et laisser disparaître les témoins parce qu'il était inquiet pour la réputation de l'USAMRIID ? Ou était-ce sa propre réputation qu'il tentait de préserver ? Et si oui, jusqu'où le commandant serait-il capable d'aller pour que rien ne s'ébruite ?

58.

Reston, Virginie

En l'absence de son père, Emma avait passé l'après-midi à lire les lettres d'Indy à Liney. Il lui avait écrit presque chaque jour en septembre, décrivant sa vie à Quantico, évoquant les affaires criminelles sur lesquelles il planchait, relatant des anecdotes au sujet de ses amis Razzy et J.B. Certaines lettres se présentaient sous la forme de longs monologues décousus. D'autres étaient brèves et tendres. Emma trouvait attendrissant, d'ailleurs, qu'il n'ait pas pu tenir deux jours sans communiquer avec elle, même si c'était par écrit.

Au début, elle s'était demandé pourquoi ils ne se téléphonaient pas. Jusqu'au moment où elle avait réalisé qu'en ce temps-là, il n'y avait pas encore de téléphone portable. Et que les appels nationaux coûtaient cher. Quelle civilisation lointaine…

26 septembre 1982

Chère Liney,

Me voici donc à Chicago pour quelques jours. Dire que je suis ici, si près de chez toi, et qu'il a fallu que tu ailles dans l'Ohio pour assister à ce colloque sur les arts visuels ! Ça me fait un drôle d'effet qu'on se loupe. Mais c'est sans doute mieux ainsi. Je suis venu dans le cadre d'une enquête, tu sais. Classée. Donc je ne peux pas t'en parler. Je n'ai même pas dit à mes parents que j'étais de passage ici. Mais je vais quand même te confier un secret. J'ai l'intention de pousser jusque chez eux dimanche et de leur laisser un petit quelque chose. Après cela, je ne les aurai peut-être plus sur le dos.

Ah, oui, Liney. Juste un avertissement. Ce n'est pas encore dans les journaux, mais évite de prendre des gélules de Tylenol extra-fort. Ne me demande pas pourquoi ni comment je le sais. Mais promets-moi simplement de ne pas en prendre, O.K. ? Je suis sérieux. Ne dis à personne que je t'ai prévenue, mais ça va être énorme. Je ne devrais même pas te le dire.

Affectueusement,

Indy

Emma regarda les lettres précédentes. Houa ! C'était la première fois qu'il signait « Affectueusement ». Rien ne semblait changé, pourtant. Et il n'en faisait pas tout un plat. Il se contentait de signer autrement. Peut-être qu'elle lui manquait vraiment très fort.

Elle passa à la lettre suivante mais suspendit son geste en voyant la date : 24 décembre 1982. Sourcils froncés, elle examina les quelques enveloppes suivantes. Se serait-elle trompée en les triant ? Il n'en restait que trois. Il devait en manquer quelques-unes que sa mère avait sans doute égarées. Comment expliquer, sinon, que cet

« Affectueusement » ait été suivi d'un silence épistolaire de deux mois ?

L'enveloppe affranchie le 24 décembre contenait une simple carte de vœux. Sans lettre d'accompagnement. Le texte de la carte était bref : « Joyeux Noël, Indy. » Pas de petit mot. Pas de post-scriptum. Pas même un « Affectueusement ».

59.

C'était la première fois qu'Artie se pointait là un dimanche. Et il n'y avait pas un chat sur place. Un régal. Au début, il pensait juste déposer la voiture et ranger les quelques trophées qu'il avait recueillis en cours de trajet. Mais un tel calme régnait dans les couloirs qu'il s'était senti suffisamment en confiance pour descendre avec son carton-repas.

Il était revenu aux cheeseburgers et avait fait une croix sur les *tacos.* Au dernier moment, il s'était dégonflé et avait décidé de déjeuner dans le labo voisin, plutôt que dans celui où il faisait ses petites affaires. Parce que l'odeur de Javel était trop forte, s'était-il donné comme excuse. Rien à voir avec le singe mort dans le congélateur, bien sûr. La carte qui lui servait de clé fonctionnait sur toutes les portes, donc il avait l'embarras du choix.

Au fond du couloir, les singes vivants se tenaient tranquilles, pour changer. Artie engloutit son double cheeseburger avec supplément de ketchup et de cornichons. Il avait remarqué qu'on se faisait toujours avoir sur les cornichons si on ne réclamait pas un supplément. Puis il fit un sort à ses frites et retourna dans le labo marqué « quarantaine ». De son sac à dos, il sortit le petit carnet de notes qu'il promenait partout. A côté du carnet, il disposa ses dernières trouvailles.

Ses déplacements en voiture lui offraient des occasions intéressantes d'enrichir sa collection de trésors. Il conservait son attirail dans un casier cadenassé, de façon à l'avoir sous la main quand il préparait ses enveloppes. Il pouvait ajouter, selon l'humeur du moment, un cheveu, une rognure d'ongle, une fibre de vêtement. Pour le moment, Artie garda sa récolte sur la table pour l'admirer. Chaque élément était placé dans un sachet en plastique transparent et étiqueté, comme les futures pièces à conviction qu'ils étaient destinés à devenir. Il était particulièrement fier d'une dent qu'il avait trouvée dans les toilettes d'une station-service sur l'Interstate 95. Il avait des échantillons de cheveux d'au moins quatre Etats. Dans chacun de ses paquets, il incluait un « indice » différent. De quoi faire le bonheur des techniciens de la police scientifique, persuadés que leur suspect s'était montré négligent en laissant un élément de preuve. Alors qu'il damait le pion aux enquêteurs les plus chevronnés.

Il ouvrit son carnet à la page où il avait dressé la liste des destinataires de ses envois. Alors qu'il roulait en direction de Wallingford, il avait eu une brusque inspiration. Un rapprochement s'était imposé à son esprit et il pensait avoir avancé dans la résolution de l'énigme de son mentor. Il voulait vérifier à présent qu'il avait vu juste.

Le cœur battant, il parcourut la liste :

Vera Schroder, Terre Haute, Indiana,
Mary Louise Kellerman, Elk Grove, Virginie,
Rick Ragazzi, Pensacola, Floride,
Conrad Kovac, Cleveland, Ohio,
Caroline Tully, Cleveland, Ohio.

Il sortit alors ses livres de poche dans la série « Les vraies histoires criminelles » ainsi que les articles qu'il avait téléchargés sur internet. Il avait déjà fait le rapprochement entre Mary Louise Kellerman d'Elk Grove en Virginie avec la jeune Mary Kellerman, d'Elk Grove Village, dans l'Illinois. Le fait que son mentor ait choisi James Lewis comme expéditeur fictif confirmait le lien avec l'affaire des meurtres au Tylenol. Simple comme bonjour. Celui-là était vraiment trop facile.

Les autres envois étaient différents. Sur toutes les enveloppes, l'expéditeur mentionné était une personne connue du destinataire. Pour autant qu'il pouvait en juger, du moins. Celle de Rick Ragazzi venait d'un certain Victor Ragazzi. Forcément un membre de la même famille, donc. Facile.

Le colis de Caroline Tully, lui, était soi-disant adressé par un R.J Tully. Même chose pour Patsy Kowac, même si le nom de famille de Conrad s'écrivait « Kovac ». Mais il y avait de grandes chances pour que les deux soient apparentés. Pour cet envoi-là, son mentor avait eu un trait de génie. La victime visée était non pas la destinataire, Patsy, mais Conrad, « l'expéditeur ». Son mentor lui avait donné la consigne de sous-affranchir le paquet, de manière à ce que le facteur refuse de le livrer à Patsy et le retourne à Conrad.

Artie appréciait l'élégance de l'artifice. Et il avait aussi reconnu le modèle à la base. L'Unabomber avait sous-affranchi au moins un de ses colis piégés. Là aussi, la personne que Theodore Kaczynski voulait faire sauter était le pseudo-expéditeur et non le destinataire de l'envoi. Artie savait que les officiers des forces de l'ordre se creuseraient la tête en étudiant la liste des adresses d'expéditeur, qu'ils chercheraient à comprendre qui étaient leurs ennemis et pourquoi ils étaient visés. De quoi donner une toute nouvelle dimension à l'expression « retour à l'envoyeur ».

Artie sourit. Le plan était brillant. Absolument brillant.

L'autre exception qu'il n'avait pas encore réussi à élucider, c'était Vera Schroder. C'était le seul paquet sur lequel n'avait figuré ni nom ni adresse d'expéditeur. Artie supposait que la clé de l'énigme avait un rapport avec le lieu où vivait la destinataire, Terre Haute, dans l'Indiana. Au cours de son long trajet en voiture, ce nom de Terre Haute lui avait chatouillé l'esprit. Il avait vu cette ville mentionnée quelque part. Mais où ?

Il commença par le début de son carnet, cherchant dans les notes qu'il avait prises sur les principales affaires criminelles ayant défrayé la chronique. La première, sur sa liste, était celle du Tylenol, en 1982. L'auteur de la série de meurtres n'avait jamais été retrouvé. Entre le 29 septembre et le 1er octobre, sept personnes étaient passées de vie à trépas après ingestion de capsules de Tylenol extra-fort mélangé à du cyanure. Une famille avait perdu trois de ses membres d'un coup. La première personne à succomber avait été la petite Mary Kellerman, âgée de douze ans, qui avait pris une gélule en se levant, le 29 au matin, avec un rhume et un mal de gorge.

Artie connaissait les noms des victimes par cœur. Il avait également mémorisé celui des six commerces de la région de Chicago — à l'exception d'un détaillant non nommé — où les antalgiques trafiqués avaient été écoulés. On pensait que le tueur avait dérobé les flacons de Tylenol, les avait emportés chez lui pour ajouter le cyanure, puis les avait rapportés pour les replacer en rayon. Il semblait vraisemblable que le tueur ait procédé ainsi dans la semaine qui avait précédé le 29 septembre, date du premier décès.

Plus encore qu'à ces sept premiers meurtres, Artie s'était intéressé aux affaires qui s'étaient multipliées dans leur sillage, et dont on n'avait jamais su si elles étaient liées ou non aux empoisonnements de Chicago. Pendant les mois qui avaient suivi, la FDA avait reçu deux cent soixante-dix plaintes concernant des produits trafiqués. Il y en avait eu pour tous les goûts, du lait chocolaté empoisonné au jus d'orange bourré d'insecticide, en passant par les bonbons d'Halloween piqués d'aiguilles. Trente-six seulement de ces plaintes avaient été reconnues comme fondées.

Artie tourna les pages. Dans la série des cas d'empoisonnement au Tylenol hors de la région de Chicago, on dénombrait une femme à Pittsburg, un homme âgé à

Detroit et deux membres d'une même famille — oui, voilà ce qu'il cherchait — à Terre Haute, dans l'Indiana! Le corps du propriétaire d'un petit commerce local et celui de sa femme avaient été découverts à leur domicile par leur fille. On avait également trouvé dans la maison un flacon de Tylenol extra-fort, avec des gélules contenant du cyanure.

Le nom marital de la fille était Schroder. Vera Schroder.

D'où le choix d'une Vera Schroder dans la liste des victimes, bien sûr. *Eurêka!* C'était exactement ce qu'il cherchait. S'il y avait une chose à laquelle Artie ne s'attendait pas, en revanche, c'était à reconnaître le nom de famille des deux victimes.

Oh, bon sang… C'était le même que celui de son mentor.

60.

Razzy's
Pensacola, Floride

Rick Ragazzi avala deux comprimés et les fit passer avec une gorgée de jus d'orange tout en lisant les indications sur l'étiquette. Il avait tous les symptômes d'une bonne grippe. Et ce médicament était censé soulager rapidement. Mais même après vingt-quatre heures de prises régulières, il ne ressentait toujours aucune amélioration. Si seulement il parvenait à imposer silence au marteau-piqueur qui lui perforait le crâne ! Mais même le remède miracle de Joey restait inopérant.

Il avala un comprimé supplémentaire. Et termina son verre de jus de fruit juste au moment où un nouveau groupe de dîneurs franchissait les portes du restaurant. En temps normal, il aurait été ravi. On était dimanche soir et ils faisaient le plein. En début de soirée, ils avaient même tourné avec une liste d'attente de vingt minutes. Mais son meilleur serveur était toujours sur le carreau. Une histoire de points de suture et de commotion cérébrale. Rick aurait aimé pouvoir attribuer son propre mal de tête à un accident de jet-ski.

— Désolée, mon coco, s'éleva la voix de Rita derrière lui. J'ai dû les placer à l'une de tes tables. Le nouveau petit jeune est encore un peu lent. Si tu veux prendre la commande, je m'occupe d'apporter les plats. O.K. ?

— Ça marche.

C'était devenu sa réponse standard. Alors qu'il aurait voulu dire que rien ne marchait plus, au contraire. Il se sentait *out*. Hors jeu. Hors combat.

— Tu n'as pas l'air en forme, observa Rita. Tu devrais peut-être rentrer te coucher.

« Si seulement… », songea Rick. Mais il sourit.

— T'inquiète. Ça va.

Il savait qu'un patron ne devait laisser transparaître aucune faiblesse devant ses employés, et qu'il était censé former son personnel par l'exemple. Il avait lu ça quelque part. Comme si cela ne suffisait pas qu'il laisse Rita l'appeler « mon coco »… Mais elle s'adressait ainsi à tout le monde, avec cet adorable accent du Sud, si doux et caressant qu'on avait l'impression de compter vraiment à ses yeux.

Rita avait déjà distribué les menus après avoir placé les trois nouveaux clients. Rick se fraya un chemin en zigzag entre les tables et tapota sa poche pour s'assurer qu'il avait son stylo et son carnet. Il exigeait de ses employés qu'ils retiennent leurs commandes de mémoire. Et il n'avait pas oublié qu'il était censé donner l'exemple. Mais avec le marteau-piqueur dans sa tête, il s'était déjà trompé quatre fois. Et il préférait descendre d'un cran dans l'estime de son personnel plutôt que de continuer à perdre de l'argent bêtement à cause de ses erreurs.

Les trois menus étaient dépliés, tels de grands accordéons dissimulant les visages.

— Bonsoir. Puis-je vous proposer un apéritif, messieurs ? Notre spécialité maison, le « beach rumba », est à moitié prix, ce soir.

— Un « beach rumba » ? C'est quoi ce machin-là, nom d'une pipe ? s'exclama l'un des dîneurs d'une voix de stentor en abaissant son menu.

— Oncle Vic ? Qu'est-ce que tu fais ici, à Pensacola ?

Il pria pour que son sourire paraisse réjoui et authentique. Et qu'il ne reflète pas la voix intérieure qui hurlait en lui un « Oh, merde ! » retentissant.

61.

USAMRIID

Platt était assis derrière son bureau, son fauteuil pivotant orienté vers la fenêtre. La nuit était revenue et la pluie tombait toujours. Plaquées par le vent, les gouttes venaient strier la vitre obscure, avec un léger clapotement. Dans sa tête, il continuait de calculer les heures et les minutes. Et pas moyen de stopper la mécanique, comme un compte à rebours dont le tic-tac faisait écho à la musique saccadée de l'averse.

En examinant leurs échantillons d'Ebola, il n'avait réussi ni à prouver ni à réfuter ses théories, ses conjectures et ses suspicions. McCathy avait été le dernier à glisser sa carte de sécurité et à activer le code. Quelle quantité de virus de référence avait-il utilisée pour effectuer ses tests avec le sérum sanguin de Mme Kellerman, ainsi que celui des trois autres victimes ? Avaient-ils les moyens de mesurer si une petite quantité de virus supplémentaire avait été prélevée ? Et si oui, comment le prouver concrètement ?

L'épuisement pouvait fausser le raisonnement et jouer

de mauvais tours aux esprits même les plus lucides. Platt ne perdait pas cette réalité de vue alors que les questions s'égrenaient dans sa tête. Et si l'Ebola envoyé à Mme Kellerman venait de leurs laboratoires ? Et si Janklow était au courant ? Même au tout début, alors qu'il pensait encore à un mauvais canular, Janklow avait paru convaincu que l'alerte était sérieuse. Et comment expliquer qu'il ait voulu à tout prix lui adjoindre McCathy ? Pourquoi inclure un chercheur spécialisé dans les armes biologiques, alors que lui-même, Platt, avait une expérience suffisante dans le domaine pour s'acquitter de la mission ?

Janklow savait-il ce qu'ils trouveraient dans la maison de Mme Kellerman avant même que l'équipe n'arrive sur place ? Avait-il prévu de faire de lui son bouc émissaire, le tout avec l'aide de McCathy ?

Platt soupira. Il était fatigué. Trop fatigué pour ne pas tomber dans des scénarios paranoïaques.

Il se frotta les yeux, se renversa contre son dossier et tenta de s'éclaircir les idées.

Mais pas moyen d'écarter de ses pensées les mots de Janklow : « Et s'ils disparaissaient, tous ? »

Platt regarda l'heure à sa montre. Il était tard. Mais peut-être pas trop tard, avec un peu de chance. Il tripota un bout de papier, pliant et dépliant le feuillet qui comportait dix chiffres : le numéro de portable de Roger Bix, chef de l'équipe de surveillance épidémiologique du CDC d'Atlanta.

Ils s'étaient croisés dans des colloques, côtoyés dans des dîners officiels, et avaient fraternisé à l'occasion de quelques tournées de bar nettement plus officieuses. Heureusement, ils avaient juste échangé des histoires de guerre et n'avaient pas eu l'occasion de collaborer sur une urgence. Bix lui indiquerait si des échantillons de virus Ebola avaient — ou non — disparu dans d'autres laboratoires de recherche. Il pouvait le faire sans être obligé d'admettre ou de confesser quoi que ce soit.

Malgré l'heure tardive, Bix répondit avant la troisième sonnerie. Platt se redressa.

— Roger ? C'est Benjamin Platt.

Il voulut se lancer dans une explication, mais Bix le devança.

— Ah, c'est toi. Combien de doses de vaccin avez-vous pu mettre de côté, alors ?

— Pardon ?

— Le vaccin.

Platt était sidéré. Janklow aurait-il changé d'avis et prévenu lui-même le CDC ? Que se passait-il, nom de nom ? Bix dut prendre son silence ébahi pour une hésitation, car il insista avec un accent du Sud altéré par la panique.

— Ecoute, je comprends que cela vous place devant un dilemme... Mais comme je l'expliquais au commandant Janklow tout à l'heure, nous ne pouvons pas nous permettre d'attendre. Nous avons un cas avéré de maladie d'Ebola, ici même, à Chicago. Souche : Zaïre. Pour comble de déveine, ils ont ouvert ce pauvre gars dans l'idée de lui faire une laparotomie exploratrice. Je n'ose même pas imaginer le nombre de personnes qui ont été exposées au virus. Et je ne parle pas seulement du personnel. Nous avons des visiteurs, des patients, et même des nouveau-nés dans le service maternité.

Platt rapprocha le téléphone portable de son oreille. Son cœur battait si fort qu'il avait du mal à entendre. Il aspira une grande goulée d'air. Ecarta le téléphone de son visage. Et relâcha sa respiration prisonnière. Un autre cas. Une autre exposition au virus.

— Cela fait trois ou quatre jours que le type est hospitalisé ici. Un comptable, merde ! Qu'est-ce qui peut faire qu'un comptable qui n'a jamais mis les pieds en Afrique contracte une fièvre hémorragique foudroyante à virus Ebola ?

Bix n'attendit pas qu'il réponde à sa question. Il poursuivit sans même marquer une pause :

— C'est un putain de cauchemar et ça va aller en s'empirant. J'ai le Département de la sécurité intérieure au cul depuis tout à l'heure. Leur grande angoisse, c'est que les médias déclenchent une vaste psychose collective. Mais je vais te dire une chose, Ben. Si je n'obtiens pas rapidement les vaccins, ce n'est plus des journalistes qu'il faudra avoir peur, mais de bien pire.

— Je m'en occupe, Roger. Je te rappelle dès que le vaccin sera prêt à être expédié.

— Grouille-toi, O.K. ? Nous savons à quelle vitesse ce virus se propage.

Le déclic qui suivit résonna aux oreilles de Platt comme le bruit d'un percuteur s'abattant sur une chambre vide. Un son creux et abrupt.

Platt demeura un instant paralysé. Un autre cas. Et loin d'Elk Grove, puisque la fièvre hémorragique virale avait frappé à Chicago. Le tueur avait-il envoyé d'autres paquets avec des quantités microscopiques de tissus infectés dans des poches zippées qui ne demandaient qu'à être ouvertes ? L'affaire dépassait tout ce qu'ils avaient imaginé. Et même Janklow, tout commandant qu'il était, ne pouvait espérer « laisser s'éteindre » un hôpital au grand complet.

Une de ses récentes conversations avec le commandant lui revint soudain à la mémoire. Janklow lui avait rapporté une information que lui avait fournie McCathy au sujet du virus : qu'il ne faudrait pas grand-chose, juste une quantité microscopique « conservée, scellée et déposée — éventuellement même expédiée par la poste — pour déclencher une épidémie ». Et cette conversation avait eu lieu avant que Maggie ne lui remette l'enveloppe en papier kraft avec le sachet plastique. Avant qu'ils ne sachent comment le virus avait frappé chez les Kellerman.

Platt se figea davantage.

McCathy avait-il eu connaissance du mode d'acheminement du virus ? Ou avait-il seulement lancé une hypothèse qui se trouvait correspondre à la réalité ?

62.

Artie se demandait avec qui partager sa grande nouvelle. Quelqu'un qui saurait apprécier son exceptionnel talent de détective. Il avait résolu à lui seul une énigme sur laquelle toutes les forces de l'ordre du pays s'étaient cassé les dents. Et qui, maintenant encore, laissait bredouilles les meilleurs limiers affectés aux affaires classées. Sa découverte était spectaculaire. A marquer d'une croix blanche, comme le jour où on avait identifié l'Unabomber sous les traits du mathématicien et ex-professeur d'université, Theodore Kaczynski.

Presque comme si son vœu était exaucé, il entendit un bruit de porte. Pas un claquement. Juste un son discret. Ce n'était rien, probablement. Juste un tour que lui jouait son imagination. Personne ne descendait ici durant les week-ends. Il recommença à feuilleter son carnet, en prenant des notes dans les marges.

Un bruit de pas dans le couloir. Une certitude, cette fois.

Merde…

Il demeura pétrifié sur place, son regard affolé se posant

partout à la fois. L'interrupteur. Il devait actionner ce foutu interrupteur.

Trop tard.

Les pas se rapprochaient. S'immobilisaient devant la porte du labo. Artie se retourna. Il lui fallait une arme. N'importe quoi. Il prit le premier objet qui lui tomba sous la main. Une seringue. Il retira le bouchon en plastique qui protégeait l'aiguille juste au moment où il entendit qu'on glissait une carte clé dans la serrure de sécurité.

— Qu'est-ce que tu fous ici aujourd'hui, toi ?

Artie poussa un soupir de soulagement qui disait presque : « Quand on parle du loup… »

— Vous m'avez fait une peur bleue, se contenta-t-il d'observer.

— Tu réalises que du couloir, on peut voir la lumière sous la porte ?

Artie protesta.

— Il n'y a jamais personne. Et c'est vous qui m'avez dit de me servir du labo pendant le week-end.

— Je croyais que tu livrais hier.

Artie glissa la seringue dans sa poche et tenta de poser nonchalamment ses livres de poche sur le carnet ouvert à la page compromettante.

— C'est fait. Je suis allé dans le Connecticut pour mettre les paquets à la poste.

— Les paquets ?

Zut. Le moment était peut-être mal choisi pour parler de sa contribution.

— Le paquet, je veux dire. Je l'ai posté hier.

— Alors qu'est-ce que tu fabriques ici ce soir ?

— Je suis venu déposer quelques trucs. Vous savez, les échantillons d'ADN pour ma collection.

Le regard de son mentor glissa sur les tables et les étagères et finit par se poser sur les livres de poche. Il prit le premier, la biographie de l'Unabomber.

— Combien de fois faudra-t-il que je te répète de ne pas te promener avec ce genre de prose dans ton sac à dos ?

Il jeta le bouquin sur la pile qui glissa et s'effondra. Artie retint son souffle. Le regard de son mentor était tombé exactement là où il ne fallait pas. Il tira un des articles sur le Tylenol du tas.

— Qu'est-ce que tu fais avec ça ?

— Je me documente, c'est tout.

Mais son interlocuteur ne le crut pas. Affolé, Artie cherchait fébrilement une explication plausible. Cependant, un grand calme tomba soudain sur lui. Pourquoi lui mentir ? Ils étaient semblables. Pas seulement enseignant et élève. Mais deux esprits jumeaux.

— J'ai tout compris, annonça-t-il.

Son maître ne répondit pas. Il haussa juste un sourcil et attendit.

— Vous êtes génial, dit-il.

Et il n'avait jamais été aussi sincère de sa vie.

— Les empoisonnements au Tylenol, c'était vous. Ils se sont toujours demandé si quelqu'un avait commis les sept premiers meurtres au hasard, juste pour couvrir celui qui avait un vrai mobile.

Toujours pas de réaction. Artie considéra que c'était bon signe.

— Le trait de génie, c'était de placer les sept flacons dans la région de Chicago. Du coup, tout le monde a cru que votre véritable cible, à Terre Haute, était en quelque sorte un bonus accidentel.

Ses brillantes déductions ne lui valurent même pas un sourire. Cela dit, son mentor n'avait jamais été du genre souriant. Et le côté positif, c'est qu'il n'avait plus l'air en colère. Il se passait distraitement la main sur la mâchoire, mais il écoutait avec attention.

— Aujourd'hui, vous employez exactement la même stratégie : envoyer une série de paquets à des destinataires choisis de façon plus ou moins aléatoire, comme si vous étiez juste une sorte de terroriste local. Mais tout le long, vous avez une cible bien précise en tête. Je me trompe ?

Il baissa les yeux sur son carnet, ouvert à la page où était consignée la liste des victimes.

— Qui est-ce, alors ? Qui est la cible véritable ?

— Tu te crois très malin. Mais toutes sont des cibles véritables. Je règle leur sort à tous les enfants de putain qui m'ont baisé au fil des années.

Il fit alors quelque chose qu'Artie aurait dû identifier immédiatement comme une ruse. Il sourit.

— Comment as-tu compris, pour le Tylenol ? Je veux dire, pour l'Indiana ? C'est quelque chose que tu as noté là-dedans ?

Il désigna la pile du menton. Artie sourit à son tour. Il se pencha pour chercher dans ses notes. Et ne vit même pas arriver le microscope qui descendait s'écraser sur sa tête.

Par-dessus le singe mort, il y avait juste la place nécessaire pour lui. Il était inconscient lorsque le couvercle du congélateur se referma avec un claquement sec et que le cadenas cliqueta en se remettant en place.

63.

La Taule

Maggie rêva de chair brûlée enroulée dans du plastique. Même l'odeur lui avait envahi les narines. Son point de vue était celui d'une enfant, les yeux à hauteur de la poitrine des adultes entre lesquels elle se faufilait, poussant et écartant ceux qui se trouvaient sur son passage. Elle sentit la friction du lin et des boutons en métal lorsqu'elle se glissa entre deux hommes en costume bleu marine chaussés de cuir noir luisant.

Elle atteignit sa destination. Un cercueil sur le devant de la pièce. La bière en acajou étincelant était placée très haut, au-dessus de sa tête, sur un reposoir doré. Le parfum des fleurs disposées tout autour ne parvenait pas à masquer l'odeur des cendres. Des cendres et de la chair carbonisée.

— Tu es né poussière et tu redeviendras poussière… Les cendres retournent aux cendres…

Maggie entendait la voix psalmodier mais ne discernait personne. Ce qu'elle verrait lorsqu'elle se pencherait par-dessus le bord lisse du cercueil, entre les parois de satin luisant, elle le savait déjà. Le rêve était familier. Une répétition d'un événement réel. Elle avait douze ans de nouveau et revivait, étape après étape, l'enterrement de son père.

A présent, son esprit acceptait les images et les laissait se dérouler sans tenter de s'y soustraire, s'attardant même sur les détails. Elle verrait son père vêtu d'un costume marron, ses mains entourées de bandelettes comme celles des momies et ramenées contre ses flancs. Elle entendrait le bruit du plastique sous ses vêtements. Elle examinerait la peau brûlée de son visage, noire et cloquée, malgré les patients efforts de l'entrepreneur de pompes funèbres pour lui redonner figure humaine. L'odeur était si âcre et si réelle qu'elle se réveillait chaque fois le cœur au bord des lèvres, parfois même secouée de haut-le-cœur, pliée en deux et les mains crispées sur son ventre. Mais il lui était impossible d'interrompre le déroulement du rêve, même si elle avait tout essayé pour échapper au cauchemar, allant jusqu'à se pincer dans son sommeil sans ressentir la douleur, consciente qu'une fois le film lancé, elle devait laisser la bobine se dérouler jusqu'au bout.

Elle grimpa sur le reposoir, ses genoux de douze ans s'écorchant sur le bois poli, ses doigts moites accrochés au cercueil. Se hissant en position debout, elle se pencha pour regarder. Mais ce n'était pas son père, cette fois, qui était allongé sur le lit de satin. Cunningham reposait, les yeux clos, les mains repliées sur la poitrine. Il avait l'air si calme. Si apaisé.

Puis il y eut une amorce de mouvement.

Au début, ce fut juste un infime déplacement du tissu, comme un gondolement léger sous un bouton. Puis sous un autre. Et un autre encore. Jusqu'au moment où son corps entier parut entrer en ébullition, avec des asticots émergeant des coutures, glissant hors des manches, rampant sur les mains et sur le visage.

S'échappant même de sa bouche.

Maggie se réveilla d'un bond. Elle chassa les vers imaginaires sur ses bras. Se frappa le visage en aveugle. Se passa frénétiquement les doigts dans les cheveux. Sautant hors du lit, elle rejeta draps et couvertures. Elle haletait, cherchait de l'air en vain. Sa poitrine se soulevait et retombait par saccades, son cœur battait furieusement. Au bord de l'hyperventilation, elle tenta de se calmer, serrant ses bras repliés contre ses flancs. Sa peau était trempée de sueur. Elle déglutit, perçut le goût du sang et remarqua qu'elle s'était coupé la lèvre en la mordant.

« Un rêve, se répétait-elle. Juste un rêve stupide. »

Mais elle ne s'élança pas moins en chancelant vers la paroi vitrée de sa prison. Les moniteurs, de l'autre côté, clignotaient rouge et vert. Des lignes silencieuses dansaient sur les écrans. Mais il n'y avait personne dans la chambre d'observation. Elle prit le combiné du téléphone, écouta la tonalité, le regarda fixement. Il n'y avait pas de chiffres. Pas de clavier. Normal. C'était juste un Interphone entre deux pièces. Elle frappa la vitre du plat de la main, résistant à la tentation de serrer les poings et de tambouriner de toutes ses forces.

Maggie se tourna alors vers l'autre téléphone. Qui pouvait-elle appeler ? Elle demeura paralysée, avec le froid de la cloison de verre s'insinuant dans son dos.

Il n'y avait personne.

« C'est mon choix », se rappela-t-elle.

Non… Plus vraiment. Quelque part en chemin, sa solitude avait cessé d'être délibérée. Maggie se dirigea vers la petite salle de bains et retira la chemise mouillée pour en enfiler une propre, sur la pile. Son regard tomba sur son reflet dans le miroir. Elle avait les cheveux en bataille. Sa peau était pâle et moite. Ses yeux cernés. Une tête à faire peur. Elle se passa les doigts dans les cheveux. S'éclaboussa la figure avec l'eau fraîche qu'elle recueillit dans ses mains en coupe. Encore et encore. Dans l'espoir patient que l'eau ramènerait la vie en elle.

Lorsqu'elle retourna dans la chambre, il était de l'autre côté de la vitre et la cherchait des yeux. Elle lut une profonde préoccupation dans son regard brun intense. Presque comme s'il savait.

Ses yeux restèrent rivés aux siens pendant qu'elle se mouvait dans sa direction. Elle prit le combiné.

— Comment vous sentez-vous ?

— Bien, mentit-elle.

— Je ne crois pas, non.

Il tapota sa propre lèvre pour lui rappeler la sienne en sang. Puis il désigna les couvertures entortillées, gisant à moitié par terre. Elle s'essuya la bouche.

— J'ai fait un cauchemar.

— De la fièvre ?

— Je ne pense pas.

Il l'examina quelques instants en silence — médecin condamné à ausculter avec son seul regard.

— Il faut que je voie le directeur assistant Cunningham. Juste le voir, précisa-t-elle avant qu'il ait le temps de protester. Il n'a même pas besoin de savoir que je suis là.

— D'accord.

Son assentiment la surprit. Elle s'était préparée à plaider longuement sa cause.

— Vous pouvez le voir. Puis je vous reconduis chez vous.

Elle crut d'abord l'avoir mal compris.

— Pardon ?

— Je vous donne votre autorisation de sortie.

Maggie ferma les yeux. Se laissant aller contre la cloison de verre, elle espéra qu'il ne s'agissait pas d'un nouvel épisode de son rêve cruel.

La voix de Platt résonna à son oreille.

— Il s'agit toutefois d'une libération conditionnelle.

Elle ouvrit les yeux mais resta en appui contre la cloison. C'était un peu comme si elle reposait contre lui tant ils étaient proches, malgré la séparation de verre.

— Nous continuerons à vous vacciner tous les jours. Dès le premier symptôme, même s'il est d'allure bénigne, je veux vous voir de retour ici. Je vous demanderai également d'être prudente. Pas d'échanges de liquides corporels.

Il marqua une pause. Levant les yeux, Maggie vit qu'il souriait.

— Hé oui… Pas même un baiser.

— Vous limitez sérieusement mon champ d'action.

— Je n'en doute pas.

— Pourquoi ? demanda-t-elle. Pourquoi maintenant ?

— Parce que cela fait plus de quarante-huit heures, que le virus n'apparaît toujours pas dans votre sang et qu'aucun symptôme ne se déclare.

Il se tut une fraction de seconde, comme s'il hésitait à lui en confier davantage. Puis il se rapprocha de la cloison.

— Et parce que je pense que vous serez plus en sécurité hors d'ici.

64.

Reston, Virginie

Tully trouva Emma assise en tailleur devant la télévision avec le reste de pizza de la veille. Il ouvrit la bouche pour la questionner mais elle le devança.

— Sur le bar. Il ne reste qu'une part de la suprême, mais il y a encore pas mal de la quatre-saisons.

Sa fille le connaissait trop bien. Il prit une assiette en carton, se servit en pizza, versa de l'huile pimentée, puis se laissa tomber à côté d'elle.

— Il est affreusement tard, choupette.

— Je n'ai pas cours demain. C'est les vacances.

— C'est vrai. J'avais oublié.

— Et toi ? Tu étais avec Gwen ?

— Non. Au travail.

Il avait passé la soirée entière à Quantico, à explorer des bases de données pour tenter de trouver un rapport entre Cunningham et le tueur au virus Ebola.

— Qu'est-ce qu'on regarde, alors ?

— Rien. J'ai juste mis la télé pour meubler.

Ils restèrent quelque temps sans rien dire, à suivre d'un regard distrait ce qui se passait à l'écran.

— Finalement, elle est assez sympa, observa Emma.

Tully crut qu'elle parlait de l'actrice interviewée dans le show.

— Et elle s'habille bien plus classe que maman.

Il était exténué. Il lui fallut un moment pour comprendre que ce « elle » se référait à Gwen.

— Parfois, je me dis que maman ne s'assume pas trop en quadra, et qu'elle se voit encore comme si elle avait vingt-cinq ans.

Tully évita prudemment d'abonder dans son sens.

— Je suis content que tu trouves Gwen assez sympa.

— Maman et toi, vous êtes restés ensemble longtemps, non ?

Encore des questions. Peut-être était-ce le mariage de Caroline qui suscitait toutes ces interrogations. On disait que tous les enfants gardaient au fond d'eux-mêmes un fantasme de réconciliation entre leurs parents séparés.

— On est sortis ensemble quelques années avant de se marier.

Il ne précisa pas qu'il avait refusé d'épouser Caroline avant d'avoir la certitude que c'était bien lui qu'elle voulait, et non l'un ou l'autre de ses camarades. Même aujourd'hui, il lui était pénible de se souvenir de la lutte émotionnelle qui avait marqué cette période. Un jour le pion. Le lendemain le cavalier. Caroline avait cet effet-là sur les hommes : une capacité étonnante à vous faire osciller en permanence entre le sentiment de n'être rien et celui d'être tout pour elle. Tout en vous amenant à vous défoncer en permanence pour reconquérir la première place dans son affection.

— Vous aviez une relation à distance, maman et toi. Tu te formais pour devenir agent spécial à Quantico, et elle étudiait aux Beaux-Arts à Chicago.

— Oui, voilà.

— Et comment vous avez atterri à Cleveland, au fait ?

— C'est la ville où j'ai grandi. Tu le sais bien. Je peux prendre une gorgée de ton Coca ?

Emma le lui tendit sans même un soupir ou une grimace contrariée. Elle était complètement focalisée sur son sujet.

— Et l'Indiana, là-dedans, alors ?

— L'Indiana ?

— Ben oui. Tes copains ne t'avaient pas surnommé Indy, quand tu étais en formation ?

Un autre rappel dont il se serait bien passé. Même après tant d'années.

— Non, Indy, c'était un de mes coturnes à Quantico. En fait, ta mère sortait avec lui, au départ. C'est comme ça que j'ai connu Caroline.

Emma paraissait interdite.

— Mais c'est quoi, ton surnom, alors ?

Avant qu'il puisse le lui donner, elle répondit pour lui.

— Ça y est, j'y suis… Tu étais J.B. ! A l'époque, tu

t'appelais Reggie, mais on t'avait baptisé J.B.. Comme Jelly Beans.

Tully fit la grimace.

— Je détestais ce « Reggie » dont on m'avait affublé. Mon nouveau surnom de J.B. m'a donné l'idée d'utiliser mes vraies initiales.

— Tes vraies initiales ?

— Reginald James.

— C'est pas mal, Reginald James.

Un silence tomba. Lorsqu'il tourna la tête vers sa fille, elle avait le front creusé d'un pli pensif et l'ongle du pouce glissé entre les dents. Il y avait des années qu'elle avait cessé de se mordiller le bout des doigts. Mais il lui arrivait, dans un réflexe nerveux, de retrouver le geste.

— C'est maman qui t'a parlé d'Indy ?

Emma secoua la tête.

— J'ai trouvé un paquet de lettres qu'elle avait fourré dans le vieux bureau de la chambre d'amis. Je pensais que c'était toi qui les avais écrites.

— Je suis sidéré qu'elle ait gardé cette correspondance toutes ces années.

Même si, dans un sens, il n'était pas si surpris que cela. Quelques années plus tôt, il aurait été blessé d'apprendre que Caroline avait conservé les lettres d'Indy. Aujourd'hui, la découverte ne le faisait plus souffrir. Il ressentait un léger tiraillement côté cœur. Mais sans plus.

— Je suis désolée, papa.

La voix d'Emma tremblait un peu. Mais pas comme

lorsqu'elle redoutait des reproches de sa part. Elle semblait s'en vouloir de sa confusion.

— Je pensais vraiment qu'elles étaient de toi, ces lettres.

— Ça ne fait rien, choupette. C'est du passé, tout ça.

— Pas vraiment, en fait.

— Comment cela ?

— La plupart des lettres remontent à 1982. Mais il y en a trois autres. Et la plus récente est de juillet.

— Cette année ?

— Oui, cet été. Pour la féliciter de son second mariage. Mais il n'avait pas l'air très content pour elle.

— Pourquoi tu dis ça ?

— Parce qu'il lui écrit un truc du genre : « Je te félicite d'avoir fait le mauvais choix… une fois de plus. » C'est un peu mufle, non ?

Elle roula les yeux avant de conclure :

— J'aurais dû me douter que ce n'était pas toi. Tu n'aurais jamais fait une réflexion aussi mesquine.

65.

USAMRIID

Elle aurait dû se préparer mentalement à ce qui l'attendait.

— Il est sous traitement, lui avait annoncé Platt alors qu'il la guidait le long d'un couloir en parpaings.

Maggie avait enfilé ses vêtements de ville. C'était étonnant comme un acte aussi anodin pouvait apporter de réconfort. Elle avait dû abandonner la veste violette à fleurs, en revanche. On l'avait gardée à cause du vomi de Mary Louise. Juste pour un pointillé de taches minuscules sur sa manche. Le « détail » qui avait séparé son destin de celui de Cunningham.

La vie était parfois bien étrange. En tant qu'agent spécial du FBI, elle avait été aux prises avec les pires tueurs. Elle avait reçu des balles et des coups de couteau, et on l'avait laissée pour morte dans un congélateur. Mais elle n'aurait jamais imaginé que le vomi d'une petite fille pouvait se muer en arme létale.

— Où en est Mary Louise? demanda-t-elle à Platt

alors qu'ils poursuivaient leur chemin dans le dédale des corridors.

Elle ne s'attendait pas à ce qu'il lui fournisse des détails. Il lui avait déjà clairement laissé entendre qu'il refusait de parler de l'état de santé des trois autres victimes.

— Etonnamment, elle est en grande forme. Jusqu'à présent, en tout cas, précisa-t-il en tournant les yeux vers elle.

Ils atteignirent l'extrémité d'un couloir, et il composa un code, puis glissa une carte clé dans la fente d'introduction. Maggie le regarda procéder en silence. Cette fois, le sifflement de la porte étanche à l'air ne lui procura pas de nœud à l'estomac. Platt s'immobilisa, la main sur la poignée. Et elle vit l'appréhension dans son regard.

— Il n'est plus tel que vous l'avez connu, je vous préviens.

Maggie se dit que Platt était colonel de l'armée. Et que c'était son boulot de dramatiser. De présenter les situations sous leur aspect le plus sombre. Surtout dans les affaires de vie ou de mort.

Elle le suivit dans la chambre d'observation et remarqua immédiatement que tous les équipements bourdonnaient, clignotaient et bipaient à un rythme régulier. Elle resta à distance de la cloison vitrée et s'efforça de ne pas attirer l'attention des deux hommes en combinaison qui s'activaient autour du lit d'hôpital. Ils suspendaient des poches à transfusion — des poches doubles, l'une contenant un liquide transparent, l'autre pleine de ce qui devait être du sang ou du plasma. Maggie n'aurait su le dire avec certitude. Mais la profusion de tubes augurait de quelque chose de sérieux. Et puis, il y avait l'équipement. De l'endroit où elle se trouvait, Maggie ne pouvait entendre les sifflements ni les signaux sonores. Mais elle vit l'un des hommes en bleu actionner des boutons sur des machines et des moniteurs, qui correspondaient avec d'autres écrans présents dans la pièce plongée dans le noir où elle se tenait avec Platt.

Au début, elle concentra son attention sur le ballet des « cosmonautes », sur la précision, la concision de leurs gestes. Ils travaillaient ensemble sans heurt, sans paraître gênés par leur combinaison, presque comme des acteurs d'un film au ralenti. Maggie avait l'impression de regarder — avec le son coupé — un documentaire spatial de la chaîne Discovery.

Puis l'un des soignants s'écarta pour aller de l'autre côté de la pièce et elle vit l'homme couché dans le lit.

Elle ne le reconnut pas tout de suite. Ses cheveux poivre et sel étaient plaqués sur son crâne et son visage était d'une blancheur de craie. Il avait les yeux clos. Des tubes lui passaient dans le nez et dans le bras, reliés à l'équipement à côté du lit. Qu'était devenue sa haute silhouette athlétique ? Il paraissait plus petit que dans son souvenir. Et tellement vulnérable… Maggie le regarda fixement, cherchant à faire le lien entre l'homme couché dans ce lit et son patron énergique.

— Mary Louise ne présente encore aucun des symptômes caractéristiques.

La voix de Platt la fit tressaillir. Elle avait oublié sa présence à son côté.

— Il se peut que le virus reste inactif chez elle. C'est difficile à comprendre, parfois presque impossible à expliquer. L'Ebola est un parasite qui circule d'hôte en hôte. Alors qu'il détruit presque toujours les organismes qui l'abritent, il arrive qu'il en traverse certains sans commettre de ravages. Il se peut qu'elle ne tombe pas malade. Tout comme vous.

Ils restèrent là, en silence, pendant ce qui parut être une éternité. Maggie aurait juré qu'elle entendait le fracas de sa propre respiration, comme un vent vibrant dans un tunnel, expulsé par à-coups sous forme de halètements saccadés. Mais ce son affreux ne devait exister que dans son imagination. Ou était-ce le bruit des machines qu'elle confondait avec son propre souffle ?

— Mais Cunningham n'a pas cette chance ? chuchota-t-elle d'une voix qu'elle ne reconnut pas elle-même. Le virus se réplique en lui et il présente déjà les symptômes ?

— Oui.

— Vous l'avez identifié formellement ? Ebola apparaît dans son sang ?

Platt hésita, laissant passer un temps suffisamment long pour qu'elle tourne la tête dans sa direction. Cette fois, son regard ne se déroba pas, et elle lut la réponse dans ses yeux avant qu'il ne la prononce.

— Oui. Il a été détecté dans son sang.

66.

Lundi 1er octobre 2007

Platt reconduisit lui-même Maggie chez elle aux petites heures du matin. Ayant quitté l'USAMRIID sous le couvert des ténèbres, il avait l'impression de diriger une opération clandestine. Et il en rajoutait sans doute dans le côté dramatique. Mais il avait constamment l'œil sur le rétroviseur, et son cœur cognait en surrégime lorsque des phares derrière eux tournaient une fois de trop dans la même direction que la leur. Ses coups de stress répétés se révélaient chaque fois sans fondement. La voiture derrière eux finissait par les dépasser ou par tourner dans une autre direction.

Il devenait franchement paranoïaque.

Avant de quitter le centre, il avait fait partir un lot de vaccins transporté par avion militaire et livré directement à Bix, à Chicago. Le CDC lui en avait fait la demande officielle par fax. En tant que responsable de mission, Platt avait l'autorité requise pour agir. Dans l'intervalle, il avait découvert que Janklow avait déjà signé l'autorisation de sortie pour un nombre de doses de vaccin nettement inférieur. Et avec ordre de le remettre uniquement au directeur du Département de la sécurité intérieure. Et pas au CDC. Simple réflexe bureaucratique ? Rancune personnelle ? Platt ne tenait pas à le savoir. Il avait surtout l'impression que Janklow tentait de rester politiquement correct malgré l'urgence que représentait une épidémie potentielle.

Platt avait bien noté que dans les ordres rédigés par Janklow pour remettre le vaccin au Département de sécurité intérieure ne figurait aucune mention des quatre victimes d'Ebola hospitalisées à l'USAMRIID. Ç'eût été l'occasion ou jamais de révéler leur existence, à présent que le Département de sécurité intérieure et le CDC étaient également confrontés à un cas. Mais Janklow continuait de protéger ses plates-bandes. Quant à McCathy, Platt n'aurait su dire s'il était impliqué ni comment. Mais il confronterait les deux hommes à ces questions plus tard. Sa priorité, pour l'instant, était d'assurer la sécurité des quatre victimes civiles dont il avait la charge.

Il lui était impossible, pour des raisons éthiques évidentes, de laisser partir le directeur assistant Cunningham. Et encore moins Mme Kellerman ou Mary Louise. Leur état nécessitait des soins médicaux très pointus et l'USAMRIID était équipé pour les leur prodiguer. L'agent O'Dell, en revanche, n'avait besoin que du vaccin. Si elle se trouvait être la seule survivante du quatuor, que déciderait Janklow à son sujet ? Platt préférait trancher lui-même sur son sort plutôt que de laisser ce soin au commandant.

Il jeta un coup d'œil sur le profil de Maggie, dessiné en ombre chinoise par les lumières vertes du tableau de bord. Elle était différente, assise là à côté de lui, sans la barrière de verre entre eux. Depuis qu'elle avait vu Cunningham, elle s'était refermée sur elle-même. Mais malgré le choc subi, elle paraissait beaucoup moins vulnérable dans ses vêtements ordinaires. En remplacement temporaire de la veste qu'elle avait perdue, il lui avait proposé son propre sweat-shirt pour la protéger de la fraîcheur de la nuit. Elle avait hésité dans un premier temps, accordant à son geste une importance qu'il n'avait pas. A croire que Maggie O'Dell n'était pas habituée à ce qu'on se soucie d'elle.

— Ça ne nous engage pas forcément pour la vie, vous et moi, avait-il plaisanté, convaincu qu'elle riposterait par une de ses reparties fulgurantes.

Mais elle s'était contentée de murmurer « merci » et avait enfilé le sweat-shirt sans rien dire.

Une fois en route et à distance de l'USAMRIID, cependant, ce fut elle qui prit la parole.

— Votre souci, c'est que le virus envoyé par ce type pourrait provenir de vos propres labos, c'est ça ?

Il la regarda, se demandant pourquoi il était étonné qu'elle se montre aussi percutante. Depuis le début, elle l'avait toujours été.

— Disons que l'idée m'a traversé l'esprit, admit-il.

Platt hésita, ne sachant dans quelle mesure il était autorisé à lui exposer ses soupçons. Il était peut-être déjà à deux doigts de la cour martiale, malgré ses efforts pour agir en conformité avec son éthique d'homme, de soldat et de médecin.

Maggie regardait droit devant elle.

— L'homme que nous cherchons est blessé dans son ego. Il se peut qu'il ait travaillé sur une affaire de portée nationale et que sa contribution n'ait pas été reconnue. C'est quelqu'un qui croit en la valeur exemplaire du châtiment et qui est soucieux de ce qu'il appelle la « justice », même si sa conception en est pervertie. Cela vous rappelle quelqu'un ?

— L'USAMRIID est bourré de personnalités avec un ego surdimensionné qui participent à des opérations de grande portée, rétorqua-t-il.

Mais le nom de McCathy s'était imposé immédiatement à son esprit. Maggie n'insista pas, et demanda :

— Le cas à Chicago, ils savent comment ça a commencé ?

— Un comptable du nom de Markus Schroder était hospitalisé pour examens. Les médecins ne comprenaient rien à ses symptômes. En désespoir de cause, ils ont tenté la chirurgie exploratoire. Vous imaginez le désastre.

— Sait-on s'il a reçu un paquet par la poste ?

— J'ai posé la question à Bix, un des responsables du CDC d'Atlanta. Il m'a promis qu'il se renseignerait.

— Markus Schroder, répéta-t-elle lentement, le regard rivé sur la campagne obscure.

— Vous pensez que le nom a une signification particulière ? Comme pour les Kellerman ?

— Peut-être. La localisation, en tout cas, ne peut pas

être innocente. C'est à Chicago qu'ont eu lieu les meurtres au Tylenol. Il y a forcément un rapport. Je peux au moins vous dire ceci : si Markus Schroder a reçu un paquet similaire, il ne s'agit pas d'une victime choisie au hasard. Il y a une intention précise derrière.

— Vous cherchez toujours une logique ? Même derrière la folie ?

Il sentit qu'elle le regardait, à présent, scrutant ses traits dans le noir pour voir s'il lui posait la question sérieusement. Il garda les yeux fixés sur la route.

— Il serait commode de croire que les gens qui commettent ce type de crime agissent sous l'empire de la démence. Qu'il y a juste un défaut d'aiguillage au niveau de tels et tels neurones.

— S'ils ne sont pas cinglés, que sont-ils ?

Elle hésita à peine avant de répondre calmement.

— Ils sont habités par le mal.

67.

Hôpital Saint-Francis
Chicago

Claire Antonelli n'avait trouvé aucun argument à opposer à Roger Bix : son fils — son propre fils — devait être inclus dans la quarantaine. Elle ne parvenait pas à croire que l'enfant qu'elle avait mis au monde ait été exposé à un virus mortel à cause d'elle. Pour l'instant, ils ne présentaient de symptômes ni l'un ni l'autre. Et elle voulait se persuader que tout irait bien, même si elle se sentait terrifiée. Son fils, lui, feignait de considérer cet épisode comme une aventure originale.

— On vient juste de lire des trucs sur les épidémies d'Ebola en géographie. Je pense qu'après mon séjour ici, mes notes vont monter en flèche, avait-il plaisanté.

Avoir son fils auprès d'elle au milieu du chaos était terrifiant, absurde et réconfortant à la fois. Les infirmières du service de chirurgie lui avaient préparé une chambre. Elle allait le voir pour s'assurer qu'il était bien installé lorsque Roger Bix la détourna une fois de plus de son but. Il avait pris l'habitude de la traiter comme ce qu'il appelait son « intermédiaire ». A plusieurs reprises, Miles et lui s'étaient heurtés sur des questions de politique ou de procédure. Alors qu'elle était trop épuisée pour s'opposer encore à qui que ce soit. Ce matin, les médias étaient arrivés en force à l'hôpital. WGN TV et Channel 9 avaient leurs caméras plantées devant l'entrée. Si Bix cherchait un porte-parole pour s'adresser aux journalistes, il faudrait qu'il frappe à une autre porte.

Comme elle n'avait ni ralenti ni tourné la tête à son approche, Bix lui emboîta le pas.

— Nous avons les vaccins, au fait.

Pour le coup, elle s'immobilisa net.

— Ça a été rapide.

— Livraison aérienne spéciale.

— Combien ?

— Suffisamment pour démarrer. Et pour rassurer l'opinion, surtout. Nous devons orienter nos communications là-dessus.

Pas assez de vaccins, autrement dit. L'idée de faire naître de faux espoirs tomba comme du plomb sur l'estomac de Claire.

Il dut s'apercevoir de son scepticisme car il tenta de balayer ses craintes.

— Vous verrez, il y en aura suffisamment. Demain, nous recevrons les premiers résultats d'analyses. Toutes les personnes ayant été en contact avec Schroder ne sont pas nécessairement infectées pour autant. Les premiers vaccins seront juste administrés par mesure de précaution.

Claire chercha le regard de Bix. Mais ses yeux évitaient les siens.

— Ah oui, autre chose : j'aimerais que vous demandiez à Mme Schroder si Markus a reçu un paquet inhabituel dans la semaine qui a précédé ses premiers symptômes.

— Un paquet ? Quel genre de paquet ?

— N'importe quoi avec un sachet zippé à l'intérieur.

Claire lui jeta un regard étonné, mais c'était manifestement tout ce que Roger Bix était décidé à lui révéler. Changeant de sujet, il se lançait déjà dans un topo stratégique sur les modalités de vaccination, lorsque Amanda Corey, l'infirmière de service, se hâta à leur rencontre dans le couloir. Elle avait les joues en feu et paraissait hors d'haleine.

— Désolée de vous interrompre, mais j'ai pensé que vous voudriez être informés le plus rapidement possible. Markus Schroder est mort.

68.

Quantico

Le bureau de Tully était entièrement recouvert de dossiers ouverts. Il avait passé toute la journée de la veille à chercher un détail, n'importe quoi, pouvant lier Cunningham au tueur à l'Ebola. Leur patron avait été partie prenante dans toutes les grosses affaires d'assassinat et de terrorisme qui avaient mobilisé le pays : l'Unabomber, les Beltway Snipers, Eric Rudolph, Timothy McVeigh, le tueur à l'anthrax. La liste était interminable. Et comme Tully n'avait aucune piste, aucune orientation de recherche, il compulsait systématiquement les originaux des dossiers, s'efforçant de repérer des noms récurrents, portant un intérêt tout particulier à tout ce qui pouvait toucher l'USAMRIID.

Il s'attaquait à une nouvelle boîte d'archives lorsque la grande carcasse maigre de Ganza apparut dans l'encadrement de la porte.

— Tu es au courant, pour Chicago ?

— Les Sox ou les Bears ? demanda machinalement

Tully, juste avant de noter l'expression affolée dans le regard de Ganza.

— Un cas d'Ebola dans un hôpital de banlieue a été signalé au CDC.

— Tu plaisantes ?

— J'aimerais bien…

Ganza lui apprit le peu qu'il savait. Puis il désigna le bureau en désordre.

— Qu'est-ce que tu fais ?

— J'essaie de trouver un rapport avec Cunningham. Mais je tourne en rond.

— Tu as eu des nouvelles de lui ?

Tully secoua la tête.

— Pas depuis samedi. Il m'a donné un numéro de téléphone, mais la ligne ne répond pas.

Ils échangèrent un regard, puis contemplèrent leurs pieds en silence. Au bout d'un moment, Ganza marmonna quelque chose au sujet d'un collègue du CDC qu'il voulait appeler.

— Je te tiens au courant si j'apprends quelque chose.

Ganza disparut sur ces mots, le laissant à son capharnaüm.

Il avait du mal à admettre que Cunningham ait été atteint par le virus létal. Tully avait déjà vu des collègues perdre la vie dans l'exercice de leurs fonctions. C'était un risque avec lequel tout agent devait apprendre à composer. Mais pour Cunningham, c'était différent. Il faisait partie de ces gens qu'on ne pouvait guère imaginer qu'invincibles. Il était leur chef ; il les avait toujours tenus debout.

Et il y avait quelque chose de révoltant dans le fait qu'il tombe, frappé par l'arme invisible d'un tueur invisible. Aucun entraînement, même le plus sophistiqué, ne vous préparait à lutter contre un ennemi tel que celui-là.

Les pensées de Tully dérivèrent sur ses propres années d'entraînement. Emma avait ravivé beaucoup de souvenirs avec ses questions. Au temps où Razzy, Indy et lui étudiaient ensemble à l'Académie de Quantico, ils croyaient qu'ils allaient changer le monde et éradiquer le mal. Tous trois avaient été animés par le même idéal. C'était l'euphorie des années quatre-vingt. Le bloc de l'Est s'effondrait en même temps que le mur de Berlin, sonnant la fin de la guerre froide. Avec Reagan, la fierté semblait de nouveau permise. A l'époque, ils étaient jeunes, forts, idéalistes et très différents les uns des autres. Un but commun les avait unis. Mais il avait suffi d'une fille un peu fofolle, un peu séductrice et idéalement belle pour les séparer à tout jamais.

Le regard de Tully se posa sur la photo encadrée d'Emma posée sur un coin de son bureau. C'était à peine s'il voyait son visage derrière les piles de dossiers. Il songea aux enquêtes auxquelles il avait collaboré pendant les vingt-cinq dernières années. Lui aussi avait aligné quelques affaires majeures dans son CV : l'Unabomber, Jeffery Dahmer, Albert Stucky, Timothy McVeigh, les attentats du 11 septembre. Mais au bout du compte, il pouvait affirmer sans hésiter que c'était Emma qui rendait sa vie digne d'être vécue. Emma, et peut-être aussi, à présent, Gwen Patterson.

Il pensait à Gwen lorsque le téléphone sonna sur son bureau. Il décrocha.

— R.J. Tully.

— Tu te fiches de moi ou quoi ? C'est quoi cette idée ridicule de m'envoyer de l'argent liquide ? Et dans une poche en plastique, merde !

C'était son ex-femme. La fille qui avait été un peu fofolle, un peu séductrice et idéalement belle fulminait de rage.

69.

North Platte, Nebraska

Patsy Kowak n'en croyait pas ses yeux. Elle tripota l'enveloppe posée à son intention sur la table et dont le contenu dépassait à moitié : deux billets d'avion en première classe pour Cleveland. Elle les avait trouvés en s'asseyant dans la cuisine avec son café du matin.

— Je nous ai réservé une chambre à l'hôtel Hyatt Regency, annonça la voix de Ward juste derrière elle. C'est bien là que tu voulais aller ?

— C'est ce que j'ai dit, oui. Je ne pensais pas que tu avais entendu.

— Je t'écoute, contrairement à ce que tu crois.

Ward se servit un café et s'installa en face d'elle. Alors qu'il ne prenait jamais le temps de s'asseoir, d'habitude. Il préférait partir tôt en emportant une Thermos.

Patsy tapota les billets sur la table comme si elle avait du mal à se persuader de leur réalité.

— Ils sont pour mercredi.

— C'est vrai. Mais nous avons une escale à Atlanta, et

il nous faudra la journée pour arriver à destination. J'ai pensé que ce serait bien d'avoir le jeudi là-bas tranquilles. Pour une fois qu'on a l'occasion de se détendre un peu, tous les deux.

Elle haussa un sourcil.

— Tu es certain de savoir t'y prendre ?

— Savoir m'y prendre pour quoi ? Pour me relaxer ? Ça ne doit pas être si compliqué que ça. Lee et Betty ont promis de nous remplacer quelques jours.

— Et qu'est-ce qui t'a pris d'acheter des billets de première classe ? La dernière fois que nous en avons parlé, tu ne voulais même pas assister au mariage.

— Mais j'ai compris que pour toi, c'était important.

— Et pas pour toi, donc ?

Ward vit que sa réponse l'avait déçue. Au bout de trente-deux ans de mariage, il n'avait pas besoin de mode d'emploi pour déchiffrer ses réactions. Evitant son regard, il se concentra sur le contenu de sa tasse, comme pour y puiser son inspiration.

— Même si je ne suis pas d'accord avec les choix de Conrad, il n'en reste pas moins mon fils.

Elle posa sa main sur celle de Ward, qui reposait sur la table. Toujours mal à l'aise avec les témoignages d'affection, il s'arrangea pour changer de sujet.

— Va t'offrir une manucure, dit-il en lui prenant la main comme pour l'examiner. Tu travailles dur toute la journée. Fais-toi un petit plaisir.

Ses mains étaient une source d'embarras pour elle. La peau était rouge et sèche, avec des cuticules fendues et entaillées. Oui, elle prendrait rendez-vous pour une séance de soins.

Elle avait su depuis le début que Ward finirait par revenir sur ses positions. Il avait toujours été un bon mari et un bon père. Patsy était tellement contente qu'elle en avait presque oublié qu'elle était sortie de son lit avec le dos douloureux et un gros mal de tête. Il lui suffit de se lever pour s'en souvenir. Des milliers de petits marteaux lui martelaient le front de l'intérieur. Elle porta la main à son visage. Et un début de fièvre, avec ça… Ce n'était pourtant pas le moment de se retrouver alitée avec la grippe. Plus que deux jours avant le départ pour le mariage de son fils. Il était hors de question de tomber malade.

Elle jeta un coup d'œil à la pendule murale, prit le téléphone et composa le numéro de mémoire.

— Ici l'assistante de Conrad Kovac.

La voix féminine était si sèche et cassante qu'elle aurait découragé n'importe qui d'appeler. Patsy se demanda si elle devait en toucher un mot à son fils.

— Conrad est-il arrivé, s'il vous plaît ?

— M. Kovac sera en réunion toute la matinée.

— C'est sa mère.

Patsy attendit. Avec la précédente secrétaire de Conrad, cela faisait une différence. Lorsque son fils n'était pas réellement en réunion, elle le lui passait. Mais avec la nouvelle, rien à faire, de toute évidence.

Après un temps de silence, la fille lui proposa du bout des lèvres de laisser un message.

— Oui, je veux bien.

Patsy ouvrait la bouche pour demander que Conrad la rappelle mais il y eu un déclic, un bourdonnement sur la ligne, et une voix enregistrée s'éleva, l'enjoignant à parler après le bip. Jamais Renae, l'assistante précédente, ne l'aurait basculée ainsi sur un répondeur vocal.

— Conrad, c'est maman. Je voulais juste te faire savoir que nous arrivons à Cleveland dès mercredi. Ton père a acheté les billets. En première classe, s'il te plaît. Et il l'a fait de sa propre initiative. Je ne lui ai même pas parlé de l'argent que tu nous as envoyé. Rappelle-moi dès que possible, mon grand.

Patsy reposa le combiné. A présent, il fallait qu'elle prenne vite un cachet, si elle voulait être en grande forme pour mercredi.

70.

Newburg Heights, Virginie

Maggie laissa Benjamin Platt endormi dans sa chambre d'amis. Ces quelques heures de sommeil volé lui avaient suffi, et elle avait hâte de reprendre sa routine quotidienne. Le temps d'enfiler un short, un T-shirt à manches longues et ses chaussures de sport, puis elle attrapa ses clés et son portable et entama son jogging du matin. Elle avait du temps perdu à rattraper. Ce fut le discours qu'elle se tint en attaquant son quatrième kilomètre. Mais la tension dans ses mollets et la douleur dans sa poitrine la contraignirent à ralentir pour poursuivre en marchant d'un bon pas. Ses poumons aspiraient l'air frais avec avidité, comme s'ils en avaient été privés depuis des semaines.

Elle avait oublié à quel point un ciel bleu, lavé après la pluie, pouvait être magnifique. Une formation d'oies passa en cacardant au-dessus de sa tête. Le beagle, un peu plus loin dans la rue, commença à aboyer, anticipant son approche. Il serait déçu de découvrir qu'elle arrivait sans Harvey. Des chrysanthèmes orange et or rivalisaient dans les jardins avec le feuillage violet pourpre d'un frêne d'Amérique et les rouges étourdissants des sumacs. D'une cuisine proche émanait une bonne odeur de bacon frit.

Cela ressemblait à un mauvais cliché, mais Maggie avait l'impression que tous ses sens se réveillaient un à un après une longue paralysie. Même son parcours de jogging quotidien l'éblouissait, comme si elle le découvrait pour la première fois. Elle avait réussi à se convaincre de penser positif. Le virus n'apparaissait toujours pas dans ses analyses sanguines. Peut-être avait-elle le pouvoir mental de l'arrêter.

Ce qu'elle n'avait pas le pouvoir d'arrêter, en revanche, c'était le manège infernal de ses pensées. Et Cunningham y tenait une place prépondérante. Son esprit jouait avec les éléments de l'enquête, comme si les pièces d'un puzzle tournaient en boucle dans son cerveau sans parvenir à trouver leur place. Plusieurs aspects de cette affaire la dérangeaient, mais elle ne parvenait pas à déterminer pourquoi. Elle s'était réveillée avec la solution à l'une des énigmes. Une solution tellement évidente qu'elle avait du mal à croire qu'elle ne l'ait pas vue plus tôt. Le problème, c'est qu'elle n'était pas certaine que sa brillante reconstitution les avance à quoi que ce soit. Qu'apportait la réponse à toutes ces devinettes, sinon la preuve que leur tueur était un expert en histoire criminelle ? Peut-être s'amusait-il simplement à étaler son savoir ?

Elle jeta un coup d'œil à sa montre et ouvrit son portable.

Il décrocha plus rapidement qu'elle ne l'avait prévu.

— Agent Tully.

— C'est Maggie.

— Tu as récupéré ton téléphone portable ?

— Non seulement mon portable, mais aussi ma liberté.

Un silence tomba. Si prolongé qu'elle crut que la connexion était coupée.

— Ils t'ont laissée partir ?

La façon dont il posa la question la fit sourire. Pensait-il vraiment qu'elle avait fait le mur pour quitter l'USAMRIID ?

— Le colonel Platt m'a raccompagnée chez moi cette nuit.

Elle crut entendre un soupir de soulagement.

— Ecoute, j'ai la solution pour « Appeler Nathan R. » Tu as dit qu'il s'agissait d'une impression en creux sur l'enveloppe ?

— Oui, c'est ça.

— Je crois que c'était en 1993. Je ne suis pas sûre de la date exacte. Mais le FBI avait offert une récompense d'un million de dollars pour toute information concernant une personne répondant au nom de Nathan R. Ça se passait dans le cadre de l'enquête sur l'Unabomber.

— L'Unabomber ? Notre tueur multiplie les références aux criminels célèbres.

— Une impression en creux a été découverte sur une lettre que l'Unabomber avait envoyée au *New York Times*. On a pensé qu'il avait commis une imprudence et qu'il avait noté quelque chose sur un morceau de papier posé sur l'enveloppe. Si je me souviens bien, le texte exact était : « Appeler Nathan R., mercredi à 19 heures. »

Maggie vit une voiture, plus haut dans la rue, ralentir et s'arrêter alors qu'il n'y avait pas de panneau stop. Ce n'était pas un quartier où les gens roulaient en touristes. Elle fit demi-tour.

— Je vérifie sur mon ordinateur, annonça Tully.

— Finalement, on s'est aperçu que c'était une fausse piste. Je crois que c'était le rédacteur ou un autre employé du *Times* qui avait griffonné une note personnelle sur l'enveloppe avant de réaliser qu'il s'agissait d'une pièce à conviction. Nathan R. n'avait rien à voir avec l'Unabomber.

— Une voie sans issue, donc. Et un indice truqué de plus dans notre affaire Ebola. Cela ne nous dit qu'une chose : ce type nous mène par le bout du nez.

— Il se pourrait qu'il vise les forces de l'ordre et que ses victimes ne soient que des pions.

— Peut-être.

Mais son ton disait le contraire. Maggie comprit qu'il avait du nouveau de son côté.

— Que s'est-il passé, Tully ?

— Mon ex-femme a reçu un paquet par la poste ce matin. Ecriture en lettres majuscules. Un sachet en plastique zippé à l'intérieur. Et je suis censé être l'expéditeur.

— Bon sang, Tully ! Dis-moi qu'elle ne l'a pas ouvert ?

— Non, elle ne l'a pas ouvert. Je ne sais pas si c'est

lié à notre affaire ou s'il s'agit juste d'une coïncidence cruelle.

— Ce n'est pas une coïncidence. Qu'y a-t-il dans le sachet en plastique ?

— A priori, une liasse de billets de dix dollars.

Maggie écarquilla les yeux. C'était donc aussi simple ? Suffisait-il de quelques billets pour amener quelqu'un à ouvrir sans hésiter un sac bourré de particules virales ? La voiture réapparut à l'autre bout de la rue. Deux pâtés de maisons la séparaient encore de chez elle.

— Ce truc avec Nathan R., Tully… George Sloane aurait dû l'identifier.

— Oui. Et les citations des Beltway Snipers aussi. Il était pressé, ce jour-là. Impatient. Il n'a pas apprécié d'avoir affaire à moi au lieu de Cunningham.

— Je crois qu'il faut qu'on en reparle avec Sloane. Vois si tu peux obtenir une copie par fax de l'enveloppe que le tueur a envoyée chez les Kellerman.

— O.K. Si tu penses que ça peut servir.

— Tu as eu des nouvelles, pour Chicago ?

— Ganza a dit qu'il appellerait un de ses potes du CDC.

— O.K. Je me charge de voir avec Sloane s'il accepte de nous accorder encore une demi-heure de son temps. Il y a une chose, d'autre part, à laquelle il faut que tu réfléchisses, Tully. Cunningham avait peut-être raison de considérer que c'était personnel. A un détail près, cependant : c'est toi qui pourrais être visé plutôt que lui.

— J'y ai pensé, oui.

Maggie entendit la voiture arriver derrière elle.

— Il faut que je te laisse. Je te rappelle.

Avant qu'elle ait refermé son portable, le moteur ralentit.

— Eh bien… Je commençais à désespérer de te voir revenir chez toi.

Tournant la tête, Maggie vit Nick Morrelli assis au volant d'une berline noire.

71.

Newburg Heights, Virginie

Benjamin Platt se trouvait à son aise sur la terrasse, à l'arrière de la maison de Maggie, pieds nus et juste vêtu d'un jean et d'un T-shirt. Elle lui avait fait couler du café avant de partir. Alors qu'il avait vu sur sa liste de préférences alimentaires, à la Taule, qu'elle n'en buvait pas elle-même. Il s'était servi une tasse, puis avait gagné la terrasse en emportant la cafetière.

Le jardin de Maggie était magnifique, tel un sanctuaire de généreuse verdure. Il n'en fut pas surpris. Il lui rappelait la zone boisée derrière sa propre maison. Et la véranda qui donnait directement dessus. Mais il n'était pas un jardinier expert, en revanche. Alors que Maggie l'était manifestement. Une haute clôture de bois bordait le jardin jusqu'à la rivière. De l'autre côté, une rangée de pins immenses protégeait la propriété des regards des voisins. Chaque recoin était aménagé avec soin : un bouquet d'arbres décoratifs, un jardin à l'anglaise avec des floraisons fatiguées par l'approche de l'automne, et une rocaille entourée de rosiers grimpants.

D'après les jouets mâchonnés rassemblés dans un panier en osier sur un coin de la terrasse, Platt conclut qu'elle partageait son jardin privé avec un chien. Et le bouquet de fleurs fraîches avec la carte qui disait : « Affectueusement, Nick », indiquait qu'elle n'avait pas qu'un chien dans sa vie. Là encore, il n'était pas surpris. Elle était belle. Intelligente. Brillante. Même lui, avec ses œillères de bourreau de travail, s'en était rendu compte.

Et cela bien avant qu'elle ne lui propose l'usage de sa chambre d'amis pour la nuit. Il avait découvert, en se couchant, qu'elle ne devait pas recevoir souvent d'hôtes de passage. D'épaisses chemises en carton étaient alignées contre le mur. Et la commode disparaissait sous les livres. Ce qui ne l'avait pas empêché de dormir profondément, même si cela n'avait duré que quelques heures. Pas de rêves. Pas d'images de petites filles — ni Alice, ni Mary Louise. Pas de fracas d'hélicoptères-ambulances, pas de mines explosant sous des tanks. Pour une fois, il avait simplement dormi. Une félicité qui se faisait rare.

Platt frotta ses joues hérissées d'un début de barbe. Puis il regarda sa montre, et sirota son café. Il devait retourner à l'USAMRIID, affronter Janklow. Et découvrir si oui ou non McCathy avait quelque chose à voir avec cette série d'envois criminels. Plus il y réfléchissait, plus l'hypothèse lui paraissait crédible. La veille, il avait jeté un coup d'œil sur son dossier. McCathy n'avait pas seulement été inspecteur d'armement en Irak. Il avait également fait partie d'une équipe qui avait ratissé le monde à la recherche de virus. Pas pour les éradiquer, mais pour les acquérir. Ce n'était un secret pour personne que, pendant la guerre froide, des recherches avaient été menées sur les agents biologiques, dans le cadre d'un programme de défense. Autrement dit, pour en faire des armes. C'était probablement une des raisons pour lesquelles McCathy avait été choisi, plus tard, pour se rendre en Irak. Qui, mieux que lui, pouvait identifier des armes de destruction massive, alors qu'il avait passé des années à les manipuler ?

Platt se força à boire à petites gorgées lorsqu'il se surprit à vouloir vider sa tasse de café d'un trait. Il renversa la tête contre son dossier, ferma les yeux et écouta le silence. C'était peut-être le dernier moment de calme qu'il connaîtrait avant longtemps.

72.

— Que fais-tu ici, Nick ?

— J'étais à Washington depuis vendredi, pour un colloque. Je voulais te voir avant de retourner à Boston.

Elle ne répondit pas.

— Je t'ai laissé des messages… Et des fleurs, précisa-t-il avec un sourire qu'elle lui connaissait bien.

— J'étais absente.

Ce fut tout ce qu'elle lui fournit en guise d'explication. Elle ne pouvait pas le laisser débouler ainsi dans son quartier, à venir la relancer tout près de chez elle. Même s'il n'était pas mal du tout, dans son costume marine qui faisait ressortir le bleu de ses yeux.

— J'ai une enquête criminelle en cours. Et pas de temps à te consacrer.

Elle repartit en direction de chez elle et ne se retourna pas en entendant claquer la portière. Il la rejoignit au petit trot.

— Quand te décideras-tu à t'asseoir et à parler vraiment ?

— Et quel devrait être l'objet de notre discussion, selon toi, Nick ?

— Cela fait des mois que j'essaie de te dire ce que je ressens.

— Ce que tu ressens ? Et ce que je ressens, moi, n'entre pas en ligne de compte ?

— Naturellement que je veux savoir ce que tu éprouves ! On ne pourrait pas déjeuner ensemble quelque part, et aborder le sujet entre adultes civilisés ?

En tout autre circonstance, son insistance lui aurait sans doute paru charmante. Attachante, même. Mais après ce qu'elle venait de traverser, la façon naïve dont il cherchait à la séduire semblait creuse, frivole, presque malhonnête. Ce n'était pas sa faute, cela dit. Nick Morrelli n'avait jamais appris à faire autrement.

Elle s'immobilisa devant chez elle, à la limite de son jardin. Et elle remarqua que la Land Rover de Platt était toujours garée dans l'allée.

— Tu prétends avoir des sentiments pour moi, Nick. Mais tu ne sais même pas qui je suis.

— Bien sûr que si ! Je sais que tu aimes les pizzas à la coppa et au fromage italien. Que tu es diplômée de l'université de Virginie. Que tu es belle, intelligente, et que tu es une maîtresse femme. Et ce que je ne sais pas encore, je ne demande qu'à l'apprendre. Ça compte aussi, non ?

Elle se passa une main dans les cheveux, agacée sans trop savoir pourquoi. Si c'était sans importance, si lui n'avait pas d'importance, pourquoi était-elle si ennuyée qu'il ne veuille pas comprendre ?

— La solitude, tu connais, Nick ?

— Bien sûr que je connais… Je n'ai personne depuis que Jill et moi sommes séparés.

— Ce n'est pas ce que je veux dire.

Mais elle n'était pas certaine de pouvoir expliquer ce qu'elle avait ressenti pendant son hospitalisation.

— Ce n'est pas de cette solitude-là que je te parle, Nick. Tu as ta famille, ta mère, Christine, Timmy. Et tu n'es jamais resté longtemps sans amie. Quelle a été la plus longue période que tu as passée entre deux histoires de cœur ?

— Qu'est-ce que ça change ? Peu d'entre elles ont réellement compté. C'est vrai qu'il y a eu beaucoup de femmes dans ma vie. C'est ça qui te gêne ? Qu'il y ait eu toutes ces femmes ?

Elle secoua la tête, fit passer son poids d'un pied sur l'autre. La conversation lui pesait. Elle n'avait pas envie d'aborder ces sujets maintenant. Et encore moins sur le trottoir devant chez elle.

— Le problème, ce n'est pas toi. C'est moi, en l'occurrence.

Il commença à lui répondre, mais elle leva les bras en signe de défaite.

— Je ne suis pas prête à m'engager, Nick. Pas en ce moment.

— Un problème, Maggie ? s'éleva une voix derrière elle.

Elle se retourna et vit Benjamin Platt dans l'encadrement de la porte. Il avait les yeux rivés sur Nick. Dans une posture trompeusement immobile qui pouvait très vite se muer en action.

— Tout va bien, non.

Lorsqu'elle reporta son attention sur Nick, il regardait Platt fixement, prenant conscience pour la première fois de la Land Rover dans l'allée. Maggie vit son expression se dépouiller de sa séduction, de son assurance. La perplexité céda la place à la mortification. Il évita son regard.

— O.K. D'accord. J'ai compris.

Il était blessé. Humilié, de toute évidence.

— Ce n'est pas ce que tu crois, assura-t-elle, même si elle était censée ne pas lui devoir d'explications.

— Bon, je te laisse tranquille. C'est ce que tu voulais dire, non, quand tu me parlais de solitude ? Tu me demandais de te ficher la paix, en gros ?

— Non, Nick. Ce n'est absolument pas ce que je cherchais à te dire.

Mais il s'éloignait déjà à grands pas, se hâtant vers sa voiture. Il n'avait pas écouté un traître mot de ce qu'elle avait essayé de lui faire comprendre.

Elle se répéta que c'était sans importance, et que si lui avait eu de l'importance, elle l'aurait retenu. Retenir un homme qui vous quitte à grands pas, c'est le type même de réaction qui vous vient spontanément. Si elle s'élançait à sa suite maintenant, ce serait un élan commandé par l'instinct, et rien que l'instinct. Or ses instincts, elle était habituée à les suivre. Et ils ne l'avaient jamais orientée dans la mauvaise direction jusqu'à présent. Elle leur obéit, se retourna et rentra chez elle.

73.

— Désolé, dit Platt.

— Ce n'est pas votre faute.

— Si je ne m'étais pas montré, il ne se serait pas fait de fausses idées.

— Ses idées, il se les est faites lui-même.

Platt avait du mal à déchiffrer son expression. Etait-elle contrariée ? En colère ? Triste ? Il s'était inquiété en entendant une voix masculine, persuadé que Janklow avait envoyé quelqu'un pour la récupérer. Et n'avait compris que trop tard qu'il déboulait au beau milieu d'une querelle d'amoureux.

Parano… Il devenait franchement parano.

— Il faut que je retourne à l'USAMRIID. Mais je voudrais vous faire votre piqûre avant de partir.

Elle hocha la tête et se percha sur un tabouret de bar, en poussant le bouquet de fleurs. Elle avait l'air fatiguée, épuisée, et pas seulement à cause du conflit auquel il venait d'assister.

— Avez-vous avalé quelque chose ce matin ?

— Je déjeune après avoir couru, normalement.

Elle était donc sortie faire son jogging. Il refréna la tentation de la sermonner et prit plutôt la liberté d'ouvrir son réfrigérateur. Constatant qu'il était bien rempli, il prit un carton d'œufs, un morceau de fromage et un poivron vert.

— Je peux trouver une poêle quelque part ?

Maggie désigna le tiroir sous le four.

— Je n'ai pas le temps de manger, annonça-t-elle sans bouger de son tabouret. Il faut que j'avance sur l'enquête. Et j'ai une douche et un rendez-vous à prendre.

— Je ne peux pas vous vacciner à jeun. Allez prendre votre rendez-vous et passez-vous sous la douche. L'omelette sera prête quand vous le serez.

— Je croyais que tous les médecins de l'armée avaient des épouses pour leur faire la cuisine ?

— Les médecins de l'armée ne sont pas assez présents chez eux pour garder leurs épouses.

— C'est ce qui vous est arrivé ?

Il la regarda fixement, se demandant comment elle s'y prenait. Elle avait l'art de le désarçonner aux moments où il s'y attendait le moins.

— Comment saviez-vous que j'étais divorcé ?

— C'est un vieux truc de flic. Vous venez de me le dire. Je sais aussi que vous avez un chien.

— Pardon ?

— Un chien de couleur claire. Pas un labrador. Le poil que j'ai trouvé sur le pull que vous m'avez prêté est assez fin.

— Et qu'est-ce qui vous prouve que ce n'est pas un chat ?

— Le chat n'est définitivement pas votre genre.

— Mmm… Votre vieux truc, toujours.

Il sortit une planche à découper et s'attaqua au poivron.

— Il s'appelle Digger et c'est un terrier du West Highland. Il est de bonne compagnie. Il appartenait à ma fille.

— Votre femme n'a pas voulu que votre fille prenne le chien chez elle ?

— Ma fille est morte il y a cinq ans.

— Oh, mon Dieu…

Il sentait son regard posé sur lui, à présent. Il ne leva pas les yeux et continua à préparer son omelette, cassant les œufs, versant un peu de lait.

— Ne vous en faites pas, dit-il. J'ai fini par m'y faire.

Une réplique qu'il maîtrisait de façon magistrale.

— Vraiment ?

Un nouveau silence.

— Elle est morte des complications de la grippe. J'étais en Afghanistan et la guerre venait de commencer. Ma femme pensait qu'Alice guérirait. Et elle était persuadée, d'autre part, que l'armée ne m'accorderait pas de permission pour une affection aussi courante. Alors elle n'a rien dit. Quand elle m'a averti, il était déjà trop tard.

Il s'aperçut que ses mains avaient cessé de s'activer. Elles étaient crispées sur le bord du plan de travail, comme s'il avait un besoin vital de s'y accrocher. Et il ne voulait même pas savoir si Maggie s'en rendait compte ou non. Il tendit la main vers le mélange d'œufs et de lait et s'efforça de penser à quelque chose — n'importe quoi — qui lui permettrait de rentrer en possession de lui-même.

— Puisque nous en sommes au chapitre des confidences, dit-il enfin, depuis quand êtes-vous divorcée, de votre côté ?

Ce fut au tour de Maggie de paraître surprise. Il sourit.

— Ce n'est pas un « truc », fit-il remarquer. C'est dans votre dossier.

— Exact. Cela doit faire quatre ans, grosso modo.

Elle n'avait pas l'air très sûre. Platt estima que c'était bon signe.

— C'était votre ex-mari, tout à l'heure ?

— Non.

Ce fut tout. Pas d'explications. Comme il ne demandait rien, elle finit par reprendre sans y avoir été incitée :

— C'est intéressant, comme on peut prendre conscience... comme j'ai pris conscience de...

Il se contenta d'attendre et d'écouter. Il savait déjà qu'elle ne se confiait pas aisément.

— Vous m'avez demandé si vous pouviez appeler quelqu'un pour moi. Et je me suis aperçue que je n'avais personne.

— Vous avez eu une visite, pourtant.

— Une amie, oui. Une amie très proche.

Il aurait aimé la questionner sur le type avec qui elle

était en grande conversation quelques instants plus tôt. Pourquoi n'avait-il pas eu l'air de savoir qu'elle avait passé le week-end hospitalisée ? Pourquoi n'avait-elle pas cherché à le prévenir ? Mais il tint sa langue.

— La plupart des gens s'estimeraient heureux d'avoir au moins une amie véritable.

De nouveau, elle changea de sujet sans prévenir.

— Il y a quelqu'un, à l'USAMRIID, que vous suspectez. C'est ce qui vous a fait penser que j'étais en danger, là-bas ?

Platt tourna la tête, cette fois, et réussit à retenir son regard.

— Mon supérieur hiérarchique souhaitait effacer toute trace de « l'incident » d'Elk Grove.

Il vit une lueur de panique dans ses yeux.

— Il a les moyens de nous faire disparaître ?

— Non. Toutes les familles des victimes ont été prévenues, tôt ce matin. Et j'ai commencé à vacciner hier sans attendre l'autorisation officielle. Le nouveau cas déclaré à Chicago signifie qu'il y a probablement eu d'autres envois infectés. Ce qui s'est passé à Elk Grove ne peut plus être tenu sous silence.

— Vous croyez que votre commandant couvre quelqu'un de l'USAMRIID ?

— Je suis incapable de vous le dire.

— Mais vous n'excluez pas que le tueur travaille dans vos labos ?

— Nous avons pas mal de volumineux ego, à

l'USAMRIID. Et la plupart ont accès à des pathogènes létaux. Savoir si l'un d'entre eux est capable d'envoyer de l'Ebola par la poste est une autre histoire. Mais je compte bien m'en assurer.

74.

Tully savait que Maggie avait raison : il s'agissait d'une vindicte personnelle. Quelle autre explication pour le paquet avec une poche plastique zippée livré dans la boîte aux lettres de Caroline ? Avec son nom figurant sur l'adresse de l'expéditeur. Caroline lui avait faxé l'étiquette. Et, à première vue, les caractères majuscules paraissaient identiques à ceux du message trouvé dans la boîte de beignets. Il ne faisait quasiment aucun doute que l'envoi avait été fait par leur tueur.

Autre conclusion à laquelle était parvenu Tully : il figurait probablement lui-même parmi les cibles. Il était arrivé en retard à Quantico, vendredi matin. Sinon, il aurait été le premier à trouver la boîte de beignets. Le premier à se servir, à découvrir le message et à réagir à la menace en se précipitant chez les Kellerman. S'il n'avait pas perdu du temps en conduisant Emma à son lycée, il serait là où Cunningham se trouvait maintenant.

Dès que Maggie eut raccroché, il appela Emma. Une réaction instinctive. Elle était seule à la maison, aujourd'hui. Pas de lycée. Vacances d'automne. Il voulait entendre sa voix et lui dire de ne pas sortir. De n'ouvrir à personne. Ou, plutôt, lui ordonner de ne pas ouvrir de paquet, quel qu'il soit. Pas même une lettre. Surtout s'il y avait de l'argent à l'intérieur.

Mais chaque fois qu'il composait le numéro de sa fille, il tombait sur le message enregistré. Elle était en communication avec une de ses amies. Et telle qu'il connaissait Emma, cela pouvait durer des heures. Si seulement il n'avait pas été stupidement radin, en refusant de lui prendre l'option double appel !

Tant pis. Il ferait un crochet par la maison. A quelle heure passait le facteur, d'habitude ? Le sentiment d'un danger imminent accélérait les pulsations du sang dans ses veines. Qui d'autre figurait sur la liste des victimes du tueur ? Il attrapa sa veste et ses clés. Tout en courant vers l'ascenseur, il composa le numéro de Gwen. Après quatre sonneries, le répondeur se déclencha. Personne ne répondait donc plus sur son portable, dans ce pays ?

— Gwen, c'est Tully. Si tu reçois un paquet dans ton courrier, ne l'ouvre pas. Je t'expliquerai plus tard. Mais laisse-le fermé, surtout.

Parvenu sur le parking, il rappela Maggie.

— Agent spécial O'Dell.

Il s'efforça de contenir la panique dans sa voix.

— Si c'est après moi qu'il en a, ce type, comment expliques-tu Chicago ?

— Le nom de Markus Schroder te dit quelque chose ?

— Rien du tout. Pas de mémoire, en tout cas.

Il transpirait alors que la journée était fraîche. Il se débarrassa de sa veste et la jeta en boule sur la banquette arrière.

— Il se peut que tu sois une cible parmi d'autres pour lui. Que tu figures sur la liste des personnes qui lui ont nui au fil des années. Ça ne signifie pas forcément que tu connais tous les autres.

— Bien vu.

Il avait déjà démarré et sillonnait entre les rangées de voitures du parking. Première chose à faire : se calmer.

— Mais pourquoi s'en être pris à Caroline ? Nous sommes divorcés. Qu'est-ce qui a pu lui donner l'idée qu'il pouvait m'atteindre à travers elle ?

— Il croit peut-être que tu tiens toujours à elle… Tully ? Tu m'écoutes ?

Maggie attendit un instant, comme pour être certaine d'avoir son entière attention.

— Tu as déjà eu l'occasion de travailler avec quelqu'un de l'USAMRIID ? De prendre l'un de leurs scientifiques à rebrousse-poil ?

Tully se souvint de ses propres soupçons. Il s'était demandé si l'Ebola du tueur ne provenait pas d'un des labos de l'armée. Et Maggie semblait s'intéresser aussi à cette hypothèse.

— Pas que je me souvienne, non, répondit-il lentement.

Mais il était incapable d'aligner deux pensées sensées. Il voulait d'abord s'assurer que Gwen et Emma étaient en sécurité.

— Ecoute, je vais y réfléchir. Je te rappelle.

75.

Maggie sortit de chez elle en même temps que Platt.

Après le petit déjeuner, il lui avait fait son injection, toujours avec la même douceur dans les gestes. Toujours en offrant le même réconfort par le regard. De le sentir si proche, sans la cloison de verre entre eux, Maggie s'était remémoré les conditions qu'il avait édictées au moment de sa « libération ». Pas d'échanges de liquides biologiques. Pas même un baiser. A son grand étonnement, elle avait surpris ses pensées à vagabonder sur ce qui aurait pu se passer si elle n'avait pas été frappée d'interdit sexuel.

En roulant vers Quantico, elle s'arrêta sur le parking d'une station-service et feuilleta rapidement le carnet d'adresses personnel qu'elle gardait dans sa serviette. Elle composa le numéro, se prépara à laisser un message vocal et eut la surprise d'entendre sa voix.

— Oui ?

— Professeur Sloane ? Ici l'agent O'Dell.

— L'agent O'Dell ? Que puis-je faire pour vous ?

— Je crois que vous avez eu l'occasion de parler à l'agent

Tully et à Keith Ganza, samedi, au sujet de la petite note que nous avons trouvée ?

Il y eut un silence. Puis un acquiescement bourru.

— Exact.

— J'ai fait quelques découvertes de mon côté. J'aimerais vous les soumettre, au cas où elles modifieraient vos conclusions.

— Quelles découvertes ?

Il avait l'air sur la défensive. D'après les souvenirs que Maggie gardait de leurs brèves rencontres, cette attitude n'avait rien d'inhabituel, chez lui.

— Vous avez observé des points communs avec le tueur à l'anthrax. Je crois avoir établi des liens avec deux autres affaires criminelles.

— Tant mieux pour vous. Vous êtes bien gentils, tous, mais je ne peux pas courir à Quantico chaque fois que vous avez une nouvelle idée.

Ça, c'était du George Sloane tout craché.

— Bien sûr. Je comprends, tout à fait. Mais vous avez mentionné le tueur à l'anthrax. Et j'ai trouvé des similitudes avec les empoisonnements au Tylenol de 1982, les tueries des Beltway Snipers en 2002, et même avec l'Unabomber.

— Rien que cela ? Vous croyez vraiment que vous avez besoin de moi, agent O'Dell ? Vous avez déjà tout vu, tout compris.

Elle ne releva pas le sarcasme.

— Sauf que je ne comprends toujours pas où notre

homme veut en venir. A moins qu'il ne fasse simplement de l'esbroufe.

— De l'esbroufe ? releva Sloane d'un ton cette fois plus courroucé que méfiant. Vous croyez qu'il a pris toute cette peine dans le seul but de se faire mousser ? Et dites-moi, agent O'Dell, une fois que vous aurez retrouvé ce « frimeur », portera-t-il un costume trois pièces et vivra-t-il avec ses deux sœurs âgées ?

Sloane faisait allusion à une affaire qui remontait aux années cinquante, le « Mad Bomber », un poseur de bombes en série dont le portrait psychologique avait été établi par le psychiatre James Brussel, un des pionniers du profilage criminel.

— Soit vous avez besoin de mon aide, agent O'Dell, soit vous avez déjà toutes les réponses. Vous ne pouvez pas avoir le beurre et l'argent du beurre.

Maggie commençait à s'impatienter. Sloane jouait au petit jeu des énigmes avec elle. La référence au beurre et à l'argent du beurre était tirée du manifeste « écologique » rédigé par l'Unabomber. Elle était à deux doigts d'envoyer le professeur au diable. Mais elle savait que Cunningham avait du respect pour son travail. Et le message ainsi que les enveloppes étaient les seuls indices dont ils disposaient.

— Ecoutez, professeur Sloane, j'espérais simplement que vous nous aideriez à voir plus clair. Je pourrais peut-être passer à l'université plus tard. Cette semaine, vous êtes en vacances d'automne, je crois ?

Elle l'entendit marmonner une exclamation dont elle ne

sut si elle marquait la contrariété ou la surprise. Peut-être était-il étonné qu'elle ait vérifié son emploi du temps.

— Si c'est important à ce point, je peux dégager un peu de temps. Retrouvez-moi dans quarante minutes. Mon bureau est au sous-sol du bâtiment qui abritait l'ancienne école de médecine.

Il raccrocha sans lui laisser le temps de préciser si l'horaire lui convenait. Maggie regarda sa montre. Il lui faudrait bien quarante minutes pour faire le trajet jusqu'à l'université de Virginie.

Les yeux clos, elle se renversa contre son dossier. Son dos la faisait souffrir. Sans doute une séquelle de son jogging du matin. Ce qui n'était pas le cas de sa migraine, en revanche. Elle avait commencé avant qu'elle ne sorte courir. Lorsqu'elle avait appelé Gwen, un peu plus tôt, son amie lui avait déconseillé de reprendre ses activités tout de suite.

— Reste chez toi et tiens-toi tranquille deux ou trois jours. Ou, au moins, travaille à la maison.

Maggie avait essayé de lui expliquer que l'action était le meilleur antidote contre l'angoisse. Elle n'avait besoin ni de temps ni de solitude. Enfermée dans une chambre de biosécurité P4, elle n'avait manqué ni de l'un ni de l'autre.

Elle composa un autre numéro. Et tomba directement sur la messagerie.

— Tully ? C'est encore Maggie. Sloane a accepté de me recevoir dans quarante minutes. Il est presque midi.

Je me mets en route pour l'université de Virginie. Je te retrouve là-bas, O.K. ?

Elle se redressa et reposa les mains sur le volant. Ils avaient si peu d'éléments pour nourrir leur enquête... Elle s'efforça d'imaginer ce que leur conseillerait Cunningham. « Parfois, l'ordinaire devient l'invisible. » Qu'avait-elle sous les yeux qu'elle ne voyait pas ?

Elle sentit alors un liquide chaud glisser sur son menton. Une goutte de sang chuta sur le volant. Levant la tête en sursaut, elle regarda dans le rétroviseur. La simple vue du sang s'écoulant de son nez suscita une angoisse violente. Elle attrapa un mouchoir à tâtons. Non... Non, ce n'était pas possible. Pas possible que cela lui arrive maintenant. Luttant contre la panique, elle s'exhorta au calme. Cela ne voulait rien dire. Ce n'était qu'un saignement de nez. Un banal saignement de nez.

Maintenant le mouchoir contre son nez, elle se renversa contre l'appui-tête, ferma les yeux, et contrôla sa respiration.

76.

USAMRIID

Platt se tenait devant le bureau du commandant Janklow, le visage imperturbable, et décidé à faire face à l'attaque.

— C'est de l'insubordination, colonel Platt ! Vous n'aviez pas le droit de signer l'autorisation de sortie de ces vaccins sans mon aval !

— Je n'avais pas reçu d'ordre exprès interdisant cet envoi, mon commandant. Et en tant que responsable de cette mission, je...

— Ne jouez pas au con avec moi, Platt.

La grossièreté de Janklow le surprit. L'impatience de son ton frisait la colère, mais il y avait plus encore : une tension aiguë dans la voix. Presque un chevrotement.

Platt attendit, hésitant sur l'attitude à prendre. Se demandant jusqu'où il pouvait aller. Ce matin, le commandant avait l'air défait, même si son uniforme était aussi bien repassé qu'à l'ordinaire et que l'ordre habituel régnait dans son bureau. Il nota le léger affaissement des épaules,

les plis accentués du visage, les yeux injectés de sang, les mains agitées d'un discret tremblement.

— Quelque part au cours de votre carrière, Platt — si toutefois vous en avez encore une devant vous —, il vous faudra choisir entre le soldat, le médecin et le politicien. Les trois se contredisent à de nombreux niveaux et ils ne peuvent coexister longtemps. Aujourd'hui, vous avez opté pour le médecin. C'est bien. Et vous pensez sans doute agir noblement. Mais je dois vous dire une chose, Platt : ce n'est pas de la noblesse, dans ce cas, c'est de l'ineptie !

Janklow se détourna pour se planter devant la fenêtre. Platt se demanda si c'était sa façon de lui montrer la porte. Mais il n'était pas prêt à battre en retraite.

— Je crois savoir pourquoi vous avez agi comme vous l'avez fait, mon commandant.

Janklow se retourna lentement. Ses sourcils étaient interrogateurs mais son visage restait marqué par la colère.

— Que j'ai agi comment, docteur Platt ?

— J'ai pensé à la même chose que vous. Que l'Ebola pourrait provenir de nos propres laboratoires. Vous voulez protéger l'USAMRIID. Après le désastre de l'anthrax, je comprends que…

— Vous ne savez pas de quoi vous parlez.

— Je sais pourtant que…

— Avez-vous répertorié des échantillons d'Ebola manquants dans nos congélateurs ?

— A l'œil nu, je n'ai rien constaté, non. Mais il est techniquement impossible de…

Janklow l'arrêta d'un geste de la main, paume levée. Le tremblement était indiscutable.

— Il n'y a pas de spécimens d'Ebola manquants à l'USAMRIID ! tonna-t-il.

Platt garda le dos droit, les épaules rejetées en arrière, en une attitude impassible. La voix de Janklow redescendit à une hauteur normale.

— Je vais vous poser une question, docteur Platt : avez-vous une idée de ce que rapporte le vaccin Ebola sur le marché noir ?

Platt le regarda fixement. Il était évident que Janklow n'attendait pas de réponse de sa part.

— J'espère pour vous que vous l'ignorez, Platt. Car s'il n'y a pas eu disparition de virus, des vaccins ont bel et bien été dérobés !

77.

Reston, Virginie

Tully trouva Emma dans son coin de séjour habituel, étalée par terre sur le tapis devant une télévision hurlante. Il fut soulagé de ne voir aucun paquet à proximité. Rien que le bazar adolescent habituel, fait de magazines, de paquets de chips à moitié vides et d'emballages de barres chocolatées.

Un flash d'information vint interrompre le show télévisé qu'elle laissait brailler. Emma baissa le son, mais il lui demanda de le remonter lorsqu'il vit les images d'une conférence de presse tenue à l'instant même à l'hôpital Saint-Francis, à Chicago. Il n'apprit rien de nouveau. Deux médecins ainsi qu'un représentant du CDC répondaient aux questions en s'en tenant prudemment aux faits. Dans un coin de l'écran, apparaissait une photo de feu Markus Schroder. Une photo de mariage, apparemment, où on le voyait avec sa jeune épouse. Le malheureux Markus n'avait rien de remarquable — un Monsieur Tout-le-Monde à la puissance dix. Comptable de son état, disaient-ils, employé dans un cabinet juridique, à Chicago. Tully n'avait pas l'impression de le connaître. Il avait passé la matinée à mouliner le nom de Markus Schroder dans son esprit. Mais sans résultat. Même maintenant, en examinant sa photo, il ne voyait rien de familier. Alors que sa femme, en revanche... Tully avait le vague sentiment qu'il avait déjà vu ces yeux-là quelque part. Se pouvait-il qu'il l'ait déjà rencontrée ?

— Les pauvres, c'est triste, commenta Emma.

— Ils ont précisé le prénom de sa femme ?

— Oui, ça commence par un *v*... Vera, je crois.

Vera Schroder ? Non, le nom ne lui disait rien.

— Il faut que je file, choupette. Tu te souviens de ce que je t'ai dit, hein ?

Il reprit sa voiture, et fila en direction de Quantico. En chemin, il eut le message vocal de Maggie et changea d'itinéraire. Il lui faudrait plus de quarante minutes pour atteindre l'université. Il tripotait sa radio, cherchant une station qui traitait des événements à l'hôpital Saint-Francis, lorsque son portable sonna.

— Allô ?

— La maman de Conrad aussi a reçu une de ces charmantes enveloppes bourrées de billets de banque !

Caroline, de nouveau. Et encore plus furieuse que la première fois.

— Bon sang, mais tu peux me dire ce qui se passe, là, Tully ?

La lumière se fit d'un coup. Comme si les mots de Caroline avaient injecté de l'eau glacée dans ses veines.

Tout était soudain parfaitement clair. D'une clarté inexorable.

Il avait bel et bien reconnu Vera Schroder. Et maintenant, il se souvenait où il l'avait déjà vue. En photo, avec l'article correspondant découpé dans un journal. Son coturne avait tenu à la punaiser sur leur tableau d'affichage. Pour le motiver, disait-il. Une jeune femme au visage décomposé, ravagée par l'effroi d'avoir trouvé ses deux parents décédés chez eux après absorption de capsules de Tylenol empoisonné. Seulement, son nom n'était pas Vera Schroder, à l'époque. En ce temps-là, elle s'appelait encore Vera Sloane.

La sœur de George Sloane, autrement dit.

78.

UVA, université de Virginie

Pour y avoir fait ses études, Maggie connaissait le moindre recoin du campus de l'université de Virginie. Sloane lui avait indiqué que son bureau se trouvait au sous-sol du beau bâtiment ancien qui avait abrité jadis l'école de médecine. Elle s'y rendit donc tout droit. Dans le bulletin réservé aux anciens étudiants, elle avait lu que les lieux abritaient désormais les bureaux des enseignants, des laboratoires et des salles servant aux travaux pratiques. Les vacances d'automne aidant, elle se gara sans difficulté.

Maggie n'avait travaillé qu'une seule fois avec Sloane sur une enquête. Mais elle le connaissait via l'Académie de Quantico. Le cours que donnait Sloane sur les documents médico-légaux venait juste après le sien sur les schémas de comportements criminels. Cunningham faisait fréquemment intervenir Sloane comme consultant lorsqu'une enquête comportait des écritures à analyser. Elle n'était pas surprise que l'entretien entre Tully, Ganza et

Sloane ait plus ou moins tourné court. Tully et Sloane ne s'entendaient pas. La tension entre les deux hommes était presque palpable chaque fois qu'ils se retrouvaient dans une même pièce. Peut-être aurait-elle plus de facilité que son coéquipier à faire parler l'ombrageux professeur.

Derrière sa rangée de colonnes, la porte d'entrée de l'ancienne école de médecine s'ouvrit sans difficulté, même si les lieux étaient déserts. Ne voyant personne, Maggie prit l'ascenseur et descendit au sous-sol. La première chose qu'elle entendit en sortant de la cabine, ce furent des hurlements de singe. Une cacophonie à faire dresser les cheveux sur la tête. Le son provenait du bout du couloir. Toutes les portes étaient fermées et ne s'ouvraient qu'avec un système de carte-clé. D'après les indications qui figuraient sur les portes, cette partie du bâtiment comportait surtout des laboratoires de recherche. Sur l'un d'eux était affiché un panneau « Quarantaine ».

Maggie suivit le couloir en cherchant des yeux le bureau de Sloane. N'ayant rien trouvé, elle repartit en sens inverse, se rapprochant des singes hurlants. Son portable sonna et elle le sortit de sa poche.

— Maggie O'Dell.

— C'est Sloane, dit Tully.

Il paraissait hors d'haleine.

— Sloane, oui. Je cherche son bureau, là.

— Non, tu ne comprends pas. Il…

Ce fut tout ce que Maggie entendit avant se sentir un coup violent s'abattre sur sa nuque.

79.

Tully était comme fou. Comment avait-il pu se montrer aussi aveugle ? Il quitta l'autoroute 95 sans ralentir et prit la sortie 20. Il lui faudrait une éternité pour atteindre Charlottesville. Et Maggie ne répondait plus sur son portable. Sloane s'en était-il pris à elle ?

Tout se tenait, à présent.

Pendant leur brève conversation à Quantico, Sloane lui avait demandé où il était au moment où les beignets avaient été livrés. « Si je me souviens bien, avait-il dit, tu es incapable de résister à un beignet au chocolat. »

Les beignets au chocolat étaient sa seule obsession durable. Il passait par différentes phases : cookies, réglisse, et, dans le temps, Jelly Beans. Mais les beignets au chocolat restaient une constante. C'était autre chose, cependant, qui aurait dû lui mettre la puce à l'oreille. Sloane avait également eu cette remarque sarcastique : « Ainsi, les terroristes placent des lettres de menace au fond d'un carton de beignets, maintenant ? »

Alors que rien ne lui permettait de savoir que l'enveloppe se trouvait *au fond* de la boîte. Seuls Cunningham,

Maggie, Ganza et lui détenaient cette information. Sloane n'aurait pas pu le deviner non plus. Le fond d'une boîte de gâteaux n'était pas l'endroit le plus logique pour placer un message. Sloane connaissait l'emplacement de l'enveloppe pour la bonne raison qu'il l'avait mise lui-même.

Le fait que Caroline et son futur nouveau mari étaient également visés constituait un élément à charge supplémentaire. En sachant qu'Indy avait encore écrit à Caroline pas plus tard qu'en juillet de cette année.

Son ancien petit ami Indy, alias George Sloane, s'était d'ailleurs mué plus ou moins en fou furieux la dernière fois que Caroline l'avait quitté pour un de ses camarades de chambrée. Son comportement lui avait même valu une éviction du FBI, juste avant la fin de sa formation. Indy s'était rabattu sur son travail d'expert en documents médico-légaux et avait réussi ainsi à coopérer fréquemment avec l'agence fédérale. Mais toujours en marge. Il avait travaillé sur des enquêtes célèbres, mais sans jamais en tirer la gloire qu'il estimait mériter. George Sloane avait toujours voulu être un agent spécial. Pas un enseignant.

Combien d'autres paquets infectés Sloane avait-il envoyés pour assouvir sa vengeance ?

Tully serra les mâchoires. Maggie se trouvait, à l'instant même, avec ce tueur dangereux. Et elle était dans l'incapacité de répondre au téléphone.

Mais il s'inquiétait peut-être à tort… Rien ne prouvait qu'il ne s'agissait pas d'un banal problème de réception. Tout en se répétant que le pire n'était jamais certain, Tully continua à conduire le pied au plancher.

80.

Université de Virginie

Maggie avait des élancements dans la tête. Un staccato affolé — comme un cliquetis d'ongles pointus sur un tableau noir — la ramena à elle. Ses paupières clignèrent et se refermèrent. Images floues, bruissements divers. L'air était fétide — odeurs rances de fourrures moites, de fèces animales.

Elle reconnut les hurlements qu'elle avait entendus au fond du couloir. Mais ils étaient beaucoup plus proches, à présent. Elle souleva les paupières et garda les yeux ouverts, se forçant à ajuster son regard. Et revint à la réalité en sursaut.

De petits yeux ronds l'examinaient. Elle perçut un grouillement de fourrures vertes, déambulant, bondissant, virant sur elles-mêmes. Des pattes velues aux ongles acérés griffaient les barreaux en métal. Elle vit qu'elle se trouvait au centre d'une petite pièce où des cages s'alignaient des deux côtés.

Elle voulut se relever d'un bond mais fut stoppée net

dans son élan. Son poignet était attaché à une table d'angle, étroitement lié par une fine corde en plastique. Elle tira de toutes ses forces, mais ses liens s'enfoncèrent dans sa chair sans se détendre d'un millimètre. Et ses mouvements désordonnés ne servaient qu'à exciter les singes, qui criaient de plus en plus fort, arpentant bruyamment leurs prisons de métal, frappant les barreaux avec leurs petites mains nerveuses.

Maggie tenta de recouvrer son calme. De reprendre ses esprits. « Tiens-toi tranquille, O.K. ? Evite les gestes inutiles. »

De sa main libre, elle tapota la poche de sa veste. Et constata sans grande surprise que son portable n'y était plus. Son Smith & Wesson avait lui aussi disparu. Elle fouilla la pièce du regard, cherchant un objet coupant pour trancher ses liens. Mais il n'y avait rien, hormis des cages et des singes. Des boulettes de nourriture et des excréments couvraient le sol autour d'elle. Et sous elle aussi, accessoirement.

Maggie se leva lentement en prenant soin de ne pas faire de mouvements brusques. Elle ne pouvait se redresser complètement, du fait de son poignet attaché.

De nouveau, elle balaya la pièce des yeux. Son regard s'arrêta sur les deux cages du fond. Un frisson glacé courut dans son dos. Les deux portes métalliques venaient de s'ouvrir. Elle vit l'éclair d'une longue queue verte glisser sous la table près de la porte.

D'instinct, elle porta la main au holster à son épaule. Puis se souvint qu'il était vide. Du coin de l'œil, elle repéra une seconde boule de fourrure verte. Celle-ci était perchée en haut d'une cage et la regardait fixement.

Il y avait au moins deux singes en liberté. Griffes acérées. Dents acérées. De sa base de données intérieure monta l'information que ces petites bêtes crachaient également.

Ne pas les regarder dans les yeux, donc. Rester calme et silencieuse. Ne pas bouger.

Elle trouverait une solution. A condition de ne pas perdre son sang-froid. De respirer calmement. Elle examina encore une fois la pièce en ne remuant que les yeux.

Ce fut le moment où les lumières s'éteignirent.

Maggie dut faire appel aux ultimes ressources de sa volonté pour ne pas hurler. Lorsqu'elle sentit une main velue glisser sur son visage, elle eut un mouvement instinctif de recul. Le souffle coupé, haletante, elle lutta quelques instants pour reprendre de l'air avant de retrouver sa position immobile.

« Chut… Reste tranquille. Ne montre pas que tu as peur. »

Mais elle était trempée de sueur. Dégoulinante de terreur, même. Comment les singes n'auraient-ils pas perçu son anxiété ? Quelque chose lui disait cependant qu'ils n'attaqueraient pas s'ils ne se sentaient pas menacés. A peine avait-elle formulé cette pensée qu'elle prit un second coup dans la figure. Sauf que, cette fois, ce n'était plus de la fourrure. Les griffes pointues venaient de lui entailler la chair.

81.

Université de Virginie

Tully n'était venu qu'une seule fois dans le bureau de Sloane, mais il le localisa sans difficulté. George se vantait d'être logé dans le sous-sol de l'ancien bâtiment de l'école de médecine où personne ne venait jamais le déranger. Il n'y avait que Sloane pour clamer partout qu'il avait un bureau sous terre, en présentant le fait comme un grand privilège.

Tully nota qu'il y avait une place de parking au nom de Sloane juste devant l'entrée du bâtiment. Une marque de reconnaissance de l'université pour un professeur compétent qui avait de l'ancienneté dans leurs rangs. Un SUV était garé à l'endroit réservé. Un SUV avec des plaques gouvernementales. Tully secoua la tête. Ce type avait sa propre place de parking, un véhicule gouvernemental, et il était employé par une université réputée. Et il n'était pas satisfait pour autant.

Tully ne perdit pas de temps à attendre l'ascenseur. Il trouva l'escalier.

Le bureau de Sloane était fermé. La porte verrouillée. Tully tambourina par acquit de conscience. Puis il sortit son Glock et commença à vérifier une à une toutes les portes du couloir, malgré les serrures électroniques qui rendaient les laboratoires inaccessibles au tout-venant. Pendant qu'il procédait ainsi, des singes hurlaient à l'autre bout du couloir. Il finit par s'immobiliser devant la pièce où on les entendait crier. En espérant ardemment qu'il se trompait sur ce qui les faisait se déchaîner ainsi.

— Il t'en a fallu, du temps.

La voix de Sloane.

Tully se retourna lentement et le vit debout à quelques pas. Il tenait plusieurs seringues à la main.

— Tu vois, j'ai gardé du virus rien que pour toi.

Il leva une des seringues et glissa les autres dans la poche de sa veste.

— Où est l'agent O'Dell, Sloane ?

— Tu sais qu'elle est bien plus maligne que toi ? Elle a résolu toutes mes petites énigmes. Alors que toi, tu n'avais rien capté, je parie ?

— Pourquoi ? Parce que tes devinettes apportent de vraies réponses ? Ou essaies-tu toujours de rivaliser avec moi ?

Le provoquer était sans doute la meilleure manière de le faire sortir de ses gonds.

— Tu n'as jamais été un rival digne de ce nom, Tully. Que Caroline couche avec Razzy, encore, je pouvais le comprendre. Je savais qu'elle ne l'épouserait jamais, cela dit.

Tully garda le doigt sur la détente. Les singes, eux, hurlaient de plus en plus fort derrière lui. Leurs cris lui donnaient froid dans le dos. Alors qu'ils laissaient Sloane de marbre.

— J'ai passé des années à élaborer mon projet, des mois à faire une répétition générale, étape par étape, puis à repérer la personne idéale à qui faire porter le chapeau. Tout était réglé comme du papier à musique, calculé au cordeau. J'ai damé le pion à tout le monde. Exactement comme il y a vingt-cinq ans.

— Les empoisonnements au Tylenol… c'était toi ?

— Il fallait que je me libère de ma putain de famille. Ils étaient tout le temps sur mon dos. Ils m'auraient harcelé jusqu'à ce que je finisse par revenir tenir leur connerie de commerce. Ils ne pouvaient pas accepter que je renonce à leur petit univers étroit pour intégrer le FBI. Caroline, elle, c'était le bonheur. J'étais occupé à lever tous les obstacles entre nous. Et pendant ce temps, cette garce baisait avec toi à Cleveland.

A cette évocation, Sloane devint écarlate. Tully secoua la tête.

— Et pourtant, tu as continué à l'attendre.

Sloane le regarda fixement. Il paraissait surpris qu'il ait compris.

— C'était elle que tu voulais, même après toutes ces années. Mais elle t'a échappé une seconde fois. Pas à cause de Razzy ou de moi, cette fois. Elle était libre de revenir à toi. Mais elle a encore choisi quelqu'un d'autre.

Sloane haussa les épaules, jouant — mal — l'indifférence. Tully le vit secouer la tête d'un mouvement saccadé. Ses yeux semblaient se poser partout à la fois, comme s'il cherchait à se soustraire à l'emprise de ses souvenirs. Lorsque son regard se fixa de nouveau sur lui, il était redevenu George Sloane. Indy, le jeune homme avec ses espoirs généreux et ses rêves idéalistes avait disparu.

— Cette fois, c'est toi qui as un choix à faire, Tully, observa-t-il avec un sourire en désignant la porte derrière lui.

Dans la pièce fermée, on entendait les singes se démener de plus en plus sauvagement.

— Tu peux sauver l'agent O'Dell ou me mettre au tapis.

Un nœud d'horreur se forma dans l'estomac de Tully. Ainsi, Maggie se trouvait bel et bien aux prises avec les macaques surexcités.

Sloane agita les bras comme s'il s'offrait en tant que cible.

— Tu ne peux pas me descendre de sang-froid. Tu n'as pas assez de couilles pour ça.

Tully leva son Glock.

— Tu oublies que j'ai toujours été meilleur tireur que toi.

— Ouais, c'est ça.

D'un geste fulgurant, Sloane, sa seringue toujours brandie, actionna un interrupteur que Tully n'avait pas vu et les plongea dans l'obscurité.

— Et dans le noir ? Ton tir est toujours aussi précis ?

Tully balaya les murs des deux côtés. Pas d'interrupteur

à proximité. L'obscurité était totale dans le couloir en sous-sol. Il n'y avait pas d'éclairage de sécurité ; pas de voyants rouges indiquant des détecteurs de fumée. Pas même une fente minuscule de lumière sous une porte. Des portes dont il savait déjà qu'elles étaient toutes fermées et requéraient une carte-clé.

Il essaya néanmoins de rester calme. De se concentrer, de respirer sans bruit et de ne pas se laisser assourdir par les battements furieux de son cœur. A défaut de voir, il devrait se guider au son. Mais comment entendre les déplacements de Sloane alors que les singes hurlaient à tue-tête ?

Il lui sembla percevoir un craquement léger, sur le sol juste devant lui. Etait-ce possible ? Et à quelle distance ? Un mètre ? Deux, peut-être ?

Il prit une profonde inspiration. Percevait-il l'odeur de l'after-shave de Sloane ? Ou était-ce l'urine de singe dont il captait les remugles ?

Tully se colla dos au mur. Sur place. Sans bouger. Sloane avait dû penser qu'il reculerait — qu'il aurait forcément le réflexe de s'éloigner. Il tenta d'habituer ses yeux à l'obscurité en fermant puis en rouvrant les paupières. Mais rien n'y fit. Il ne voyait toujours que les ténèbres.

Seule certitude : Sloane, lui, progressait dans sa direction. Son ancien camarade avait sur lui l'avantage de connaître les lieux. Il savait sans doute de mémoire en combien de pas il atteindrait le bout du couloir. Peut-être avait-il fait exprès d'éteindre l'éclairage de sécurité ? Sloane lui avait dit qu'il avait procédé à une répétition soigneuse de chaque étape avant de mettre son projet à exécution. Avait-il eu le temps de s'entraîner également en vue de leur face-à-face dans le noir ? Si c'était le cas, il parviendrait à lui enfoncer sa seringue bourrée d'Ebola dans la peau avant qu'il ne puisse tirer sa première balle.

Dans le cadre de leur entraînement, on leur enseignait à viser le cœur. Sloane s'en souvenait forcément. Il comptait sans doute dessus, même. Tully tenta de réfléchir. Vite. Et il lui fallait agir plus vite encore.

Il se laissa glisser en silence le long du mur et s'assit sur les talons. Levant son Glock, il tira en position basse, de gauche à droite, en balayant l'espace du couloir. Il crut entendre un cri. Peut-être le bruit d'une chute. Il cessa de tirer.

Silence.

Même les singes avaient cessé de hurler.

Les nerfs tendus à se rompre, Tully se leva et longea le mur jusqu'au moment où il trouva l'interrupteur.

Il ne s'était pas trompé.

George Sloane avait dû ramper vers lui à quatre pattes dans le noir. Comment, sinon, l'aurait-il atteint à la tête, le laissant mort au milieu du couloir ?

Tully bondit vers la porte derrière laquelle s'élevait de nouveau une violente cacophonie simiesque, avec des cris et des bruits de cages secouées. Il aurait pu trouver la carte-clé en fouillant Sloane, mais son Glock ferait l'affaire une seconde fois.

Pour la seconde fois, les singes firent silence.

Un calme profond régnait lorsqu'il se glissa à l'intérieur. Venue d'un coin sombre, la voix de Maggie s'éleva, répétant les mots de bienvenue de Sloane.

— Il t'en a fallu, du temps.

82.

Mercredi 10 octobre 2007
Newburg Heights, Virginie

La journée était belle. Trop belle pour un enterrement.

Assise sur la terrasse à l'arrière de sa maison, Maggie regardait Benjamin Platt jouer au Frisbee avec Harvey dans le jardin. Il avait ôté son képi, ainsi que la veste de son uniforme de cérémonie bleu, et les manches de sa chemise blanche étaient relevées. Mais, même ainsi, il gardait une allure très officielle, avec sa cravate et ses chaussures noires cirées.

Elle retira ses escarpins en cuir et, les yeux clos, se renversa contre le dossier en osier. Si seulement elle parvenait à engourdir les émotions qui bouillonnaient en elle… Colère. Chagrin. Révolte. Pendant tout le trajet, alors qu'elle suivait le cercueil entre l'église et le cimetière d'Arlington, elle avait entendu une voix résonner à l'arrière de sa tête. Une voix incrédule qui répétait que ce n'était pas possible, qu'il ne pouvait pas être parti. Pas lui.

Lorsqu'elle ouvrit de nouveau les yeux, Platt et Harvey étaient venus la rejoindre. Platt se laissa tomber dans le fauteuil à côté du sien et Harvey s'effondra à ses pieds.

Platt l'examina de son regard attentif.

— Comment vous sentez-vous ? Plus de saignements de nez ? Plus de migraines ?

Elle secoua la tête.

— Plus rien, non. C'est étonnant comme le stress fonctionne.

— Vous en avez eu plus que votre part. Mais vos tests sanguins restent négatifs.

Il lui posa la main sur la joue, effleurant avec douceur la cicatrice en bonne voie de guérison.

— Et vous avez surtout eu une chance extraordinaire que ce singe n'ait pas été infecté.

Elle se pencha pour tapoter Harvey, se soustrayant à sa caresse alors qu'elle aurait eu envie de la lui retourner. Mais c'était encore trop tôt.

Trop tôt ? « Qu'est-ce qui ne tourne pas rond chez toi, O'Dell ? » « Trop tôt » pourrait très vite se muer en « trop tard ».

— L'hôpital Saint-Francis de Chicago a rouvert, annonça Platt. Ce matin, j'ai parlé au Dr Antonelli. C'était le médecin de Schroder. C'est un miracle qu'elle n'ait pas contracté le virus.

— Ils ont quand même eu trois cas d'Ebola, au bout du compte.

Il hocha la tête.

— Le chef de chirurgie qui a opéré Schroder. A cause

d'une micro-déchirure dans un gant. Et deux infirmières qui ont soigné le malade. Mais tous trois réagissent bien au vaccin. C'est un miracle qu'on s'en tire à si bon compte. Les infections secondaires auraient pu se chiffrer par centaines.

Elle lui jeta un regard et sourit. Il haussa les sourcils.

— Quoi ? demanda-t-il.

— Ainsi parle le nouveau commandant de l'USAMRIID.

— Rien n'est encore officiel.

Maggie n'insista pas. Il lui avait déjà dit qu'il n'était pas certain d'accepter. Il aimait son travail. Et même s'il était content que le commandant Janklow ait démissionné, il affirmait ne pas avoir envie de prendre sa place.

— Je suis médecin et soldat, plus que politicien. Et j'aime mon métier.

Elle comprenait d'autant mieux son point de vue qu'elle aimait son travail aussi. Ni son séjour à la Taule ni son expérience d'enfermement avec un bataillon de singes hostiles n'y avait rien changé. Elle était agent spécial du FBI par choix et par passion. Et le risque faisait partie de leur métier. C'était ce qu'elle essayait d'expliquer à Tully. Sa vie avait été en danger pendant tout le temps où il s'était trouvé dans le couloir face à Sloane. Il avait agi en légitime défense. Et lorsqu'il passerait en commission, le jury corroborerait les faits. Des affaires comme celle-ci, des affaires personnelles, laissaient des cicatrices. Et Tully en faisait malheureusement l'expérience.

Le risque est partie intégrante du métier, se répéta Maggie. Et tout au fond d'elle-même, elle savait que c'était ce qu'aurait dit Cunningham. Elle ne parvenait toujours pas à admettre que cet homme hors du commun soit parti pour toujours. A cause de la haine froide, tenace, dévorante, d'un seul individu.

George Sloane avait puisé dans les ressources de son expérience et de ses compétences pour se venger des trois hommes dont il estimait qu'ils lui avaient volé l'amour de sa vie : R.J. Tully, Victor Ragazzi et Conrad Kovak. Et dans la foulée, il avait décidé de supprimer aussi la belle infidèle, ainsi que sa propre sœur qui, vingt-cinq ans plus tôt, avait survécu au meurtre collectif qui avait frappé sa famille.

A cause de ce que Sloane avait appris dans sa profession — que la victime d'un crime montre souvent son meurtrier du doigt —, il avait parfois frappé de façon indirecte, en visant juste à côté de sa vraie cible. Tous les savants calculs de Sloane avaient laissé Mary Louise Kellerman orpheline. Et Rick Ragazzi et Patsy Kowak luttant pour leur survie.

Quel triste gâchis d'intelligence avait été George Sloane…

— Vous devez retourner à l'USAMRIID ?

Par réflexe, elle avait posé la question d'un ton détaché. Indifférence feinte ? Elle avait envie qu'il reste. Elle aimait sa compagnie. Depuis quelque temps, elle attendait sa venue avec impatience. Et se surprenait même à noter mentalement des impressions, des pensées qu'elle voulait partager avec lui.

— Je crois que j'ai fait suffisamment d'heures, ces derniers temps, pour pouvoir m'accorder une journée de congé. Vous aviez prévu quelque chose ?

— Vous êtes aussi doué pour improviser un dîner que pour concocter une omelette au petit déjeuner ?

— Je pense pouvoir bricoler quelque chose.

— Une petite bière, avant de vous mettre à vos casseroles ?

— Avec plaisir.

Maggie le laissa en compagnie de Harvey et partit pieds nus dans la cuisine. Ce fut alors qu'on sonna à sa porte. Elle avait invité Tully, Gwen et Emma à faire un saut, et elle ouvrit sans même prendre la précaution de regarder par le judas.

Un jeune homme avec un carton de pizza se tenait sur le seuil.

— Vous avez dû vous tromper de maison. Je n'ai rien commandé.

Le livreur tourna le carton et vérifia l'adresse sur l'étiquette scotchée sur le couvercle.

— Vous n'êtes pas Maggie O'Dell ?

— Si.

— Une grande mozzarella avec de la coppa ? Elle a déjà été payée, madame.

Il lui tendit la pizza et tourna les talons.

Maggie referma la porte. Tenant le carton d'une main, elle regarda la facture. Dans la case « commandée par », elle vit : N. Morrelli. Coppa et mozzarella. Elle sourit. Peut-être Nick Morrelli ne la connaissait-il pas si mal que ça, tout compte fait. Et il fallait lui reconnaître une qualité : il ne se décourageait pas facilement.

83.

Collège Benjamin-Tasker
Bowie, Maryland

Ursella Bowman n'était pas mécontente de rentrer de vacances en milieu de semaine. Une fois qu'elle aurait passé deux jours à batailler pour venir à bout du bazar laissé par sa remplaçante, le week-end arriverait juste à point pour qu'elle récupère.

En pénétrant dans la pièce où ils entreposaient le courrier, Ursella songea qu'elle aurait besoin de son week-end de repos plus tôt qu'elle ne l'avait escompté. Les casiers de courrier débordaient, et l'affranchisseuse avait été abandonnée par terre. A croire que cette femme n'avait de respect pour rien.

Ursella commença par ramasser les boîtes vides, puis tria le courrier en souffrance qui devait être retourné. Elle poussa un chariot de côté et découvrit qu'une grande enveloppe à bulles en papier kraft était restée coincée entre le mur et la corbeille.

L'adresse du collège Benjamin-Tasker avait été tracée

en grosses lettres majuscules, d'une écriture encore enfantine.

Ursella secoua la tête en glissant le paquet dans la boîte aux lettres du principal. Avec un peu de chance, il ne contenait rien d'important.

Vérité ou fiction ?
Postface d'Alex Kava

Pendant que j'écrivais *En danger de mort*, une nouvelle épidémie d'Ebola a éclaté en République démocratique du Congo. L'OMS a recensé quatre cents cas suspects dans la région, mais, à l'heure où j'écris, le délai de vingt et un jours — le temps que prend l'incubation du virus Ebola — n'est pas encore écoulé. Le total confirmé des malades et des décès n'est donc pas encore connu.

Une flambée de fièvre hémorragique à virus Ebola pourrait-elle survenir en Amérique du Nord ou en Europe ? Certains experts estiment que ce n'est qu'une question de temps. Il suffirait qu'une seule personne infectée monte dans un avion. Cette conjecture a failli devenir réalité lorsque, en mai 2007, un Américain infecté par une tuberculose ultrarésistante a pris un vol Atlanta-Paris. Il est monté ensuite dans un autre avion pour Prague, puis s'est envolé pour Montréal et a regagné les Etats-Unis en voiture pour finir par être placé en quarantaine au Centre de contrôle des maladies d'Atlanta. Imaginez ce qui se serait passé s'il avait été infecté par le virus Ebola.

En tant qu'auteur, je pose constamment des questions telles que celle-ci. Mes recherches consistent à creuser pour trouver les réponses. Et à harceler quantité de gens qui détiennent ce genre de savoir. Il est parfois difficile de repérer où s'arrêtent les faits et où commence la fiction. Si le lecteur n'y parvient pas, c'est que j'aurai fait mon travail. Dans tous mes romans, j'utilise des éléments de la réalité, mais, cette fois, j'ai envie de communiquer quelques faits à mes lecteurs.

Les meurtres au Tylenol à Chicago, entre le 29 septembre et le 1er octobre 1982, sont restés irrésolus à ce jour. Sept victimes ont été identifiées. L'une d'elles était une petite fille de douze ans qui se nommait Mary Kellerman et vivait à Elk Grove Village, dans l'Illinois. Mais, à ma connaissance, il n'y a pas eu de victimes à Terre Haute, dans l'Indiana.

Un microbiologiste et expert en armes biologiques, le Dr Steven Hatfill, qui a travaillé quelque temps pour l'USAMRIID, a été considéré par le département de la Justice comme un « individu digne d'intérêt » dans l'enquête menée sur les attentats à l'anthrax. Mais il n'y a eu aucune mise en cause formelle.

Le vaccin contre l'Ebola existe bel et bien. Comme je le mentionne dans le roman, il a été mis au point par des équipes de recherche du Laboratoire national de microbiologie canadien et de l'USAMRIID à Fort Detrick. L'annonce de leur découverte a été publiée en janvier 2007 dans la revue *Journal Public Library of Science Pathogens*. A l'heure où j'écris, le vaccin n'a pas encore été approuvé par le Federal Drugs of America.

L'Institut de recherche médicale militaire des maladies infectieuses (USAMRIID) à Fort Detrick, dans le Maryland, a réellement en stock des échantillons congelés des agents biologiques de niveau 4 que je mentionne dans le roman. Qu'on me pardonne les licences que j'ai prises en utilisant ces installations dans le cadre de mon roman. Les suggestions et affirmations que j'ai faites sont uniquement miennes, et ne viennent ni d'employés ni de personnes ayant travaillé avec l'USAMRIID. J'ai le plus profond respect pour cet institut, ainsi que pour les médecins et chercheurs qui y font un travail admirable.

Même chose pour l'université de Virginie. A ma connaissance, il n'y a pas de singes macaques vivants dans le sous-sol du bâtiment de l'ancienne école médecine.

De nombreux autres faits réels sont disséminés dans *Mort sur la ville*, en particulier les évocations de certaines affaires criminelles célèbres. Certaines phrases dans le message trouvé dans la boîte de beignets ont vraiment été utilisées par les Beltway Snipers. L'impression en creux « Appeler Nathan R. » a effectivement été trouvée sur une lettre de l'Unabomber. Et Ted Bundy a bien été arrêté à Pensacola, Floride, sur la Davis Highway, au volant d'une Volkswagen volée.

Enfin, à ceux d'entre mes lecteurs qui souhaiteraient approfondir les sujets abordés dans ce roman, je propose cette bibliographie — un seul de ces ouvrages a été traduit en français :

23 Days of Terror : The Compelling True Story of the Hunt and

Capture of the Beltway Snipers, Angie Cannon and Staff of US News & World Report, Pocket Books, 2003.

Amerithrax : The Hunt for the Anthrax Killer, Robert Graysmith, Jove, 2003.

Virus, Richard Preston, Pocket, 2008.

Identifying and Understanding the Narcissistic Personality, Elsa F. Ronningstam, Oxford University Press, 2005.

Inside the Criminal Mind, Stanton Samenow, Crown Publishers, 2004.

Physical Evidence in Forensic Science, Henry C. Lee and Howard A. Harris, Ph.D., Lawyers and Judges Publishing Company, Inc, 2000.

Profilers : Leading Investigators Take You Inside the Criminal Mind, sous la direction de John H. Campbell and Don Denevi, Prometheus Books, 2004.

Sniper : Inside the Hunt for the Killers Who Terrorized the Nation, Sari Horwitz et Michael E. Ruane, Ballantine Books, 2004.

Unabomber : A Desire to Kill, Robert Graysmith, Berkley, 1998.

Virus Hunter : Thirty Years of Battling Hot Viruses around the World, C.J. Peters and Mark Olshaker, Anchor, 1998.

Enfin, j'ai également consulté des articles dans de nombreux magazines.

DANS LA MÊME COLLECTION
Par ordre alphabétique d'auteur

BEVERLY BARTON	*Dans l'ombre de l'assassin*
OLGA BICOS	*Nuit d'orage*
OLGA BICOS	*La mort dans le miroir*
LAURIE BRETON	*Ne vois-tu pas la mort venir ?*
BARBARA BRETTON	*Le lien brisé*
JAN COFFEY	*La dernière victime*
JAN COFFEY	*L'accusé*
JASMINE CRESSWELL	*La Manipulatrice*
JASMINE CRESSWELL	*Le secret brisé*
JASMINE CRESSWELL	*La mort pour héritage*
JASMINE CRESSWELL	*Soupçons mortels*
JASMINE CRESSWELL	*Je saurai te retrouver*
CAMERON CRUISE	*La perle de sang*
MARGOT DALTON	*Amnésie*
MARGOT DALTON	*Kidnapping*
MARGOT DALTON	*Le sceau du mal*
MARGOT DALTON	*Crimes inavoués*
WINSLOW ELIOT	*L'innocence du mal*
ANDREA ELLISON	*Elles étaient si jolies*
LYNN ERICKSON	*Le Prédateur*
SUZANNE FORSTER	*Le cercle secret*
SUZANNE FORSTER	*Secrets*
MICHELLE GAGNON	*Le cercle de sang*
MICHELLE GAGNON	*La forêt de la peur*
TESS GERRITSEN	*Présumée coupable*
TESS GERRITSEN	*Crimes masqués*
TESS GERRITSEN	*Ne m'oublie pas*
HEATHER GRAHAM	*L'invitation*
HEATHER GRAHAM	*L'ennemi sans visage*
HEATHER GRAHAM	*Le complot*
HEATHER GRAHAM	*Soupçons*
HEATHER GRAHAM	*La griffe de l'assassin*
HEATHER GRAHAM	*Prémonition*
HEATHER GRAHAM	*L'ombre de la mort*
HEATHER GRAHAM	*Danse avec la mort*
HEATHER GRAHAM	*Noires visions*
HEATHER GRAHAM	*Nuits blanches*
HEATHER GRAHAM	*Apparences*
HEATHER GRAHAM	*La crypte mystérieuse*
HEATHER GRAHAM	*Sombre présage*
HEATHER GRAHAM	*Hantise*
HEATHER GRAHAM	*Dangereuse vision*
HEATHER GRAHAM	*La nuit écarlate*
CAROLYN HAINES	*Les fiancées du Mississippi*

.../...

DANS LA MÊME COLLECTION

Par ordre alphabétique d'auteur

KAREN HARPER	*Testament mortel*
KAREN HARPER	*Le saut du diable*
KAREN HARPER	*L'œuvre du mal*
KAREN HARPER	*Les portes du mal*
KAREN HARPER	*Une femme dans la nuit*
KAREN HARPER	*Mortel mensonge*
KAREN HARPER	*Intention mortelle*
KATHRYN HARVEY	*La clé du passé*
BONNIE HEARN HILL	*La disparue de Sacramento*
BONNIE HEARN HILL	*Mortelle perfection*
CHRISTIANE HEGGAN	*Miami Confidential*
CHRISTIANE HEGGAN	*L'Alibi*
CHRISTIANE HEGGAN	*Intime conviction*
CHRISTIANE HEGGAN	*Labyrinthe meurtrier*
CHRISTIANE HEGGAN	*Par une nuit d'hiver*
CHRISTIANE HEGGAN	*Troublantes révélations*
CHRISTIANE HEGGAN	*Intention de tuer*
CHRISTIANE HEGGAN	*Meurtre à New York*
METSY HINGLE	*Le masque de la mort*
METSY HINGLE	*La fille de l'assassin*
METSY HINGLE	*Noces noires*
GWEN HUNTER	*Faux diagnostic*
GWEN HUNTER	*Virus*
GWEN HUNTER	*Les mains du diable*
GWEN HUNTER	*Le triangle du mal*
GWEN HUNTER	*La piste du mal*
LISA JACKSON	*Dans l'ombre du bayou*
LISA JACKSON	*Noire était la nuit*
LISA JACKSON	*Les disparues de la nuit*
LISA JACKSON	*L'hiver assassin*
LISA JACKSON	*Piège de neige*
CHRIS JORDAN	*L'étau*
CHRIS JORDAN	*Disparue*
PENNY JORDAN	*De mémoire de femme*
PENNY JORDAN	*La femme bafouée*
R.J. KAISER	*Qui a tué Jane Doe ?*
ALEX KAVA	*Sang Froid*
ALEX KAVA	*Le collectionneur*
ALEX KAVA	*Les âmes piégées*
ALEX KAVA	*Obsession meurtrière*
ALEX KAVA	*Le Pacte*
ALEX KAVA	*En danger de mort*
RACHEL LEE	*Neige de sang*
RACHEL LEE	*Le lien du mal*
RACHEL LEE	*Secret meurtrier*

... / ...

DANS LA MÊME COLLECTION
Par ordre alphabétique d'auteur

DINAH McCALL	*Le silence des anges*
DINAH McCALL	*Les disparus de l'hiver*
DINAH McCALL	*Mélodie mortelle*
HELEN R. MYERS	*Mortelle impasse*
HELEN R. MYERS	*Les ombres du doute*
HELEN R. MYERS	*Mort suspecte*
HELEN R. MYERS	*Suspicion*
HELEN R. MYERS	*La marque du diable*
CARLA NEGGERS	*L'énigme de Cold Spring*
CARLA NEGGERS	*Piège invisible*
CARLA NEGGERS	*La dernière preuve*
CARLA NEGGERS	*Le voile noir*
CARLA NEGGERS	*La nuit du solstice*
CARLA NEGGERS	*Noirs desseins*
CARLA NEGGERS	*Une femme en fuite*
BRENDA NOVAK	*L'étrangleur de Sandpoint*
BRENDA NOVAK	*Noir secret*
BRENDA NOVAK	*Noirs soupçons*
MEG O'BRIEN	*Le piège*
MEG O'BRIEN	*En lettres de sang*
MEG O'BRIEN	*Pluie de sang*
MEG O'BRIEN	*La déchirure*
MEG O'BRIEN	*Spirale meurtrière*
SHIRLEY PALMER	*Zone d'ombre*
SHIRLEY PALMER	*Le bûcher des innocents*
EMILIE RICHARDS	*Le refuge irlandais*
EMILIE RICHARDS	*Mémoires de Louisiane*
EMILIE RICHARDS	*Le testament des Gerritsen*
EMILIE RICHARDS	*L'héritage des Robeson*
EMILIE RICHARDS	*L'écho de la rivière*
EMILIE RICHARDS	*Promesse d'Irlande*
EMILIE RICHARDS	*Du côté de Georgetown*
NORA ROBERTS	*Possession*
NORA ROBERTS	*Le cercle brisé*
NORA ROBERTS	*Et vos péchés seront pardonnés*
NORA ROBERTS	*Tabous*
NORA ROBERTS	*Coupable innocence*
NORA ROBERTS	*Maléfice*
NORA ROBERTS	*Enquêtes à Denver*
NORA ROBERTS	*Crimes à Denver*
NORA ROBERTS	*L'ultime refuge*
NORA ROBERTS	*Une femme dans la tourmente*
NORA ROBERTS	*Clair-obscur*
NORA ROBERTS	*Le secret du bayou*
NORA ROBERTS	*Le souffle du danger*
NORA ROBERTS	*La maison du mystère*
FRANCIS ROE	*L'engrenage*
FRANCIS ROE	*Soins intensifs*

.../...

DANS LA MÊME COLLECTION

Par ordre alphabétique d'auteur

KAREN ROSE	*Le lys rouge*
KAREN ROSE	*Et tu périras par le feu*
KAREN ROSE	*Je te volerai ta mort*
KAREN ROSE	*Le cercle du mal*
KAREN ROSE	*Le sceau du silence*
KAREN ROSE	*Les roses écarlates*
M. J. ROSE	*Le cercle écarlate*
M. J. ROSE	*La cinquième victime*
M. J. ROSE	*Rédemption*
JOANN ROSS	*La femme de l'ombre*
SHARON SALA	*Sang de glace*
SHARON SALA	*Le soupir des roses*
SHARON SALA	*Meurtre en eaux troubles*
SHARON SALA	*L'œil du témoin*
SHARON SALA	*Expiation*
SHARON SALA	*Si tu te souviens*
SHARON SALA	*Dans les pas du tueur*
MAGGIE SHAYNE	*Noir paradis*
MAGGIE SHAYNE	*Un parfait coupable*
TAYLOR SMITH	*Le carnet noir*
TAYLOR SMITH	*La mémoire assassinée*
TAYLOR SMITH	*Morts en série*
ERICA SPINDLER	*Rapt*
ERICA SPINDLER	*Black Rose*
ERICA SPINDLER	*La griffe du mal*
ERICA SPINDLER	*Trahison*
ERICA SPINDLER	*Cauchemar*
ERICA SPINDLER	*Pulsion meurtrière*
ERICA SPINDLER	*Le silence du mal*
ERICA SPINDLER	*Jeux macabres*
ERICA SPINDLER	*Le tueur d'anges*
ERICA SPINDLER	*Collection macabre*
ERICA SPINDLER	*Et vous serez châtiés*
ERICA SPINDLER	*L'innocence volée*
AMANDA STEVENS	*N'oublie pas que je t'attends*
AMANDA STEVENS	*La poupée brisée*
AMANDA STEVENS	*Juste après minuit*
AMANDA STEVENS	*Le repaire du mal*
ANNE STUART	*La veuve*
TARA TAYLOR QUINN	*Enlèvement*
ELISE TITLE	*Obsession*
CHARLOTTE VALE ALLEN	*L'enfance volée*

.../...

DANS LA MÊME COLLECTION
Par ordre alphabétique d'auteur

LAURA VAN WORMER	*La proie du tueur*
GAYLE WILSON	*Les disparus du Mississippi*
GAYLE WILSON	*Rumeurs*
GAYLE WILSON	*Le secret de Maddie*
GAYLE WILSON	*L'innocence trahie*
KAREN YOUNG	*Passé meurtrier*

5 TITRES À PARAÎTRE EN SEPTEMBRE 2010

MIRA

Composé et édité par les
éditions Harlequin

Achevé d'imprimer en Allemagne
par GGP Media GmbH, Pößneck
en juin 2010

Dépôt légal en juillet 2010
N° d'éditeur : 15047